ARTO PAASILINNA

DIE GIFTKÖCHIN

FINNLAND KRIMI

INS DEUTSCHE ÜBERTRAGEN VON
REGINE PIRSCHEL

BASTEI LÜBBE

BASTEI LÜBBE TASCHENBUCH
Band 26429

Vollständige Taschenbuchausgabe

Bastei Lübbe Taschenbücher ist ein Imprint
der Verlagsgruppe Lübbe

Die finnische Originalausgabe erschien unter dem Titel
Suloinen Myrkynkeittäjä bei WSOY, Helsinki

Einbandgestaltung: Bianca Sebastian
Titelbild: MEV-Verlag, Germany
Autorenfoto: © Irmeli Jung
Satz: hanseatenSatz-bremen, Bremen
Druck und Verarbeitung: Nørhaven Paperback A/S, Viborg
Printed in Denmark, Juni 2005
ISBN 3-404-26429-0

Sie finden uns im Internet unter
www.luebbe.de

Der Preis dieses Bandes versteht sich einschließlich
der gesetzlichen Mehrwertsteuer.

1

Eine adrette alte Frau in heiterer ländlicher Umgebung, welch hübscher Anblick!
Im Vorgarten eines kleinen, roten Häuschens wirkte eine zierliche Greisin, sie hielt eine gelbe Gießkanne und begoß das Stiefmütterchenbeet an der Hauswand. Über ihr schwirrten Dachschwalben zwitschernd hinauf in den klaren Himmel, die Hummeln summten, auf dem Rasen schlief faul die Hauskatze.
In einiger Entfernung, am Waldrand, stand eine kleine, graue Sauna; es war Nachmittag, und aus dem Schornstein wirbelte blauer Rauch. Neben dem Pfad, der zur Sauna führte, befand sich ein Brunnen, auf seinem Deckel standen zwei rote Eimer bereit.
Die ganze Anlage war schön, alt, gepflegt. Ein paar hundert Meter weiter südlich sah man das Dorf: einige größere Häuser, das Kunststoffdach eines Gewächshauses, eine Scheune und Kuhställe, dahinter, halb von Brennesseln verdeckt, verrostete Autowrackteile. Das aufreizende Knattern von Mopeds tönte herüber, und aus der Ferne das gleichmäßige Brausen eines Zuges.
Man befand sich im nördlichen Siuntio, im entlegenen Dorf Harmisto, das aus einem Laden, einer Post, einer

Genossenschaftsbank, einer rostenden Industriehalle und etwa dreißig Bauernhöfen bestand. Helsinki lag fünfzig Kilometer entfernt.
Die alte Frau trug zwei Eimer Wasser zur Sauna. Unterwegs mußte sie sich mehrmals ausruhen. In der Sauna legte sie Holz im Ofen und unter dem Wasserkessel nach und schob die Schornsteinklappe weiter zu.
Auf den ersten Blick konnte man denken, die Frau stamme aus diesem Dorf, habe ihr ganzes Leben lang in dem Häuschen gewohnt und verbringe jetzt ihre letzten Jahre geruhsam damit, Stiefmütterchen zu züchten und sich um ihre Katze zu kümmern.
Doch weit gefehlt. Die Hände der alten Frau waren feingliedrig und ohne Schwielen. Mit diesen Händen war weder im Akkord auf den Kornfeldern geschuftet noch waren damit unzählige Kuheuter in den großen Ställen der Gutshäuser gemolken worden. Die alte Dame war städtisch frisiert, das weiß gewordene Haar fiel ihr anmutig auf die schmalen Schultern. In ihrem frischen, blauweiß gestreiften Kleid wirkte sie eher wie eine Gutsherrin auf Urlaub als die von harter Fron gezeichnete Witwe eines Landarbeiters.
Sie hatte gerade ihre Monatsrente von der Genossenschaftsbank des Dorfes abgeholt. Man sollte annehmen, daß so ein sommerlicher Zahltag Freude macht, doch weit gefehlt. In Wahrheit hatte die Frau gelernt, den Tag der Rentenzahlung zu hassen: Jedesmal mußte sie dann unliebsame Gäste aus Helsinki empfangen. So geschah es schon seit mehreren Jahren, jeweils einmal im Monat.
Als die Alte über diese Situation nachdachte, verließ sie plötzlich der Mut. Kraftlos setzte sie sich in ihre Gar-

tenschaukel, nahm die Katze auf den Schoß und sagte zu ihr mit müder Stimme:
»Gott schütze mich vor diesen Zahltagen!«
Sie richtete ihren besorgten Blick auf die Dorfstraße, die die Gäste aus Helsinki entlangkommen würden, und am liebsten hätte sie kräftig geflucht wie ein Mann, wie ein rauher Offizier, doch sie tat es nicht, denn sie war eine kultivierte alte Dame. Ihr Blick wurde jedoch hart, ihre Augen blitzten in heftigem Zorn. Die Katze machte einen Buckel, auch sie schaute auf die Straße.
Die Frau stand auf und ging mit energischen Schritten in die Sauna, die Katze folgte ihr. Nachdem die Alte den ersten Aufguß gemacht hatte, knallte sie die Ofenklappe so heftig zu, daß vom Schornstein ein Stück Putz abbröckelte und auf den Deckel des eingemauerten Wasserkessels fiel.
Die zarte alte Dame hieß Linnea Ravaska. Sie war durch den Tod ihres Gatten, Oberst Rainer Ravaska, im Jahre 1952 verwitwet, im selben Jahr, da in Helsinki die Olympischen Spiele stattfanden. Jetzt wohnte sie als Pensionärin in der Gemeinde Siuntio, Ortsteil Harmisto, in diesem kleinen roten Häuschen, in dem es außer Elektrizität keinen modernen Komfort gab. Sie lebte allein, in ihrem Haushalt sollte es außer ihr selbst und der Katze eigentlich niemanden geben, der unterhalten werden mußte. So glücklich lagen die Dinge jedoch nicht. Um das Leben der alten Offizierswitwe war es sehr viel schlechter bestellt.

2

Drei muntere junge Männer rasten in einem gestohlenen roten Auto auf der Turkuer Autobahn in Richtung Westen. Sie passierten gerade Veikkola. Es war Nachmittag, im Auto war es heiß. Am Steuer saß der Jüngste des Trios, der zwanzigjährige *Jari* Fagerström, neben ihm der zehn Jahre ältere Kauko *Kake* Nyyssönen und im Fond Pertti *Pera* Lahtela, etwa fünfundzwanzigjährig. Alle drei trugen Turnschuhe, Jeans und farbenfrohe T-Shirts mit den aufgedruckten Emblemen amerikanischer Universitäten. Unter den Achseln zeichneten sich feuchte Flecken ab. Im Auto roch es nach Schweiß und abgestandenem Leichtbier.

Die Burschen waren unterwegs hinaus aufs Land zum Saunieren.

Bei der Abfahrt in Helsinki hatte es ein wenig Streit gegeben, weil das Auto gestohlen war. Kauko Nyyssönen hatte seine Freunde für den Diebstahl getadelt. Man hätte recht gut mit dem Bus aufs Land fahren können, fand er, warum mußte für jede längere Fahrt ein neues Auto gestohlen werden? Soviel Unbedachtheit brachte bloß unnötigen Ärger, eines Tages würde man dafür noch eingelocht. Und wegen des bloßen Spaßes am Autofahren mußte man seiner Meinung nach nicht unbedingt im Knast verschimmeln.

Die beiden anderen erklärten jedoch, bei der Hitze sei es nicht angenehm, im Bus zu schmoren. Da fahre man doch lieber mit dem Auto, wenn nun mal die Möglichkeit bestehe.

Auf der Höhe von Veikkola wandte sich das Gespräch den Raben zu, die alle zweihundert Meter erwartungsvoll am Rande der Autobahn umhertrippelten. Die Burschen überlegten, was die Vögel an der Autobahn zu suchen hatten. Es entstanden zwei Theorien: Nyyssönen meinte, die Raben kämen an die Straße, um kleine Steine zu fressen. Hatten sie nicht einen speziellen Kropf, der verlangte, daß sie zur Förderung der Verdauung Kies fraßen? Die beiden anderen lachten spöttisch, sie bezweifelten, daß es so etwas wie einen Kropf überhaupt gab, jedenfalls bei Raben. Sie waren überzeugt, die Aasvögel hätten die Autobahn in Überwachungsabschnitte von jeweils zweihundert Metern eingeteilt und warteten dann auf ihrem Teilstück, um sich an den Kadavern der von Autos überfahrenen Kleintiere gütlich zu tun.

Der im Rabenstreit unterlegene Kake wechselte das Thema. Er beschwor seine Freunde, sich am Ziel anständig zu benehmen. Er habe genug von all den Vorfällen auf diesen Ausflügen. Er erinnerte daran, daß man schließlich zu seiner lieben Oma fahre. Diese sei eine alte Frau, das müßten die anderen doch verstehen.

Die beiden meinten darauf, Kake habe anscheinend Angst, die Alte könnte einen Herzschlag kriegen und sterben, könnte vor ihren Augen ins Gras beißen. Außerdem fahre er doch selber einmal im Monat hin, um sich in Harmisto vollaufen zu lassen und zu schweinigeln. Von dem, was da ablaufe, werde in der Stadt eine Menge erzählt.

Nyyssönen erklärte, die alte Frau in Harmisto sei eigentlich nicht seine richtige Oma, sondern die Frau des

Bruders seiner Mutter, also die Frau seines Onkels, demzufolge eine Tante oder so was Ähnliches. Also durchaus nicht die eigene Großmutter, auch wenn sie furchtbar alt sei.

Er fing an zu prahlen, sein Onkel sei ein echter Oberst gewesen, habe schwer was drauf gehabt und an der Front die brenzligsten Situationen gerettet, die Russen würden immer noch im Flüsterton von ihm erzählen, obwohl der Kerl schon hundert Jahre tot sei.

Jari Fagerström und Pertti Lahtela verkündeten, ein toter Oberst interessiere sie nicht. Man scheiße auf das Kasernenpack, so lautete ihre unerschütterliche Meinung.

Überhaupt bewegte sich das Gespräch der Burschen auf der untersten Ebene. Unanständige Ausdrücke wurden so flüssig verwendet, daß sie keine praktische Bedeutung mehr hatten, sie waren lediglich Hilfswörter, die die Rede auflockerten.

Als man von der Autobahn auf eine Nebenstraße abbog, wollte Kauko Nyyssönen von den anderen wissen, wo sie das Auto gestohlen hatten und wo sie es nachher lassen wollten. Er tat kund, daß er mit diesem neuerlichen Autodiebstahl nichts zu tun haben wolle. Er schätzte es nicht, sich mit Kleinigkeiten abzugeben, und eben dazu zählte Autodiebstahl.

Jari Fagerström berichtete, das Auto stamme von der Uudenmaanstraße. Er wolle einige Tage damit fahren und es dann irgendwo stehenlassen. Es lohne sich nicht, denselben Wagen längere Zeit zu behalten. Vielleicht wäre es lustig, ihn übermorgen in irgendeiner Kiesgrube zu Schrott zu fahren oder gegen eine Kiefer zu donnern. Jari liebte es, Autos zu demolieren. Nyyssönen könne jedenfalls dankbar sein, daß er eine kostenlose Fahrgelegenheit habe.

Im Dorfladen von Harmisto kauften sie zwölf Flaschen Leichtbier und zehn Liter Benzin. Während die Verkäuferin den Sprit einfüllte, stahl Pera aus dem Regal fünf Schachteln Zigaretten. Das bewerkstelligten sie, indem sich Jari im passenden Moment an der Fleischtheke bemerkbar machte und Aufschnitt verlangte, so daß die Kassiererin für einen Moment dorthin gehen mußte. Im Auto bemerkte Pera zu seinem Ärger, daß er in der Eile die falsche Marke genommen hatte.

Kauko Nyyssönen fiel ein, daß man nicht an den Blumenstrauß für die Oma gedacht hatte. Oft brachte er Linnea Blumen oder wenigstens eine Tafel Schokolade mit. Kake hielt sich selbst in gewisser Weise für einen Kavalier. Außerdem war es nie schädlich, wenn man Frauen Blumen schenkte.

Jari Fagerström hielt neben der Bahnstrecke bei einem alten, verlassenen Stationsgebäude. An der Wand wuchsen Bauernrosen; Fagerström holte ein Stilett aus der Tasche und schnitt ein Bündel der schönsten Blüten vom Strauch ab.

»Hol's der Teufel, das ist ein wirklich hübscher Strauß«, sagte er zufrieden. Dann rasten sie auf dem kurvenreichen Kiesweg zu Linnea Ravaskas Haus, daß die Steine nach allen Seiten spritzten und um ein Haar die Katze unter die Räder gekommen wäre.

Kauko Nyyssönen überreichte der erschrockenen Linnea das Blumenbündel. Dann stellte er ihr seine Begleiter vor. Jari Fagerström und Pertti Lahtela standen abseits mit den Händen in den Taschen vergraben, doch

als Nyyssönen sie anstieß, bequemten sie sich, der alten Offizierswitwe die Hand zu reichen.
»Gibt es hier irgendwo 'nen Kühlschrank?« fragte Pera, der die Tüte mit den Bierflaschen trug.
Sie gingen in das Häuschen, das nur aus einem Zimmer und einer Küche bestand. Die Wände waren mit alten großblumigen Tapeten bedeckt, im hinteren Teil der Stube stand ein breites altes Doppelbett, einst angeschafft für einen größeren Raum, und in der Mitte prangte ein großes Ledersofa mit zwei gewaltigen Ohrensesseln, damit war der ganze Platz verbraucht. An den Fenstern hingen Spitzenstores, sie stammten ebenfalls aus einer großen Stadtwohnung und aus jenen Zeiten, da Linnea noch mit ihrem Mann in Töölö wohnte.
Pera stapelte in der Küche die Bierflaschen in den Kühlschrank. Dann kehrte er in die Stube zurück und äußerte seine Verwunderung darüber, daß er nichts Anständiges zu essen gefunden habe, nur Heringe und Katzenfutter. Er sei hungrig; ob es im Haus einen Keller gebe oder wo die alte Dame ihre Speisen aufbewahre.
Linnea Ravaska bedauerte, sie habe kein Geld für Fleisch und Wurst. Sie sei bereit, Kaffee zu machen.
Niemand legte Wert darauf, die Besucher erklärten, sie hätten bereits Kaffee getrunken, aber gegen Kuchen hätten sie nichts einzuwenden. Nach einiger Zeit, als das Bier gekühlt war, ließen sich die drei zur Mahlzeit nieder. Sie aßen viele Scheiben vom Hefezopf und spülten mit Leichtbier nach. Sie erkundigten sich, ob die Oma den Hefezopf selbst gebacken habe, er schmecke recht gut. Linnea sagte, sie habe ihn im Laden gekauft, sie habe kein großes Interesse am Backen.

Nyyssönen bat seine Freunde, sich für einen Augenblick zu entfernen, er habe mit Linnea etwas unter vier Augen zu besprechen.
Nachdem sich die beiden getrollt hatten, fragte Linnea, wer Kaukos Kameraden seien. Ihrer Meinung nach wirkten sie wie Taugenichtse, waren sie vielleicht gar Kriminelle?
»Du solltest dich nicht mit solchen Halunken abgeben, Kauko!« klagte die alte Dame.
»Reg dich ab, Linnea, die beiden sind völlig okay, und außerdem sind sie meine Kumpels und nicht deine. Hast du die Rente abgehoben?«
Seufzend entnahm Linnea Ravaska ihrer Handtasche einen Briefumschlag, den sie dem Neffen ihres verstorbenen Mannes aushändigte. Kauko Nyyssönen riß den Umschlag auf und zog ein Bündel Scheine heraus, die er sorgfältig zählte, ehe er sie in seiner Brieftasche verstaute. Er wirkte unzufrieden und klagte, die Geldsumme sei zu gering. Linnea Ravaska verteidigte sich, indem sie erklärte, die Renten seien in Finnland sehr niedrig und die Rentner bekämen eben keine Lohnerhöhungen, so wie die arbeitenden Menschen.
Kauko Nyyssönen war derselben Meinung. Tatsächlich seien die Renten unverschämt niedrig. Das sei ein ungeheurer gesellschaftlicher Mißstand. War es eine Art, daß sich sogar die Witwe eines Offiziers mit so wenig Rente begnügen mußte? Nyyssönen erregte sich bei dem Gedanken, welch großes Unrecht hier geschehen sei. Oberst Ravaska habe in wer weiß wie vielen Kriegen gekämpft, habe bestimmt hundert Mal den Kopf fürs Vaterland riskiert, und dies sei der Dank für alles! Über-

haupt sei das ganze Sozialwesen in diesem Land der Arschlöcher einen Scheiß wert.
Linnea Ravaska beklagte die Ausdrucksweise ihres Verwandten. Kake Nyyssönen kümmerte sich nicht darum, sondern wollte wissen, ob die Sauna bereit sei. Jetzt täte Entspannung gut. Er blickte aus dem Fenster und sah, daß Lahtela und Fagerström die Katze auf einen Apfelbaum gejagt hatten und sie mit einem langen Stab herunterzuscheuchen versuchten. Er ging hinaus, gab Jari Fagerström Geld und wies ihn an, in den Schnapsladen zu fahren. Dann werde man in die Sauna gehen.
»Bring für Linnea Likör mit!« raunte er ihm zu.
»Nein, danke, für mich nichts«, wehrte die alte Frau ab.
Fagerström erledigte den Auftrag mit Freuden. Der Sand wirbelte auf und der Motor heulte, als sein Auto in der Kurve verschwand.
Lahtela versuchte, die Katze mit Steinwürfen vom Baum zu holen. Als Linnea ihn anflehte, das Tier nicht zu steinigen, hörte er auf.
»Dann eben nicht! Soll das blöde Vieh bis Weihnachten da oben bleiben«, murmelte er, warf aber noch einen Stein. Die Katze saß auf einem Ast und fauchte.
Später beim Trinken in der Sauna fing Nyyssönen an, seine Tante zu rühmen. Sie sei ein wirklich feiner Mensch. Hatten die Kumpels je von einer alten Frau gehört, die ihren Verwandten unterstützte, dem es dreckig ging? Nein, nicht einmal die eigenen Mütter hätten Jari und Pera seinerzeit ertragen können. Bei ihm, Kake, sei es anders, aber er stamme ja auch aus einer gebildeten Familie. Nicht jeder habe zum Beispiel einen Oberst in der Verwandtschaft.

Die beiden anderen äußerten darauf, ihres Wissens sei Kakes Vater ein Akkordeonspieler und Tivoli-Clown aus Savolay gewesen, den es in der Notstandszeit nach Helsinki verschlagen habe, wo er schließlich am Suff gestorben sei. Kake plusterte sich auf und erklärte, sein Vater habe von einem großen ostfinnischen Gut gestammt, der Name der Familie gehe auf den griechischen Weingott Dionyyssös zurück, und auf jeden Fall komme seine Mutter aus einer berühmten Soldatenfamilie, deshalb täten Jari und Pera besser daran, das Maul zu halten, andernfalls würden sie seine Faust zu spüren kriegen. Lahtela und Fagerström behaupteten trotzdem, die Oma Ravaska gebe ihm ihr Geld keineswegs aus verwandtschaftlicher Zuneigung, sondern er zwinge sie, einmal im Monat ihre Rente für den Neffen ihres Mannes herauszurücken, das sei bekannt, jeder in Helsinki wisse das. Aber was gehe das Außenstehende an, mancher habe eben Glück und in der Familie eine reiche und schrullige Witwe, die er schröpfen könne.
Darauf wäre es beinahe zu einer Schlägerei gekommen, doch dann fiel Nyyssönen die Katze im Apfelbaum ein. Da seine Tante eine so edelmütige Frau war, schickte es sich nicht, das Tier nachts da oben sitzen zu lassen.
Auf der Stelle zogen alle drei los, unbekleidet wie sie waren, um der Katze herunterzuhelfen. Mit vereinten Kräften zerrten sie die Gartenschaukel unter den Baum und kletterten unter johlendem Gelächter hinauf. Zweige brachen, der Baum schwankte, die Katze fauchte, und einer nach dem anderen plumpsten die Männer auf die Schaukel, die schließlich zerbrach. Endlich gelang es Lahtela, in den Apfelbaum zu klettern. Er prahlte, er sei

Tarzan, und johlte, daß es im ganzen Dorf widerhallte, dabei schüttelte er den Baum, bis die völlig verängstigte Katze auf ihn herabfiel. Lahtela packte sie beim Schwanz und wollte sie im hohen Bogen auf den Hof schleudern, aber das Tier klammerte sich mit aller Kraft an seine Arme und seine Brust. Die Krallen rissen Wunden in den nackten Körper des betrunkenen Mannes. Lahtela schrie vor Schmerz auf und fiel mit der Katze in die zerbrochene Gartenschaukel. Die Katze flüchtete und schlüpfte unter den Kuhstall. Der zerkratzte Lahtela rappelte sich aus der Schaukel hoch, er war nun wirklich böse.

»Verdammte Alte, das wirst du mir bezahlen, und zwar teuer!« schrie er wütend zu Linnea hinüber, die starr vor Entsetzen auf der Veranda ihres Häuschens stand. Lahtela stürzte zu der alten Frau hin, die in ihrer Angst ins Haus schlüpfte und die Tür von innen abschloß. Lahtela riß die Klinke ab, doch dann gelang es Nyyssönen und Fagerström, ihn zu besänftigen.

»Seht ihr, was das Vieh mit mir gemacht hat?« jaulte Lahtela. »Ich schlage die Alte tot, so was macht keiner ungestraft mit mir, das garantiere ich euch.«

Nyyssönen und Fagerström redeten ihm zu und brachten ihn dazu, in die Sauna mitzugehen. Dort gaben sie ihm erst mal einen Schnaps. Nyyssönen ging zurück, klopfte an Linneas Fenster und bat sie um Pflaster. Linnea ließ ihren Verwandten ein, gab ihm Verbandszeug und legte sich dann auf ihr Bett, wobei sie die Hände auf die Brust drückte. Nyyssönen fragte, was ihr fehle. Wegen Lahtela brauche sie sich nicht zu sorgen, der sei aufbrausend und ein wenig empfindlich.

»Kauko, ich habe mich so aufgeregt, das schlägt mir aufs Herz. Ihr bleibt doch nicht über Nacht, nein? Ich würde mir so wünschen, daß ihr nach Helsinki zurückfahrt, dein Geld hast du ja wieder bekommen.«
Nyyssönen sagte, er wolle darüber nachdenken, aber es werde vermutlich nichts bringen, weil sie alle, auch Jari, einiges intus hätten, so daß keiner fahren könne.
Nachdem sich Kauko Nyyssönen mit dem Verbandszeug entfernt hatte, stand Linnea Ravaska auf und schloß die Haustür ab. Sie holte die Pillenschachtel aus der Handtasche, schöpfte in der Küche Wasser aus dem Eimer und schluckte zwei Tabletten. Von der Sauna klang das Gejohle der Männer herüber. Seufzend zog die alte Frau die Gardinen zu, kleidete sich aus, schlüpfte in ihr Nachthemd und taumelte ins Bett. Sie schloß die Augen, wagte aber nicht zu schlafen. Wenn sie wenigstens für den Notfall ein Telefon besäße, doch auch das hatte Kauko bereits im Winter verkauft. Linnea betete, dieser Besuch möge nicht wieder so verlaufen wie alle vorhergegangenen.

3

Der Sauna-Abend der drei Burschen dauerte bis in die Nacht. Sie veranstalteten einen Höllenlärm, sowohl drinnen als auch draußen, sie tranken Schnaps, schrien, rangen miteinander, rannten nackt auf dem Hof herum, riefen sich Blödsinn zu und lachten wiehernd darüber.

Linnea Ravaska versuchte, sich bei alldem zu entspannen, aber ihr gestörter Herzrhythmus gab ihr keine Gelegenheit dazu. Für gewöhnlich kam sie mit ihrem Herzen gut zurecht, es machte ihr nicht oft zu schaffen, doch Kaukos allmonatliche Besuche brachten jedesmal ihr Leben durcheinander. Linnea Ravaska war nicht mehr jung, sie war 1910 geboren, und das bedeutete, daß sie in diesem Jahr achtundsiebzig würde, am 21. August, übrigens demselben Tag, an dem solch bemerkenswerte Persönlichkeiten wie Siiri Angerkoski[1], Prinzessin Margaret und Count Basie Geburtstag hatten. Margaret war noch ein ganz junger Mensch, aber Siiri und Count waren älter als Linnea, acht und sechs Jahre. Beide waren bereits tot. An Siiris Begräbnis hatte Linnea aus Neugier sogar teilgenommen, als sie noch in Töölö wohnte. Es war eine sehr schöne Veranstaltung gewesen.

Wie schnell doch die Zeit vergangen war, das Leben war an Linnea vorbeigesaust wie im Flug. Als junges Mädchen hatte sie gedacht, alle Menschen über dreißig seien alt. Plötzlich war sie selbst dreißig geworden, nach einiger Zeit vierzig, das hatte sie nervös gemacht, und dann war Rainer gestorben, recht erleichternd in gewisser Weise. Bald darauf wurde sie bereits fünfzig, dann sechzig und siebzig, und jetzt näherte sie sich dem achtzigsten Lebensjahr. In diesem Alter waren die Jahre so kurz wie für junge Menschen die Monate, die letzten Jahre waren sogar wie zwei Wochen vergangen, jeweils eine Woche Sommer, eine Woche Winter. Wenn sie in diesem Zeitrhythmus weiterdachte, glaubte sie, im besten Falle noch zehn Wochen leben zu können, wenn überhaupt. Sie müßte bald einmal nach Helsinki zu ihrem alten Arzt, zu Jaakko, fahren und ihn fragen, wie viele Lebensjahre ihr noch blieben. Jaakko Kivistö war seit dem Krieg Hausarzt der Ravaskas gewesen, er war ein Freund vom Oberst. Als Linnea Witwe geworden war, hatte sie mit Jaakko ein paar Jahre eine Beziehung gehabt, äußerst nett und sauber. Mit Ärzten ins Bett zu gehen ist insofern angenehm, als sie nichts schmutzig machen. Die Beziehung hatte außerdem den Vorteil mit sich gebracht, daß Linnea auch jetzt noch, nach Jahrzehnten, in Jaakko ihren kostenlosen Arzt hatte. Er war zwar recht betagt, nur acht Jahre jünger als sie selbst, doch Linnea Ravaska vertraute den Ärzten der alten Schule, die sich noch Zeit nahmen, ihren Patienten zuzuhören. Außerdem war der Lizentiat der Medizin, Jaakko Kivistö, ein Kavalier. Das konnte man von Kauko Nyyssönen und seinen Kumpanen nicht sagen.

Um Mitternacht tappte Linnea in die Küche, trank ein Glas schalen Wassers und spähte durch einen Gardinenspalt zur Sauna hinüber. Dort hatte die Feier ihren Höhepunkt erreicht. Das Gegröle der Betrunkenen war bestimmt bis ins Nachbardorf zu hören. Linnea schämte sich; warum konnten die jungen Männer nicht manierlicher feiern? Früher hatte man es verstanden, kultivierte Feste zu feiern, jedenfalls im allgemeinen, und besonders vor dem Krieg. Nach dem Krieg war es dann einige Jahre lang anders, die Sitten waren zweifellos verroht gewesen, doch das hatte an dem verlustreichen Krieg gelegen und nicht daran, daß die Männer jener Zeit ungehobelte Tölpel gewesen wären.

Bald nach dem Krieg hatte Oberst Ravaska erfahren, daß man ihn wegen des Versteckens von Waffen anklagen

würde; er war für sein letztes Geld nach Brasilien gereist, wo eine recht gute Arbeitsstelle auf ihn gewartet hatte. Zuvor war nämlich bereits General Paavo Talvela, ein guter Freund des Oberst, in das südamerikanische Land geflohen und hatte seinen Offizierskollegen im örtlichen Verkaufskontor für finnische Zellulose untergebracht.
In Finnland hatte man befürchtet, die Russen könnten sich das Land unter den Nagel reißen, und viel fehlte auch nicht. Linnea erinnerte sich, wie Hertta Kuusinen[2] öffentlich damit gedroht hatte. Von Hertta eingeschüchtert, hatte auch Linnea ein Schiff bestiegen und war über das Meer zu ihrem Mann nach Rio de Janeiro geeilt. Ach, diese Feste, gütiger Himmel! Obwohl man, kaum Geldmittel besessen hatte, hatte man doch versucht, den Druck der traurigen Zeiten ein wenig zu mildern, indem man hin und wieder herrliche Treffen der früheren europäischen Militärangehörigen arrangierte. In Südamerika hielten sich damals etliche finnische Vaterlandsfreunde auf, auch hohe Militärs, wie Talvela, außerdem natürlich scharenweise Deutsche, ein paar Ungarn, die an der Seite der Deutschen gekämpft hatten, und andere Personen, die nach Ende des Krieges hatten fliehen müssen. Aber richtige Faschisten hatte Linnea nie getroffen, obwohl von ihrer Anwesenheit gemunkelt wurde. Waren nicht die schlimmsten Kriegsverbrecher unmittelbar nach dem Krieg und dem Nürnberger Prozeß aufgehängt worden?
Politische Dinge waren Linnea immer unangenehm gewesen. Sie fand es überflüssig, noch Jahrzehnte nach Kriegsende auf der Waffenbrüderschaft zwischen Finnen und Deutschen herumzureiten.

Aber es waren herrliche Feste gewesen, daran erinnerte sie sich. Manchmal hatte man mit Pistolen Papierlaternen vom Dach des Gartenpavillons heruntergeschossen, der Wein war in Strömen geflossen, man hatte sich viele Tage hintereinander vergnügt. Und dann hatte man ebenso viele Tage faul im Bett gelegen, bis man allmählich wieder an die Arbeit denken mußte. Trotzdem war niemals so herumgeschrien worden, wie es diese jungen Männer in der Sauna taten, zwar waren die ehemaligen Offiziere recht laut gewesen, allerdings hatten sie niemals derart gegrölt.
In der Tat: Wenn ein gewöhnlicher Soldat einen oder zwei Schnäpse trinkt, fängt er an zu grölen, während ein Offizier, selbst wenn er viele Tage getrunken hat, höchstens ein wenig herumbrüllt.
In der Sauna fuhr das Trio mit dem Baden und Saufen fort. Im Ofen war schon vor Stunden die Glut erloschen, nicht das leiseste Zischen war zu hören, wenn die Betrunkenen kellenweise Wasser auf die kalten Steine schütteten. Die Burschen merkten es nicht einmal, mit der Zigarette im Mund und der Schnapsflasche in Reichweite peitschten sie sich gegenseitig mit abgefransten Birkenzweigen den Rücken und priesen Linneas ausgezeichnete Sauna. Zwischendurch gingen sie zur Abkühlung auf den Hof.
Das Schummerlicht um Mitternacht ließ die Radaubrüder gefühlvoll werden. Kauko Nyyssönen fing an, seine Tante Linnea als einen großartigen Menschen zu preisen, er bekannte, daß er es ohne die alte Frau in seinem Leben nicht einmal zu dem gebracht hätte, was er jetzt war. Linnea habe ihn von Kindesbeinen an verwöhnt,

da seine eigene Mutter nun mal so gewesen sei, wie sie war. Linnea habe ihn wie ihr eigenes Kind behandelt, da sie ja mit ihrem Oberst, also dem Onkel Ravaska, keine Kinder gehabt habe. Auch später noch, nachdem seine eigene Mutter gestorben sei, habe er sich auf Linnea verlassen können. Sie habe ihn im Sommer aus dem Kinderheim zu sich geholt, habe ihn gut bekocht, ihm Kleidung gekauft und alles andere.

»Stellt euch vor, die Alte hat mich auch in der Erziehungsanstalt besucht und mir immer alle möglichen Delikatessen mitgebracht«, erklärte Kake gerührt. »Und als ich das erste Mal in den Knast mußte, hat sie mir Pakete und Geld geschickt. Von so einem Weib könnt ihr nicht mal träumen, das sage ich euch!«

Kake erzählte eine lange Geschichte, die zehn Jahre zurücklag. Er habe da aus Versehen bei einer Sache mitgemacht, die nicht geklappt habe, dauernd sei alles mögliche schiefgegangen, es sei so gewesen, daß ...

Die beiden anderen sagten gelangweilt ja, ja, die Geschichte sei ihnen bekannt, er habe sie mindestens tausendmal erzählt, und zwar jedesmal, wenn er betrunken gewesen sei. Es habe sich um Betrug gehandelt, der zu einem Raub geworden sei und ihn in jeder Weise in die Scheiße geritten habe. Er sei in einem Firmenbüro abends nach der Arbeitszeit irgendwie ausgerastet, habe zwei Menschen halbtot geschlagen und sei mit einer Beute von ein paar tausend Mark abgehauen.

Nyyssönen stellte richtig: Erbeutet habe er immerhin über zwanzigtausend Mark, und die Kontoristin und irgendein unbedeutender Chef, die zu Überstunden im Büro geblieben seien und ihn plötzlich überrascht hätten, seien überhaupt nicht schlimm verletzt gewesen. Sie hätten sowieso bloß den Feierabend abgewartet, um es miteinander zu treiben, so daß sie im Prinzip in der ganzen Sache überhaupt nicht das Maul aufreißen durften, aber die Menschen seien nun mal Flegel, besonders die da oben.

Kake hatte mit dem Geld eine wirklich fidele Spritztour nach Stockholm und Kopenhagen gemacht. Zwei ganze Wochen waren vergangen, ohne daß er sich hinterher an irgend etwas erinnern konnte, in seinen Taschen hatte er jede Menge Fahrkarten und Kneipenrechnungen gefunden, aus denen er ersehen konnte, wo er sich herumgetrieben hatte. Irgendwann hatte er ein Taxi nach Helsinki genommen, zitternd und blau angelaufen vom Kater. Er hatte keine sichere Bleibe gewußt außer Linneas Wohnung in Töölö in der Caloniusstraße. Nicht übel die Bude, überall Büsten und Bilder und große Sessel, an den Fenstern Spitzengardinen und in der Diele auf einer gemaserten Säule ein Mannerheim-Denkmal aus Gips. Der Marschall war dargestellt, wie er während des Aufstandes irgendwo hinter Tampere steht, den Feldstecher vor dem Bauch und eine weiße Pelzmütze auf dem Kopf.

Nyyssönen war inzwischen aufgeflogen. Die Opfer hatten ihn erkannt und mit Linnea Verbindung aufgenommen, ihre Schadensersatzansprüche waren absolut gigantisch gewesen, und dann hatten sie noch mit der Polizei gedroht. Wegen ein paar blauer Flecken so ein Geschrei, nicht zu fassen.

Den beiden Zuhörern war auch der Rest der Geschichte bekannt: Linnea Ravaska hatte den Neffen ihres verstorbenen Mannes wieder einmal aus der Not gerettet. Sie hatte verhandelt und geschlichtet und Kake versprochen, ihm noch dieses eine Mal aus der Klemme zu helfen, weil abzusehen war, daß er etliche Jahre Gefängnis bekäme, falls die Sache nicht mit viel Geld aus der Welt geschafft würde. Kake hatte geschworen, Linnea alles zurückzuzahlen, er hatte ihr sogar einen Schuldschein ausgeschrieben. Linnea war also gezwungen gewesen, ihre Wohnung in der Caloniusstraße zu verkaufen; die drei Zimmer mit Küche hatten nur zäh und zu einem schlechten Preis veräußert werden können, da man es eilig hatte, aber es hatte alles geklappt. Die Sache war stillschweigend beigelegt worden. Linnea hatte sich ein kleines Häuschen in Harmisto, Gemeinde Siuntio, gekauft, wo sie vorübergehend wohnen wollte, bis Kauko Nyyssönen seine Schulden bei ihr bezahlt hätte. Sie hatte mehr als hunderttausend Finnmark eingesetzt, und das war zu jener Zeit eine so astronomische Summe gewesen, daß Kake Nyyssönen sich nicht einmal im Traum vorstellen konnte, diese jemals zu erstatten.

Linnea Ravaska hatte natürlich mehrfach versucht, ihr Geld von ihm zurückzubekommen. Sie hatte an sein Ehrenwort und an den unterschriebenen Schuldschein appelliert, hatte gefordert und geklagt, doch ohne Erfolg. Kake war nicht arbeiten gegangen, das paßte nicht richtig zu ihm, und wie sollte er auch bei irgendeinem Handlangerjob Geld in solchen Massen verdienen? Hatte Linnea denn überhaupt keinen Realitätssinn?

Schließlich hatte sie gedroht, seine Schulden durch die Behörden eintreiben zu lassen, sie hatte den Schuldschein vor seiner Nase geschwenkt, doch auch das hatte nichts genützt. Kake hatte erklärt, er besitze nichts Pfändbares, außerdem habe sich Linnea auf fragwürdige Weise selbst in die Sache eingemischt, indem sie die Opfer des Verbrechens bestochen habe, damit sie schwiegen, und endlich: Wozu der ganze Lärm um den läppischen Schuldschein? Den könne man ratz, fatz einfach zerreißen und ihr in den Arsch stopfen! Kake hatte Linnea das Dokument aus der Hand gerissen und zerfetzt, den letzteren Teil der Drohung jedoch nicht wahrgemacht. Weinend hatte Linnea Ravaska die Schnipsel des Schuldscheins mit Handfeger und Schaufel vom Fußboden aufgenommen und in den Küchenherd gesteckt. Dieses Ereignis lag nun schon viele Jahre zurück. Wegen dieser Geschichte hatte Linnea Ravaska endgültig ihr Vertrauen und ihre Liebe zum Neffen ihres verstorbenen Mannes verloren. Die Beziehung der beiden war seither angespannt, doch das störte Kake Nyyssönen durchaus nicht. Er fand es sogar praktischer, daß die Alte nach Siuntio gezogen war, auf dem Lande konnte er sich im Bedarfsfall besser vor der Polizei verstecken als in Töölö, wo er viel zu bekannt war. Derartige Situationen hatte es bereits gegeben, die Beamten hatten mehrfach nach Kauko Nyyssönen gesucht, um ihn zu verhaften und vor Gericht zu stellen, aber auf dem Dachboden von Harmistos altem Kuhstall konnte er sich, besonders im Sommer, wochenlang aufhalten, ohne daß er Gefahr lief, entdeckt zu werden. Und außerdem machte es auch ohne besonderen Grund Spaß, gemeinsam mit Freunden Ausflüge an die frische Landluft zu unternehmen, so wie jetzt. Oder, was meinten die Kumpels, war der finnische Sommer nicht schön, so mit Sauna und Schnaps zusammen genossen? Linnea Ravaska sah angewidert durchs Fenster zur Sauna hinüber. Die nackten Ungeheuer torkelten drinnen und draußen auf dem Rasen herum, einer erbrach sich auf dem Pfad, ein anderer pinkelte in die Ecke. Kauko Nyyssönens unappetitlich aussehender, schlaffer, weißer Körper mit dem Bierbauch wankte über den Hof, widerlich und furchterregend. Wie hatte sie nur diesen Menschen als Baby wickeln und im Arm halten, seine Höschen wechseln und gelbe Kinderkacke aus den Windeln waschen können? Aber als kleiner Junge war Kauko ganz anders gewesen, ein niedliches Kind, das sie angeschaut und Oma zu ihr gesagt hatte. Das tat er allerdings immer noch. Ekelhaft.

Linnea Ravaska dachte bei sich, daß wenn ihr Mann noch lebte, der Terror dieses versoffenen Bengels auf der Stelle aufhören würde. Oberst Ravaska war ein hitzköpfiger Mann gewesen, besonders wenn er getrunken hatte, und Linnea war sicher, daß Rainer seine Militärpistole herausgerissen, Kauko Nyyssönen hinter die Sauna geführt und den Kerl dort wie einen Hund abgeknallt hätte.

4

Zuerst endet das Urteilsvermögen, dann der Schnaps. Unter der Einwirkung dieses Naturgesetzes stellten Linnea Ravaskas Sommergäste in den frühen Morgenstunden fest, sie hätten nun lange genug zu dritt gefeiert, unter Männern, ganz ohne weibliche Gesellschaft und Fürsorge; Linnea zählte wegen ihres hohen Alters nicht als Frau. So wurde denn eifrig und einstimmig beschlossen, mit dem Auto loszufahren, um die notwendige weibliche Gesellschaft und den für noch notwendiger befundenen Schnaps zu holen.

Man begann, nach den abends abgelegten Kleidungsstücken zu suchen, ein hinreichender Teil davon wurde auch gefunden und mehr schlecht als recht übergezogen. Dann schwankten die Burschen, sich gegenseitig stützend, über den Brunnenpfad zum Hof und ließen sich in ihren gestohlenen Wagen fallen, unter lautem Türengeknall und drohendem Knurren.

Linnea Ravaska fuhr in ihrem Bett hoch, als der Motor aufheulte. Sie erhob sich, ging ans Fenster und sah, wie das rote Auto auf dem schmalen Sandweg zum Dorf raste. Die jungen Espen am Wegrand zitterten und raschelten noch lange, nachdem das Geräusch des Autos bereits verstummt war. Linnea wünschte sich inständig, daß das Trio beschlossen hätte, nach Helsinki zurückzufahren. Sie trat vors Haus und rief nach ihrer Katze, die sich erst jetzt unter dem Kuhstall hervorwagte; gemeinsam mit ihr ging Linnea über den nachtfeuchten Rasen zur Sauna, um nachzusehen, ob die Gäste tatsächlich endgültig abgereist seien.

Eine niederschmetternde Enttäuschung erwartete sie dort. Es sah ekelerregend aus: Der Saunaraum war mit Birkenblättern und den Strünken der Zweige übersät, auf dem Wasserkessel fehlte der Deckel, leere Zigarettenschachteln und zerschlagene Schnapsflaschen lagen auf den Bänken und dem Fußboden, die Kerze war

auf den Steinen des Ofens geschmolzen, im Abfluß schwamm Erbrochenes.
Im Vorraum lagen noch einige Kleidungsstücke, und das bedeutete, daß der überstürzte Aufbruch der Gäste nur vorübergehender Natur gewesen war und sie zurückkehren würden, um weiterzufeiern.
Die nächtliche Spritztour zur Brautschau und Schnapsbeschaffung erstreckte sich auf weite Gebiete im westlichen Uusimaa: Zunächst fuhren die Zechbrüder nach Nummela, aber dort wagten sie nicht zu bleiben, denn ihnen war klar, daß sie betrunken waren und nicht hätten aus dem Auto steigen können, ohne sofort auf der Straße lang hinzufallen. So versuchten sie, Stadtzentren zu meiden. Sie fuhren an der Stadt Lohja vorbei in Richtung Hanko, bogen dann nach Virkkala ab, machten zu Erkundungszwecken eine Rallyefahrt nach Lohjansaari, fragten dort in den Häusern nach Schnaps und Liebe, und da sie nicht das gewünschte Echo hatten, rissen sie meterweise Hofzäune um und pinkelten in einige Briefkästen.
Das Benzin ging zur Neige, aber den betrunkenen Autofahrern schien es ungünstig, Tankstellen mit Nachtdienst anzufahren, die Angestellten hätten bloß unnötig die Polizei alarmiert. Zum Glück gab es in der Gegend noch Tankstellen, die nachts nicht geöffnet waren: In der Nähe von Karkkila entdeckten sie im letzten Moment eine solche.
Mutig hinein durch die Glastür, die Kasse aufgesprengt, aus dem Kühlschrank der Theke Leichtbier und Ei-Anchovis-Sandwiches gegriffen und eingesackt, dann den Tank gefüllt mit Zweitaktbenzin aus einer von

Hand zu betätigenden Zapfsäule, deren einfaches Schloß sich mit einer Eisenstange, die man in der Reparaturhalle fand, mühelos zertrümmern ließ.

»Qualmt ein bißchen, das Zweitakter, aber der Zylinder wird schon nicht gleich verrußen, wenn man den Motor hochtourt«, konstatierten Linnea Ravaskas Sommergäste. Der Tank war voll, also rein ins Auto und wieder auf die Straße.

Es war tatsächlich Eile geboten. Sie hatten den Schäferhund des Tankstellenbesitzers töten müssen, den dieser wie üblich bei der Kasse zurückgelassen hatte, um sein Eigentum zu bewachen. Pera hatte den Kopf des Tieres mit dem Wagenheber zerschmettert, und Jari mit seinem Stilett den Schwanz vom Körper abgetrennt. Als sie etwa fünf Kilometer gefahren waren, hielten sie bei einer Kiesgrube an, um kaltes Bier zu trinken und Sandwiches zu essen. Irgendwo sang ein Ziegenmelker, die Stimmung war gigantisch. Pera fand am Hang eine Rolle verrosteten Draht, damit befestigte er den Hundeschwanz an der Spitze der Radioantenne. Es sah toll aus: Im Fahrtwind wehte das Büschel wie eine haarige Standarte von Kraft und Freiheit.

Auf der Weiterfahrt verprügelten sie aus purem Spaß und in Unterstützung des Naturschutzgedankens einen früh aufgestandenen Landwirt, der dabei war, seine Felder mit einem gefährlichen Pflanzenschutzmittel zu besprühen. Sie zerrten ihn von seinem Traktor und droschen auf ihn ein, bis er das Bewußtsein verlor. Immerhin hatten sie soviel Mitleid mit ihm, daß sie ihm ein paar Büchsen kaltes Bier in die Unterhosen stopften, um ihm das Aufwachen zu erleichtern.

Den Traktor entfernten sie hilfsbereit vom Feld und fuhren ihn weit in den Wald hinein außer Hörweite, sie zerschlugen die vorderen Scheinwerfer und ließen den Motor laufen.
Sie waren sich einig, daß der Bauer mindestens einen halben Tag lang Sprit schleppen müßte, falls er seinen Zetor da hinten im Busch überhaupt finden würde.
Damit war die Tournee noch nicht beendet. Im Nachbardorf drängte es sie danach, eine Schweinezuchtanlage zu besuchen, sie bestaunten die niedlichen Ferkel, und beim Gehen griffen sie sich dann ein etwa drei Monate altes Tier, das sie lebend in den Kofferraum des Autos warfen.
Das Ferkel kreischte im Dunkeln vor Entsetzen, während der Wagen in einem Höllentempo in Richtung Harmisto raste. Jari Fagerström am Steuer war jetzt in Hochform, Pera fungierte als Kartenleser. In der Sommernacht wurde eine Rallye über die kurvenreichen Sandwege improvisiert, und wie nicht anders zu erwarten, verlor der betrunkene Fahrer schließlich die Gewalt über den Wagen. Das rote Auto raste in den Wald, rodete auf seinem Weg mehrere junge Birken, überschlug sich schließlich und blieb auf dem Dach liegen. Einige Zeit war nur das Klirren von Glas und das Quieken des Ferkels zu hören, dann krochen aus dem Autowrack drei mit Beulen übersäte Männer. Ernsthaft verletzt war niemand, wieder einmal hatten die Betrunkenen einen Schutzengel gehabt. Sie stellten das Auto sogleich auf die Räder, doch um es wieder auf die Straße zu fahren, war der Graben zu tief und das Gelände zu holprig. Und zum Schieben fehlte ihnen die Kraft. So machte

sich Jari an seine Lieblingsbeschäftigung, das Demolieren von Autos. Er zertrümmerte die Motorhaube an den dicken Kiefern, stieß immer wieder zurück und fuhr erneut gegen die Stämme, bis das Fahrzeug um einen Meter verkürzt war. Bei dieser Arbeit wurde auch der Kofferraum zusammengequetscht und das Ferkel totgedrückt. Die Burschen hatten zu tun, den Kadaver aus dem Autowrack zu ziehen. Sie trennten den Kopf mit dem Stilett ab und trotteten anschließend quer durch die Wälder nach Harmisto.

Mit dem Ferkel im Gepäck kamen sie nur langsam voran, so daß sie erst am späten Morgen ihr Ziel erreichten. Linnea hatte sich auf die Rückkehr der Gäste vorbereitet, weil sie ahnte, daß deren Laune nicht die beste sein würde, hatte sie starken Kaffee gekocht. Sie hatte den Eßtisch nach draußen geschleppt, auf den Rasen gestellt und darauf zum Frühstück für drei Personen gedeckt in der Hoffnung, die Rückkehrer zu besänftigen, damit diese ihr nicht das Haus auf den Kopf stellten.

Zerlumpt, mit blauen Flecken übersät und mit Schweineblut beschmiert kamen die Burschen aus dem Wald wie die Reste einer im Krieg geschlagenen Armee. Es war ein kläglicher Haufen, Jammergestalten nach einer durchzechten Nacht. Mürrisch setzten sie sich an den Frühstückstisch und verlangten, Linnea solle das Schwein schlachten. Echte Männer hatten die Versorgung in die Hand genommen, nun gab es im Haus wieder anständiges Fleisch.

Linnea schleppte den Kadaver in den Kuhstall, holte den Dolch, die Axt und heißes Wasser und begann, das Schwein abzubrühen. Sie weinte.

Das heftige nächtliche Saunieren und die anschließende vielseitige Spritztour quer durch das westliche Urusimaa hatten den unternehmenslustigen Burschen die Kräfte geraubt. Nachdem sie Linneas vorbereitetes Frühstück verzehrt hatten, legten sie sich gesättigt auf den Rasen, um zu schlafen.

Auf dem Hof kehrte für ein paar Stunden Ruhe ein. Aber als die Mittagssonne zu wärmen begann, wachten die Burschen auf und verlangten wieder Bedienung. Linnea mußte im Saunakessel Wasser heiß machen, damit sich die Herren waschen konnten, anschließend stellten sie fest, daß passenderweise Mittagessenszeit war. Die Reste der Gartenschaukel wurden zerkleinert und mit dem Holz mitten auf dem Hof ein prächtiges Lagerfeuer entzündet. Ein fürstliches Essen sollte veranstaltet werden, gab es doch ein abgebrühtes Schwein und hungrige Männer in Erwartung einer Mahlzeit. In einer Ecke des Kuhstalls fand sich ein alter Schleifstein, der mit Hilfe einer Eisenstange zerstückelt wurde, so erhielt man einen brauchbaren Drehhebel zum Grillen. Das Ferkel wurde quer über den Rasen zur Feuerstelle gezogen, mit der Eisenstange durchbohrt und auf den verrosteten Drehhebel gesteckt. Aus der Einfassung der Blumenrabatten neben der Treppe wurden ein paar große Steine gelöst und mit ihnen der Drehhebel abgestützt, nun konnte es losgehen. Die Burschen schickten Linnea in den Dorfladen, sie solle Grillgewürze, Senf und mindestens zwanzig Büchsen Leichtbier holen. Als Linnea bedauerte, sie habe für diese Zwecke kein Geld, gab es ein entsetzliches Geschrei. Kake sagte, er sei sicher, daß sie nicht so arm sei, wie sie behauptete. Wofür hatte sie zum Beispiel den Rest des Geldes aus dem Verkauf ihrer Stadtwohnung verplempert? Sie wollte doch wohl nicht behaupten, die ganze Summe sei in den Kauf dieser unscheinbaren Hütte und in den Kredit für ihn, Kake, geflossen? Sie habe garantiert mindestens hunderttausend Finnmark beiseite geschafft, oder wolle sie ihm weismachen, sie habe derartige Summen hier in diesem Kaff ausgegeben, in dem es nicht mal eine Gaststätte gab?

Linnea Ravaska versuchte, Streit zu vermeiden. Sie versprach, die verlangten Gewürze und das Bier im Laden auf Pump zu kaufen. Vielleicht wäre der Kaufmann bereit, anzuschreiben, schließlich kannte er sie, da sie seit Jahren im Dorf wohnte.

Es gelang Linnea tatsächlich, ihre Einkäufe zu tätigen. Der Kaufmann fragte sie, wie sie mit ihren gestern eingetroffenen Gästen fertig geworden sei. Diese seien bei ihm im Laden gewesen, hätten Benzin und Bier gekauft, und nachts seien dann ziemlicher Lärm und das Heulen des Automotors zu hören gewesen. Linnea hatte nicht recht die Kraft zu antworten, sie sagte nur, sie habe den Neffen ihres verstorbenen Mannes und seine Freunde unendlich satt. Sie habe der Jugend immer vertraut, doch in den letzten Jahren habe sie den Eindruck gewonnen, daß dazu kein Anlaß bestehe.

Die Verkäuferin meinte, zumindest hier auf dem Lande könne man auch anständige junge Leute treffen. Witwe Ravaska wagte das zu bezweifeln.

Der Kaufmann war ein hilfsbereiter Mann und erbot sich, Linnea mit dem Auto nach Hause zu bringen, da sie so schwer zu tragen hatte. Ganz bis vors Haus wagte

er jedoch nicht zu fahren, sondern er setzte Linnea hundert Meter vorher ab und erklärte, er wolle sich nicht in die Angelegenheit fremder Menschen einmischen.
Den Rest des Weges schleppte Linnea ihre Einkäufe allein und mußte auf der kurzen Strecke viele Male ausruhen. Sie gestand sich ein, daß ihr das Alter doch zu schaffen machte. Sie hatte vor Angst die ganze Nacht wachgelegen, hatte am Morgen den großen runden Eßtisch hinausgeschleppt und aus ihren wenigen Vorräten ein Frühstück zubereitet, dann hatte sie ein ganzes Schwein abgebrüht und ausgenommen, hatte in der Sauna Waschwasser heiß gemacht, und jetzt schleppte sie auch noch eine schwere Bierlast nach Hause. Sie hatte das Gefühl, das Herz würde ihr in der Nacht wieder Probleme machen, wenn sie nicht bald Gelegenheit bekäme, sich auszuruhen.
Dieser Tag wurde noch schlimmer als der vorige. Kake verkündete, Linnea müßte eigentlich ihr Testament machen, ob sie denn nicht begreife, daß sie schon recht betagt sei. Über das Verfahren hätten sie doch schon früher gesprochen oder etwa nicht? Die Sache sei die, daß er seine Tante nicht ohne Testament beerben könne, das Verwandtschaftsverhältnis sei zu entfernt. Während Linnea im Laden gewesen war, hatten die Burschen gehandelt. Sie hatten in der Stube Schreibzeug und Papier gefunden und ein vortreffliches Dokument aufgesetzt, auf dem jetzt nur noch Linneas Unterschrift fehlte. Pera Lahtela und Jari Fagerström erklärten sich bereit, die Rechtmäßigkeit des Dokuments zu bezeugen, und Kauko Nyyssönen versprach, es sofort nach seiner Rückkehr in Helsinki beim Gerichtsbezirk – oder wie das gleich

hieß – registrieren zu lassen. Er erklärte, er werde sich genau informieren, wo das Dokument abzugeben sei.

»Auch das noch«, dachte Linnea voller Bitterkeit. Sie bat um Bedenkzeit, schließlich sei sie im Vollbesitz ihrer körperlichen und geistigen Kräfte und wolle selbst entscheiden, wem sie ihr Eigentum vermache.

Linneas Einwände veranlaßten vor allem Pera und Jari, sich lustig zu machen. Sie erklärten lauthals und in spöttischem Ton, sie seien derselben Meinung, klar sei die Oma bei vollen geistigen Kräften, kein Zweifel. Die Frauen würden mit dem Alter weise, das sei bekannt.

Das Ferkel wurde über dem Feuer gewendet, mit Salz und Senf eingerieben und mit dem Grillgewürz bestreut. Als die Gartenschaukel restlos verbrannt war, riß Jari Bretter vom Brunnendeckel ab. Linnea versuchte, ihn daran zu hindern, und da wurde Jari wütend. Er stieß die alte Dame um, daß sie auf den Rasen fiel, dann holte er von drinnen aus dem Haus den Stuhl des Frisiertisches, zerschlug ihn demonstrativ auf der obersten Treppenstufe und warf die Stücke ins Feuer.

Linnea stand auf, sie bebte vor Zorn über die Demütigung und humpelte ins Haus. Sie stopfte einige ihrer besseren Kleidungsstücke in die Einkaufstasche, dazu ihre Kosmetikbox und ihre wichtigsten Papiere, dann ging sie hinaus und trug die Tasche hinter den Kuhstall.

Die Männer fragten nach dem Grund, und Linnea erwiderte, sie wolle Wäsche waschen. Kake fand, dann könne sie für ihn und seine Freunde gleich mitwaschen, ihre Sachen seien voller Schlamm und Schweineblut, anschließend müßten die Stücke ein wenig ausgebessert werden. Linnea sagte nichts dazu.

Aber zunächst wurde sie gezwungen, ihr eigenes Testament zu unterschreiben. Eine Zornesträne der alten Frau tropfte auf das Papier, aber zum Glück bemerkte Kake es nicht, sonst hätte er auch das wieder entsprechend kommentiert.
Der köstliche Duft garen Schweinefleisches zog durch die Luft, die Männer schnitten sich mit dem Stilett dicke Scheiben ab und aßen so gierig, daß sie die alte Frau für einen Augenblick vergaßen. Linnea schloß die Tür ihres Häuschens ab und suchte dann nach ihrer Katze, die sie schließlich auf dem Dachboden des Kuhstalls fand. Die Katze hatte Angst, wahrscheinlich hatte man sie gequält, während Linnea im Laden gewesen war, um das Bier zu kaufen.
Witwe Linnea Ravaska nahm die verstörte Katze auf den Arm, holte ihre gepackte Tasche und schlich lautlos in den Wald. Vom Hof drang das begeisterte Geschrei der Männer herüber, die mit gutem Appetit das über dem Feuer schaukelnde Ferkel zerlegten und dazu das Bier tranken, das Linnea ihnen gebracht hatte. Linnea blickte noch einmal zu ihrem kleinen, roten Häuschen zurück. Ihr Blick war unendlich müde, aber voll unversöhnlichem Haß.

5

Linnea Ravaska wanderte über den schattigen Waldweg, die Katze trippelte hinter ihr her. Aus der Richtung des roten Häuschens hörte Linnea gedämpft das Gegröle der betrunkenen Männer, bis der vielstimmige Vogelgesang es barmherzig übertönte. Linnea schleppte ihre schwere Kleidertasche, hin und wieder ruhte sie sich im Schatten der Bäume aus. Nach einiger Zeit entledigte sie sich ihrer Sandalen, damit sie auf dem feuchten Pfad nicht naß würden, sie streichelte zerstreut ihre Katze und ging weiter, immer tiefer in den Wald hinein. Als sie aus ihrem Haus geflüchtet war, war sie völlig außer sich gewesen, aber jetzt wußte sie genau, was sie als nächstes tun mußte.

Zuerst mußte sie sich anständiger anziehen. Die morgendliche Arbeit und vor allem das Abbrühen des Schweins hatten ihre Hauskleidung verunreinigt, in diesem Aufzug konnte sie sich nicht unter Menschen wagen. Und ihr Gesicht sah bestimmt ganz schrecklich aus nach der durchwachten Nacht und der ausgestandenen Angst. Linnea suchte sich eine geeignete Stelle am Wegrand, öffnete ihre Tasche und holte ihre Schminkutensilien heraus. Zu ihrem Ärger stellte sie fest, daß sie nicht daran gedacht hatte, einen Spiegel einzustecken, als sie so überstürzt aufgebrochen war. Linnea besaß mehrere Spiegel, einer hing in der Stube an der Wand, ein zweiter in der Sauna, und ein dritter lag in der Kommodenschublade, der sogenannte Reisespiegel, und den hatte sie in der Eile vergessen.

Sie packte die Utensilien wieder ein und setzte ihren Weg fort. Sie kannte diesen schönen Wald gut, und als sich der Weg gabelte, folgte sie mit ihrer Katze dem weniger ausgetretenen Pfad. Bald erreichte sie eine kleine Lichtung, die mit hohem Riedgras bewachsen war. Mitten auf der Lichtung sprudelte eine Quelle, die Fläche war fast ein Ar groß, das Wasser klar und herrlich kalt. Am Rande der Lichtung stand eine baufällige Heuscheune aus grauen Balken. Unsichtbar hoch am blauen Sommerhimmel konnte man einen Vogel hören.

Linnea Ravaska stellte ihre Tasche sorgfältig auf einer trockenen Bülte am Rand der Quelle ab, dann blickte sie sich prüfend um und kauerte sich in das hohe Gras, um sich auszuziehen. Sie entledigte sich ihrer schmutzigen Kleidungsstücke, stopfte sie in einen Plastikbeutel und legte diesen ganz unten in die Tasche. Dann vergewisserte sie sich noch einmal, daß sie auf der Lichtung allein war, und glitt langsam in das kühle Wasser. Sie schwamm, ohne zu planschen, bis zur Mitte des Teiches, ließ von der kalten Grundströmung ihre müden Füße und alle ihre Glieder umspülen, ihren alten, verhärteten Witwenkörper, der dennoch bemerkenswert kraftvoll war. Nach einiger Zeit schwamm sie mit ruhigen Zügen ans Ufer zurück, entnahm ihrer Tasche Seife und Shampoo und begann, sich sorgfältig in dem klaren, kalten Wasser zu waschen. Sie verteilte Shampoo im Haar, seifte sich von oben bis unten ein und spülte alles ab, indem sie langsam quer durch den Teich schwamm. Endlich stieg sie heraus, ließ das Wasser von sich abperlen und ihre Haut in der Sonne trocknen.

Linnea fühlte sich plötzlich genauso unruhig wie einst als junges Mädchen. War es nicht 1934 gewesen, in jenem Jahr, als Ester Toivonen zur Miß Europa gewählt wurde? Ja, so mußte es gewesen sein ... Damals war ein sehr schöner Sommer, so wie es früher zu sein pflegte. Linnea war mit ihrer Mutter nach Viipuri in den Urlaub gefahren, sie hatten auch Terijoki aufgesucht und dort viele Male im Meer gebadet. Das Meer war so kalt gewesen wie diese Quelle. Warum nur war das Meerwasser kälter als das der Seen? Darüber hatte Linnea oft nachgedacht. Das Meer fror im Winter längst nicht so stark zu wie ein See, und doch war es kälter. Auch Quellen froren nicht zu.

In Terijoki hatte Linnea Lindholm zum ersten Mal Leutnant Rainer Ravaska getroffen. Rainer hatte schrecklich für alles Militärische geschwärmt, er war im Ort stationiert gewesen als Sekretär und Adjutant einer Inspektionskommission für den Bau der Befestigungsanlagen. Linnea erinnerte sich, wie Rainer ihr in sehr geheimnisvollem Ton Dinge erzählt hatte, von denen sie nichts begriff: Daß die Kommission irgendwo in Inkilä Verteidigungsanlagen inspiziert hatte, gepanzerte Geschützstände und bombensichere Unterstände, dort sollten 47-Milimeter-Schiffskanonen des Typs Obuhov installiert werden. Rainer selbst, als junger, reformfreundlicher Offizier, war mehr für die Zwölf-Millimeter-Maschinengewehre des Typs Vickers gewesen. Deren Feuerkraft sei bedeutend stärker als die der veralteten Obuhov-Kanonen. Rainer hatte Linnea beschworen, über diese strenggeheimen militärischen Pläne unbedingt Stillschweigen zu bewahren. In den dichtbelaubten Gassen von Terijoki war es Linnea nicht schwergefallen, alles nur Erdenkliche zu versprechen.

Damals hatte Linnea gedacht, rede du nur, Soldat, deine Militärgeheimnisse müssen mich sowieso nicht interessieren, doch später hatte sie gemerkt, daß dies ein Irrtum war. Die Männer redeten immer über ihren Beruf.

Ist der Mann Soldat, ereifert er sich über Truppen und Waffen, ist er ein Dichter, schwätzt er über Dichtkunst und liest seine eigenen Gedichte vor, und ist er Arzt, so wie Jaakko, beschreibt er schreckliche Krankheiten und referiert über deren Heilung, so als wären die tödlichen Leiden bedauernswerter Patienten ein besonders fesselndes Gesprächsthema.

Aufgrund dieser männlichen Eigenschaften jedenfalls hatte sich Linnea während ihrer Ehe recht umfangreiche militärische Kenntnisse angeeignet. Anfangs waren es Dinge gewesen, mit denen sich die niederen Offiziersgrade beschäftigten, später immer kompliziertere militärische Strategien, sogar in einem Maße, daß Linnea manchmal dachte, sie beherrsche die Militärwissenschaften fast ebenso perfekt wie ein Major des Generalstabs.

Der junge Leutnant war so rührend ernst und so begeistert von allem, was mit dem Töten zusammenhing, daß Linnea eine fast mütterliche Zuneigung zu ihm gespürt hatte. Außerdem war Rainer in seiner Uniform eigentlich ein recht gutaussehender Mann gewesen. Ohne Kleidung hatte sich der Eindruck rasch verflüchtigt. Als sie gemeinsam im Meer gebadet hatten, hatte Linnea den nackten Rainer betrachtet; seltsam, wie alltäglich die Männer ohne Uniform aussahen. Aber nach dem Baden hatten sie sich beide von Sonne und Wind trocknen lassen, und Linnea hatte sich gefragt, ob sie diesen Leutnant nicht trotzdem heiraten sollte.

Ach, wie der kühle Seewind die Haut nach dem Bad im Salzwasser erfrischte! Linnea hätte mit ihrem Leutnant bis zum Dunkelwerden im Sand liegen mögen, doch seine Schwester, die sich ebenfalls im Badeort aufhielt, war jedesmal erschienen und hatte vorgeschlagen, in den Pavillon oder in die Villa oder ins Hotel zu gehen. Linnea fand, Rainers Schwester Elsa, damals noch Elsa Ravaska, sei ihr Unglücksbringer gewesen gleich von Anfang an. Ein nervenschwaches und verdrehtes Mädchen, dumm und unbeholfen, das dann gegen Ende des Krieges völlig die Nerven verlor und nie wieder ganz in Ordnung kam. Trotzdem kriegte sie es auf ihre alten Tage fertig, einen nichtsnutzigen Kerl, irgendeinen unbedeutenden Nyyssönen, zu heiraten und mit ihm auch noch einen Sohn in die Welt zu setzen, so eine Verrücktheit. Kauko wurde im Jahre 1958 geboren, Elsa war damals schon über vierzig. Linnea versuchte, genauer zu rechnen: Elsa war sechs Jahre jünger als sie selbst, ja, bei Kaukos Geburt war Elsa knapp über vierzig gewesen. Natürlich hatte ein Kaiserschnitt gemacht werden müssen. Das hatte Elsa weiter geschwächt, sowohl physisch als auch psychisch. Die verschiedensten Komplikationen waren aufgetreten. Eigentlich brauchte man sich darüber nicht zu wundern, da es sich bei dem Ankömmling um Kauko Nyyssönen gehandelt hatte.

Linnea erwachte aus ihren Erinnerungen und kehrte in die rauhe Wirklichkeit zurück. Sie holte ihre Kosmetiktasche hervor und rieb sich den Körper mit einer dünnen Schicht Feuchtigkeitscreme ein, sprühte an den entscheidenden Stellen ein wenig Parfüm auf und zog dann Unterwäsche und darüber ein hellblaues Kostüm an. Sie massierte sich Balsam in ihr dünnes Haar und frisierte es dann so, daß es ihr offen auf die Schultern fiel. Zum Schluß kümmerte sie sich um ihr Gesicht: Zuunterst kam ein transparentes Make-up, dann eine dünne Schicht Transparentpuder und auf Wangen und Stirn eine Spur Rouge in der Farbe Himbeere. Für die Augenlider verwendete sie bläulichen Lidschatten, anschließend lackierte sie ihre Nägel und betonte den Mund mit rotem Lippenglanz.

All dies nahm reichlich Zeit in Anspruch, zumal die Toilette unter ungewöhnlichen Bedingungen, nämlich mitten im Wald, gemacht wurde. Linnea mußte gefährlich nahe am Wasser hocken, um ihr Spiegelbild an der Oberfläche sehen zu können, doch am Ende war das Ergebnis zufriedenstellend, wenn nicht sogar ausgezeichnet. Niemand hätte geglaubt, daß dies dieselbe Frau war, die man morgens gezwungen hatte, im dunklen Kuhstall ihres kleinen Häuschens ein Schwein auszunehmen.

Linnea Ravaska fand, man könne das Schminken aus gutem Grund mit militärischer Aufrüstung vergleichen. In den Winterkrieg zum Beispiel war Finnland in fast ungeschminktem Zustand gegangen, die Nation war wie eine gutgläubige Bauernmagd gewesen, die es in die Großstadt verschlägt, wo sie von den Männern ausgenutzt wird und ihre Keuschheit verliert. Auf den Fortsetzungskrieg hingegen hatte sich die Maid Finnland schon fast allzusehr vorbereitet, hatte aber sich mit einer dicken Kriegsbemalung in grellen und aggressiven Farben versehen. Das Fräulein hatte vergessen, sich zu waschen, und den Schweißgeruch mit dem stark parfümierten Puder deutscher Straßendirnen überdeckt. Bei der Rüstung ist es wie beim Schminken, die Nation

muß genau wie eine Frau ein Gefühl für Stil haben, damit sie dann im Ernstfall nicht ihre Keuschheit oder ihre Unabhängigkeit verliert und nicht unnötig ihr Blut oder die bitteren Tränen der Enttäuschung vergießt.
Als alles fertig war, packte Linnea Ravaska ihre Tasche und rief nach ihrer Katze. Dann ging sie zunächst auf demselben Weg zurück, bog aber bald in eine andere Richtung ab und ging tiefer in den Wald hinein. Nach einigen Minuten erreichte sie die Bahnstrecke. Die Katze lief auf einer der Schienen weiter, Linnea ging von Schwelle zu Schwelle, sie mußte lange Schritte machen, damit sie sich nicht mit dem Schotter die Schuhe zerschrammte.
Linnea fühlte sich nach langer Zeit wieder unbeschwert. Sie nahm an, es komme von dem Bad in der Quelle und ihrem gepflegten Äußeren. Sie hatte sich auf ihre eigene, weibliche Art für den Kampf gerüstet. Die alte Frau war dabei, ihr dringend benötigtes Selbstvertrauen, das ihr im Laufe der Jahre rücksichtslos zertreten worden war, wieder aufzubauen.
Bald kam der verlassene Bahnhof von Harmisto in Sicht. Linnea passierte die hübschen Stationsgebäude und ging weiter zum Dorfladen, wo sie mit ihrem veränderten Äußeren bei den anwesenden Kunden und beim Kaufmann einiges Aufsehen erregte. Sie bat, das Telefon im Hinterzimmer benutzen zu dürfen.
Linnea Ravaska rief die Polizei an. Sie erzählte, sie lebe bereits seit Jahren unter einem unmenschlichen Terror, und heute habe sie sogar aus ihrem eigenen Heim in den Wald flüchten müssen. Auf dem Hof ihres kleinen Häuschens tobe eine Horde betrunkener Männer, die

sich bereits den zweiten Tag unverschämt und gewalttätig aufführten. Sie wünsche, daß die Polizei komme und die dreiköpfige Gruppe verhafte, anschließend die notwendigen Untersuchungen einleite und die Gauner für ihre Übeltaten vor Gericht stelle.
Der diensthabende Beamte beklagte den Mangel an Mitarbeitern. Wie dringlich sei denn der Fall? Sei jemand mißhandelt worden? Gehöre die Geschichte nicht eigentlich in den Bereich des Zivilrechts, da es sich vielleicht nur um den allzu ausgelassenen, sommerlichen Besuch des entfernten Verwandten und seiner Freunde handele? Hoffentlich bausche die Anruferin da auch nichts auf?
Linnea erklärte, sie sei sicher, die Männer hätten sich auf jeden Fall der Trunkenheit am Steuer und mehrerer Diebstähle schuldig gemacht, sie hätten unter anderem ein Auto sowie ein Schwein widerrechtlich in ihren Besitz gebracht. Das Auto hätten sie ihren eigenen Worten zufolge demoliert und stehengelassen, das Schwein getötet. Außerdem hätten sie in ihrem, Linneas, Haus Schaden angerichtet und sie sogar gezwungen, ein gefälschtes Testament zu unterschreiben. Alle fraglichen Personen hätten mehrere Gefängnisstrafen hinter sich. Reiche das noch nicht?
Der Diensthabende meinte darauf, heutzutage trieben sich zahlreiche solcher Jugendbanden herum, es gebe gar nicht genug Polizisten, um sie alle zu verfolgen. Aber er werde sein möglichstes tun.
Nach Beendigung des Gesprächs berichtete er seinem Kollegen, wieder habe so ein hysterisches altes Weib angerufen. Ein junger Verwandter habe in Muttchens

Sauna ein bißchen herumgesoffen, und schon habe die Alte die Nerven verloren. Man müsse wohl trotzdem eine Streife hinschicken?

Das Polizeiauto traf eine halbe Stunde später am Laden ein. Drei uniformierte Beamte kamen gemütlich hereingeschlendert und fragten, worum es gehe. Linnea und der Kaufmann klärten sie über die Situation auf, der Kaufmann fügte noch warnend hinzu, falls sie zu dem Häuschen hinfahren wollten, würde er ihnen raten, die Waffen bereitzuhalten. Das machte Eindruck auf die Beamten, sie erkundigten sich nach dem Weg und fuhren in die angegebene Richtung. Kurz vor Linneas Haus schalteten sie die Sirene ein, so daß das Trio am Grill schleunigst in den Wald verschwand.

Die Polizisten sahen sich vor Ort um und stellten erleichtert fest, daß sich die mutmaßlichen Randalierer entfernt hatten. Sie teilten es über Funk der Einsatzzentrale mit und baten um Anweisungen. Man beauftragte sie, die Randalierer festzunehmen, und falls das nicht möglich sei, das Gelände vorerst zu sichern.

Zwei Polizisten machten einen routinemäßigen Dauerlauf durch den nahen Wald, der dritte rief Verhaftungsbefehle durch das Megaphon. Die Natur blieb jedoch still, nur die kleinen Vögel sangen nach Herzenslust im Fichtengehölz.

Kauko Nyyssönen, Pertti Lahtela und Jari Fagerström waren gewohnheitsmäßig im Inneren des Waldes in verschiedene Richtungen auseinandergelaufen. Kauko hatte eine ziemlich weite Strecke zurückgelegt und war an eine Lichtung gelangt. In der Mitte sah er einen Teich, im Schutz der Bäume stand eine verfallene

Scheune. Er warf sich voller Wut auf Linnea mit zusammengebissenen Zähnen ins hohe Gras, denn er ahnte, daß sie die Polizei alarmiert hatte. Das würde die Alte noch bereuen.

Seine ganze elende Vergangenheit fiel ihm ein: Immer war man hinter ihm hergewesen, nie hatte er ein freies und menschenwürdiges Leben führen können. Was er auch tat, jedesmal folgten daraus Polizeiverhöre, Gerichtsverhandlungen und Knast. Aber dies hier ging zu weit, die eigene Verwandte verfolgte ihn! War Linnea tatsächlich so verrückt, daß sie es wagte, die Polizei auf ihn zu hetzen? Er erinnerte sich, wie er sie auch diesmal wieder vor seinen Freunden häufig in den höchsten Tönen gelobt hatte, und dies war der Dank. So eine Gemeinheit. Kauko Nyyssönen fluchte inbrünstig.

Aus den Taschen seiner Jeans holte er das Testament, das Linnea Ravaska unterschrieben hatte. Rachedurstig dachte er, dies sei ein Dokument, das die Alte garantiert teuer zu stehen käme.

Deprimiert und betrunken lag Kake bäuchlings am Ufer des Teiches. Er stopfte das Testament in seine Brieftasche, in der zum Glück noch das Bündel Scheine steckte, das von der heimtückischen Linnea stammte. Verflucht nochmal, wie sehr er die Alte jetzt gerade haßte! Wie konnte ein Mensch, eine Frau noch dazu, es fertigbringen, dem eigenen Blutsverwandten die Polizei auf den Hals zu hetzen; Kake begriff es einfach nicht. Vor seinen Augen lag im Gras eine blaue Plastikdose. Kake öffnete sie und fand darin ein Stück duftender Seife.

»Was soll das, zum Teufel«, dachte er mißtrauisch. Er ahnte nicht, daß seine Pflegemutter die Seife dort vergessen hatte. Kake packte die Dose und schleuderte sie über das Scheunendach weit in den Wald hinein. Dann trank er ein wenig Wasser aus der Quelle. Schade, daß er nicht ein paar Dosen Bier hatte einstecken können, vom Wasser wollte der Durst nicht vergehen. Zum Schluß pinkelte er in die Quelle, in seiner Wut tat er es gründlich und lange.

Da es den Polizisten nicht gelungen war, die Randalierer zu verhaften, blieben sie da, um auf dem Gelände die Ordnung aufrechtzuerhalten. Ihr Befehl wurde ihnen richtig sympathisch, als sie entdeckten, daß mitten auf dem Hof über heißer Glut an einem Spieß ein erst halb verzehrtes köstliches Ferkel hing. Sie suchten sich im Kuhstall und im Schuppen ein paar Kartoffelkisten zusammen, die sie als Sitzgelegenheiten benutzten, dann schnitten sie sich fette Scheiben von dem Fleisch ab. Auf dem Rasen stand ein Tisch mit einem einladenden Angebot an Leichtbier, Senf und Grillgewürzen. Die Polizisten fanden, sie hätten rechten Hunger, und machten sich in der schönen sommerlichen Landschaft an ihre Mahlzeit.

Linnea Ravaska wagte nicht, zu ihrem Häuschen zurückzugehen. Sie überließ ihre Katze der Kaufmannsfamilie zu treuen Händen, bezahlte ihre Schulden vom morgendlichen Bierkauf und bestellte sich dann ein Taxi.

Als Fahrtziel nannte sie Helsinki. Sie schaute nicht zurück, als das Auto abfuhr. Die Katze stand auf der Treppe und miaute.

6

In Helsinki gab Linnea die Adresse von Doktor Jaakko Kivistö in Töölö in der Döbelnstraße an. Sie beauftragte den Chauffeur, über die Caloniusstraße zu fahren, sie wollte nach langer Zeit ihre alte Wohngegend wiedersehen. Sie mußte dem Chauffeur bei der Orientierung helfen, wie sollte sich auch ein Mann aus Siuntio in Töölö zurechtfinden.
In der Stadt war es heiß, aber es herrschte nicht die Grabesstille wie früher um diese Jahreszeit. Sowie es Sommer geworden war, waren damals die Bewohner von Töölö in Scharen aufs Land gezogen. Lediglich die Beamten, deren Dienst es verlangte, waren in der Stadt zurückgeblieben, und natürlich die Arbeiter, die allerdings weniger in Töölö, als vielmehr in Vierteln wie Hakaniemi und Sörnäinen wohnten.
Linnea bat den Chauffeur, langsam durch die Caloniusstraße zu fahren, damit sie zu den Fenstern ihrer früheren Wohnung im dritten Stock hinaufschauen konnte. Dort hingen andere Gardinen! Linnea erkannte ihre Fenster sofort, jetzt hingen dort irgendwelche fadgrünen Lappen. Sie selbst hatte an der Straßenfront weiße Stores gehabt, die an den Seiten schön gefältelt waren.
Linnea mußte an den letzten Kriegssommer denken. Die großen Kämpfe auf der Karelischen Landenge waren bereits abgeflaut, man sprach von Waffenstillstand. Rainer hatte nach Hause auf Urlaub kommen dürfen. Er hatte dann einige Offiziere des deutschen Waffenbruders zu sich eingeladen, gewissermaßen zum

Abschiedsbesuch. Linnea hatte ein Essen vorbereitet. Wegen des herrschenden Mangels hatte sie kaum etwas bekommen, das sie auf den Tisch bringen konnte, und durch die trostlosen Ereignisse an der Ostfront war die Stimmung auch sonst ziemlich gedrückt gewesen. Alkohol floß deshalb reichlicher als sonst. So hatte dann in der Nacht ein deutscher Hauptmann beschlossen, sich umzubringen. Er hatte in der Küche, die zur Straße lag, unbemerkt das Fenster geöffnet und aus dem dritten Stock hinunterspringen wollen. Die Situation war wirklich gefährlich, Linnea hatte befürchtet, es würde einen Skandal geben. Deutsche Soldaten starben damals zwar in großer Zahl, millionenfach, aber trotzdem wäre es peinlich gewesen, wenn einer ausgerechnet unter ihrem Fenster sein Ende gefunden hätte.

Im letzten Moment konnte Linnea den Ärmel des selbstmörderischen deutschen Hauptmanns ergreifen, doch der Mann streifte seine Uniformjacke ab. Linnea griff nach seinen Hosenträgern, die auch tatsächlich hielten, doch da der Mann viel schwerer war als sie selbst, wurde sie von den Hosenträgern aufs Fensterbrett gezogen. Dort blieb sie hängen und rief um Hilfe. Der Hauptmann hing etwas tiefer an der Außenwand des Hauses und umarmte die blecherne Regenrinne. Er hatte seine Absicht mittlerweile bereut und flehte Linnea an, seine Hosenträger festzuhalten.

Oberst Ravaska und ein paar andere Offiziere liefen auf die Straße, um den Hauptmann in Empfang zu nehmen, der langsam an der Regenrinne hinunterrutschte. Die Hosenträger waren fast bis auf zwei Meter Länge ausgedehnt. Schließlich sprangen die Knöpfe ab, der

Mann rutschte in ziemlichen Tempo nach unten und fiel seinen Offizierskameraden in die Arme.
Aufgrund dieses an sich unbedeutenden Zwischenfalls kursierten dann in der Stadt, und besonders in Militärkreisen, während des ganzen Sommers und sogar noch im Herbst böswillige Anekdoten, die schließlich dazu führten, daß sich der deutsche Hauptmann erschoß. Vielleicht war auch das Ergebnis des großangelegten Krieges schuld an dem Selbstmord, denn jener Hauptmann war vom Weltkrieg sehr enttäuscht gewesen. Er besaß irgendwo in Süddeutschland eine gutgehende Bäckerei. Insgesamt wirklich eine bedauerliche Kette von Ereignissen, denn vor seinem Selbstmordversuch hatte der Mann die Ravaskas eingeladen, ihn nach dem Krieg zu besuchen. Wegen seines unglücklichen Schicksals fiel die Deutschlandreise ins Wasser.
Während Linnea an diese Episode zurückdachte, erreichte das Taxi die Döbelnstraße. Linnea bezahlte und trug ihre Tasche in den Fahrstuhl, mit dem sie zur fünften Etage hinauffuhr. An der Tür hing ein Messingschild: Jaakko Kivistö, Liz. d. Medizin.
Jaakko Kivistö freute sich über den Besuch seiner alten Freundin. Er war siebzig, bereits seit längerem verwitwet und wohnte jetzt allein in seiner großen Wohnung, in der sich auch die Praxisräume befanden. Er erzählte, er verzichte seit einiger Zeit auf die Sprechstundenhilfe. Er habe seit Jahren keine neuen Patienten angenommen, wolle aber die alten noch lebenden bis zu ihrem Tod betreuen.
Linnea registrierte, daß Jaakko seit ihrer letzten Begegnung, die ein Jahr zurücklag, wieder gealtert war. Das

sagte sie ihm natürlich nicht, denn sie wollte ihren alten Arzt und Liebhaber, den sie immer noch irgendwie mochte, nicht verletzen. Jaakko war groß, bleich, kahlköpfig und sprach mit dünner Stimme.

Linnea sagte, sie komme zur routinemäßigen Untersuchung, aber auch, um ihn um Rat und vielleicht ein wenig Hilfe zu bitten. Jaakko Kivistö versprach, ihr in jeder nur erdenklichen Weise zur Verfügung zu stehen. Linnea erzählte, sie wolle vorläufig in Helsinki bleiben – falls es ihm passe –, sie beabsichtigte, ihr Häuschen auf dem Lande zu verkaufen, denn dort sei es in letzter Zeit zu unruhig geworden. Jaako Kivistö sagte, da er keine Sprechstundenhilfe mehr habe, klappe es gut mit der Unterbringung, man brauche keine Tratschreden zu befürchten. Linnea habe die freie Wahl unter den Zimmern.

Als Linnea Ravaska sich häuslich eingerichtet hatte, führte Jaakko Kivistö die ärztliche Untersuchung durch. Der Allgemeinzustand der alten Dame war einigermaßen zufriedenstellend. Die Zuckerkrankheit hatte sie dank der Tabletten im Griff, ihre Knochen waren ein wenig poröser geworden, für die Aktivierung des Darms schrieb Jaakko ein Medikament auf. Als die Untersuchung beendet war, fragte Linnea ihren Arzt:

»Sag mir ehrlich, wie viele Jahre ich im besten Falle noch leben könnte!«

Die Familie der Lindholms war als langlebig bekannt, so daß anzunehmen war, daß auch Linnea diesbezüglich keine Ausnahme machen würde. Ihr Gesundheitszustand war in Anbetracht des Alters auf jeden Fall leidlich. Angesichts dessen gab Jaakko Kivistö die Prognose, daß Linnea mindestens noch zehn Jahre leben würde, aller Wahrscheinlichkeit nach betrüge die ihr verbleibende Lebenszeit jedoch an die zwanzig Jahre. Dies unter der Voraussetzung, daß sie nicht auf ihre alten Tage gesundheitsschädigende Genußmittel konsumieren oder Opfer eines Unfalls würde.

»Wie schrecklich«, stöhnte die alte Dame. »Und ich hatte geglaubt, ich sterbe in ein, zwei Jahren!«

Zehn oder sogar zwanzig Jahre bedeuteten, daß sie ihr Leben noch einmal neu einrichten mußte. Auf jeden Fall mußte sie ihren Verfolger Kauko Nyyssönen samt seinen kriminellen Kumpanen abschütteln.

Jaakko Kivistö bat Linnea, ihm von ihren Schwierigkeiten zu erzählen. War der Verursacher jener fragwürdige Verwandte? Jaakko Kivistö hatte Elsa Nyyssönens Sohn nie gemocht.

Linnea berichtete von ihren letzten Jahren in Harmisto. Es war wohltuend, alles einem Außenstehenden erzählen zu können, auch wenn dies ein Mann war. Jaakko Kivistö machte Kaffee und goß Linnea Sherry ein.

Linnea sprach zwei Stunden lang, schilderte das Drama der letzten Jahre. Als sie endlich fertig war, war sie ein wenig betrunken, aber unsagbar erleichtert. Jaakko Kivistö legte seine Hand auf ihre schmale Schulter und sagte, ihr Schicksal sei nahezu unglaublich. Er versprach, sie in jeder Weise zu unterstützen. Es sei auf keinen Fall vernünftig, jetzt nach Harmisto zurückzukehren. Beim Verkauf ihres Häuschens werde er ihr gern helfen.

»Ich hätte nie gedacht, daß die alte, willensstarke Linnea Ravaska sich einmal von einem Grünschnabel derart demütigen läßt. Du hast es doch immer verstanden, mit Männern umzugehen.«

Kivistö dachte im stillen an die Ehe der Ravaskas und besonders die letzten Jahre während des Krieges. Linnea war die eigentliche Bestimmerin in der Familie gewesen, sie hatte die Wohnung und ihren Mann betreut, hatte ihn angespornt, ja gezwungen, in seiner Laufbahn voranzukommen und es bis zum Oberst zu bringen. Und was die paar Jahre betraf, da Kivistö mit ihr ein Verhältnis gehabt hatte, so erinnerte er sich außer an gewisse schöne Dinge auch an ihr forderndes, fast dominantes Wesen. Es erschien ihm tatsächlich unglaublich, daß die gute alte Linnea Unterordnung und regelrechte Unterdrückung hatte hinnehmen müssen.

Sie hatte eine Schlange an ihrem Busen genährt, indem sie den früh verwaisten Neffen ihres Mannes großzog. Elsa Nyyssönen war ja zeitlebens seelisch labil gewesen und gestorben, als der Junge noch klein war.

Linnea sagte, sie fürchte um ihr Leben. Man habe sie gezwungen, ein Testament zu unterschreiben, das Kauko Nyyssönen zu ihrem einzigen Erben mache. Sie sei noch nicht so senil, daß sie nicht begreife, was das bedeuten könnte. Bei passender Gelegenheit würde sie vermutlich einen tödlichen Unfall erleiden.

Jaakko Kivistö erwiderte, er habe geglaubt, sie besitze kein nennenswertes Eigentum mehr. Sei nicht dadurch das Testament nur ein bedeutungsloses Stück Papier? Nyyssönen werde doch nicht so töricht sein, ihr deswegen nach dem Leben zu trachten.

Linnea erklärte, sie sei allerdings in den letzten fünf Jahren zunehmend verarmt, dennoch sei ihr ein wenig Vermögen geblieben. Sie habe ein Drittel der Summe vom Verkauf ihrer Stadtwohnung in Wertpapieren angelegt, und dann gehöre ihr natürlich das Häuschen in Harmisto. Für Kauko Nyyssönen sei schon allein das ein Motiv für seine sinnlosen Taten.

Jaakko Kivistö rief seinen Anwalt Lauri Mattila an und erzählte ihm vom Testament. Dieser versicherte, Linneas Angst vor dem Papier sei unbegründet. Das Testament sei bedeutungslos, und um sicherzugehen, könne Linnea jederzeit ein neues aufsetzen, in dem sie das frühere widerrufe. Außerdem sei die Ausübung von Zwang schon an sich ein ziemlich schwerwiegendes Delikt. Der Anwalt versprach, für die alte Dame baldmöglichst ein neues Testament auszuarbeiten, das dann im Bedarfsfalle Kauko Nyyssönen zugestellt werden könnte, damit er sich nicht einbilde, je aus Linnea Ravaskas Tod Nutzen ziehen zu können.

Linnea sagte zu ihm, sie wolle ihr Häuschen in Harmisto verkaufen, und ob er sich um die praktische Abwicklung kümmern würde. Mattila übernahm den Auftrag, er habe Kontakte zu vielen Firmen, die Immobilien vermittelten. Er glaube, daß das Häuschen bald verkauft werden könne, denn es gebe seines Wissens gerade in den letzten Jahren eine wachsende Nachfrage nach solchen idyllischen Landhäusern am Stadtrand von Helsinki.

Durch diese tröstlichen Informationen erleichtert, nahm Linnea ein heißes Bad und ging dann zu Bett. Jaakko Kivistö brachte ihr den Abendtee aufs Zimmer und wünschte ihr eine gute Nacht. Als er sich entfernte, dachte Linnea bei sich, daß Jaakko doch tatsächlich alt geworden sei, aus dem früheren hochgewachsenen Mann und von den besseren Kreisen bevorzugten Arzt war ein Opa geworden, der vorsichtige Schritte machte und sich irgendwie tastend zum Leben verhielt. Ein Kavalier war er allerdings immer noch, und Linnea verspürte Dankbarkeit und auch eine gewisse Wärme für ihn. An Jaakko schien sich die Richtigkeit der Behauptung zu beweisen, daß Männer nicht so lange leben wie Frauen. Eigentlich ziemlich traurig, dachte Linnea mitleidig, während sie dem alten Arzt nachsah. Wenn es Mattila gelänge, für das Haus in Harmisto einen guten Käufer zu finden, könnte sie zur Freude des alten Mannes bei ihm in dieser großen Wohnung bleiben, zumindest vorläufig.

Während Linnea im Helsinkier Stadtteil Töölö den tiefen Schlaf eines müden, alten Menschen schlief, war auch in Harmisto der Abend hereingebrochen. Die Besatzung des Streifenwagens hatte sich den Bauch mit gegrilltem Schwein vollgeschlagen und war es mittlerweile gründlich leid, das stille Häuschen zu bewachen. Sie fuhr ab, nachdem sie konstatiert hatte, daß die Randalierer trotz angestrengter Suche nicht hatten gefaßt werden können.

Als das Polizeiauto verschwunden war, tauchten die drei Burschen aus den dunklen Fichtenwäldern auf wie wütende Kobolde. Hungrig machten sie sich über die Reste des Schweins her, das traurig über der erloschenen Glut an seinem Spieß hing. Bald waren nur noch Knochen übrig. Die Burschen schleuderten sie ins Gelände, etliche warfen sie auf das Dach des Häuschens. Den

Rest Senf und das Grillgewürz spritzten sie an die Fensterscheiben. Als es nichts Interessantes mehr zu tun gab, gingen sie zum Dorfladen. Sie weckten den Kaufmann und verlangten, er solle ihnen ein Taxi rufen. Während sie auf das Auto warteten, entdeckten sie auf dem Hinterhof Linneas Katze, fingen sie und zerschmetterten das unglückliche Tier an der Zapfsäule. Der Kaufmann schloß sich in seiner Wohnung ein, mochte aber nicht die Polizei rufen. Als das Taxi kam und die Männer mit sich nahm, holte er den Katzenkadaver vom Hof. Er hatte Mitleid mit seiner alten Kundin, der Witwe Linnea Ravaska. Es schien, als hätte die alte Dame nicht sehr vorausschauend gehandelt, als sie wegen ihrer Gäste die Polizei alarmierte. In heutigen Zeiten erstreckten sich Recht und Gesetz nicht immer auf die Lebenssphäre eines jeden Menschen.

In der Nacht erwachte Linnea Ravaska von einem Alptraum. Sie glaubte, sie läge immer noch zu Hause in ihrem Bett, und begann, vor Angst zu weinen, doch dann erkannte sie helle Gardinen an großen Fenstern, durch die mehr Licht drang als durch die kleinen Scheiben in ihrem Häuschen. Die alte Dame knipste die Nachttischlampe an und stellte erleichtert fest, daß sie sich in der Stadt befand, fern von Harmisto, sicher aufgehoben bei einem guten Menschen. Sie zog sich den Morgenmantel an und schlich in die Bibliothek. Dort holte sie den siebenten Band des großen Lexikons aus dem Regal und las unter dem Buchstaben G den Text hinter einem bestimmten fettgedruckten Stichwort.

Gift: Stoff, der, wenn er in die Säftebahn eines Menschen oder Tieres gelangt, schon in kleiner Menge die Tätigkeit einzelner Organe schädigt und dadurch krankhafte Zustände oder den Tod verursacht. Siehe Tod.

Linnea Ravaska las ein Weilchen in dem Buch, über ihr Gesicht zog ein zufriedenes Lächeln, dann klappte sie das Buch zu und kehrte in ihr Bett zurück. Die alte Dame sah nach langer Zeit endlich wieder glücklich aus. Sie hatte trotz allem noch die Möglichkeit, selbst über ihr Schicksal zu bestimmen.

7

Kauko Nyyssönen, Pertti Lahtela und Jari Fagerström waren von ihrer abwechslungsreichen Landpartie wieder nach Helsinki zurückgekehrt. Eigentlich besaß keiner von ihnen einen ständigen Wohnsitz, wenn man von dem Kellerloch absah, das Kauko Nyyssönen in der Uudenmaanstraße gemietet hatte. Der Raum war offiziell nicht zum Wohnen geeignet, es gab dort keine Toilette, nur Strom und einen Kaltwasserhahn. Pinkeln konnte man ins Waschbecken, wenn man sich auf einen Hocker stellte, aber um die größeren Geschäfte zu erledigen, mußte man die Toilette der Nachtbar aufsuchen. Nyyssönen übernachtete von Zeit zu Zeit in diesem Keller, aber häufig konnte er bei seinen Kumpanen unterkommen, so wie auch jetzt: Pera Lahtela hatte zufällig eine gutherzige Freundin, eine gewisse Raija Lasanen, Küchenhilfe, die eine gemietete Einzimmerwohnung in der Eerikstraße bewohnte. Raija, Raikuli genannt, war eine kräftige Frau, mit Pera gleichaltrig, aber in ihrer geistigen Entwicklung zurückgeblieben. Sie stammte aus Säynätsalo. Verrückt konnte man sie nicht nennen, aber sie war bedauernswert naiv. Pera hatte von ihr die Erlaubnis, auch seine Freunde in die Wohnung mitzubringen, und das waren in erster Linie Kake und Jari.

Die Männer hatten ein paar Tage dort herumgehangen; die blauen Flecken vom Landausflug hatten ihren dunkelsten Farbton erreicht. Die erlittenen Verluste waren inzwischen ersetzt. Jari Fagerström hatte aus einigen Bekleidungsgeschäften drei neue Hosen und Hemden gestohlen, da die alten Stücke zerrissen waren. Kauko Nyyssönen wiederum hatte seine Unterstützung vom Sondersozialamt im Seitenflügel des Amtsgebäudes in Kallio abgeholt, wo sie ihm in zwei Raten monatlich ausgezahlt wurde. Pera Lahtela seinerseits hatte seine sämtlichen verfügbaren Einkünfte beigesteuert, rund tausend Finnmark im Monat plus die zusätzlich bezahlten fast dreihundert Finnmark Zuschuß für »eine auswärts speisende Person«. Der Jüngste des Trios, Jari Fagerström, bezog derzeit Arbeitslosengeld. Er hatte im Winter ein paar Monate in einer Tankstelle in Lauttasaari gearbeitet. Das Arbeitsverhältnis war abgebrochen worden aufgrund einer bedauerlichen Meinungsverschiedenheit über Eigentumsverhältnisse, jene Waren betreffend, die an der Tankstelle verkauft wurden. Man hatte Jari hinausgeworfen, die Sache aber nicht der Polizei gemeldet. So konnte er vorläufig gut 45 Finnmark pro Tag an Arbeitslosengeld kassieren.

Die Inhaberin der Wohnung, Raikuli, verdiente als Küchenhilfe in der Nachtbar von Ruskeasuo gerade mal dreitausend Finnmark im Monat, wovon der größte Teil für die Miete draufging. Somit konnte sie ihrem Freund Pertti Lahtela in seiner ständigen Geldnot nicht helfen, auch wenn es ihr nicht an gutem Willen fehlte.

Die drei Burschen spielten in der Wohnung Karten. Auf dem Tisch standen Leichtbier und billiger Rotwein. Die Stimmung war immer noch trübe. Der Abschlußtag des Landausflugs mit der Polizeioperation war allen noch in frischer Erinnerung. Linneas schnöde Art, ihnen die Polizei auf den Hals zu hetzen, ließ den Burschen immer noch die Galle überlaufen. Einstimmig stellten sie zum soundsovielten Male fest, die Frauen seien hinterhältig. Außerdem beschlossen sie, je älter die Frau, desto boshafter sei sie. Linnea Ravaska hielten sie für ein herausragend krasses Beispiel für besonders heimtückische, alte Weiber.

Außer über Linnea Ravaska und die Polizisten waren sie über die schreiende Ungerechtigkeit und die sozialen Bedingungen in der Gesellschaft verbittert. War es eine Art, daß zum Beispiel der Witwe Ravaska monatlich auf einen Schlag fünftausend Finnmark ausbezahlt wurden? Der einzige Verdienst des Weibstücks in ihrem ganzen Leben war, daß sie mit einem alten Oberst zusammengelebt hatte. Kakes Beihilfe betrug nur einen Bruchteil von Linneas Bezügen. Manche wirklichen Glückspilze in Finnland kriegten sogar über zehntausend Finnmark Rente, wie er wußte. Was hatte er getan, daß man ihn mit einer so kleinen Summe strafte? Nichts. Wirklich himmelschreiend wurde die Ungerechtigkeit, wenn man Linneas und Kaukos Lebensgewohnheiten und -bedingungen miteinander verglich. Mit welchem Recht kassierte ein spilleriges altes Weib mehr als doppelt soviel Rente wie ein vitaler junger Mann, dessen Ausgaben fürs Essen um ein Vielfaches höher lagen als die einer mageren Witwe? Und dann die vielen anderen Kosten: Kake war kein Mummelgreis, der sich in einer Hütte irgendwo im Hinterwald wohl fühlte. Das Leben eines aktiven jungen Mannes in der Großstadt war enorm teuer, es gehörten unvermeidlich Fahrten, Übernachtungen an den verschiedensten Orten und sonstwas alles dazu. Kake mußte gezwungenermaßen auswärts in Gaststätten essen, denn er hatte keine anständige Wohnung, geschweige denn eine Frau, die ihm das Essen kochte. Linnea konnte in Harmisto getrost im Nachthemd einkaufen gehen, doch anders war es in Helsinki, wo die Ausgaben für Kleidung gewaltig waren. Von einer kleinen Sozialhilfe Zigaretten und Schnaps zu kaufen, daran war überhaupt nicht zu denken. Das Mißverhältnis zwischen Linnea Ravaskas und Kauko Nyyssönens Ausgaben und Einkünften war einfach unerhört.

Aber wehe, wenn sich ein Mann in seiner Not irgendwo zusätzlich ein bißchen was zusammenstahl, prompt hetzte man ihm die Bullen auf den Hals. Finnland war ein Polizeistaat. Und das Sozialwesen befand sich auf mittelalterlichem Niveau.

Pertti Lahtela war der Auffassung, für den traurigen Zustand der Dinge seien die Politiker, und besonders die Kommunisten, verantwortlich zu machen. Es verhielt sich nämlich so, daß die Kommunisten gerade an der Macht waren, als diese jämmerlichen sozialen Gesetze erlassen wurden. Die Kommunisten gehörten zur Arbeiterklasse, und es war ja bekannt, was für miese Löhne die Arbeiter kriegten. Weil nun die Kommunisten keine Ahnung von anständigen Einkünften hatten, hatten sie auch die Renten so niedrig angesetzt wie ihre eigenen Löhne. Pera erklärte, er habe aus diesem Grunde immer die Konservativen gewählt.

Kauko Nyyssönen fand, Pera verstehe nichts von Politik. Er selbst sei vielmehr zu dem Ergebnis gekommen, daß es besser sei, gar nicht wählen zu gehen. Wenn es überhaupt eine Möglichkeit des Protests gebe, dann diese. Man müsse die Politiker allein lassen, isolieren. Eine Revolution werde im Land erst entstehen, wenn sich alle Wahlberechtigten weigerten zu wählen. Wenn kein Kandidat in den Wahlen auch nur eine einzige Stimme erhielte, könnte der Reichstag gar nicht erst einberufen werden, es wäre ja niemand gewählt. In einem Land ohne Reichstag könnte es auch keine Gesetze geben. Diesen Zustand müsse man ernsthaft anstreben.

Jari und Pera fragten, ob Kauko Nyyssönen sich über sie lustig machen wolle. Ob er denn nicht begreife, daß sich in Finnland garantiert hunderttausend Holzköpfe fänden, die zu jeder verdammten Wahl gehen und ihre Stimme abgeben würden.

»Ich betrachte die Sache ja auch rein prinzipiell und theoretisch«, erklärte Nyyssönen. »Euch Brüdern würde es übrigens auch mal guttun, politische Geschichte zu lesen statt immer bloß Jerry Cotton«, fügte er bedeutungsvoll hinzu. Er selbst hatte kaum einen Schimmer von politischen Zusammenhängen, aber hin und wieder machte es sich gut, so zu tun als ob. Pera und Jari wurden wütend und sagten, Politik sei ihrer Meinung nach Scheiße, ob man nun wählen gehe oder nicht.

Einkommenssorgen machten Kauko Nyyssönen in diesem Sommer besonders schwer zu schaffen. Die Zukunft schien ihm in finsterem Licht. Er befand sich jetzt in einem Alter, in dem ein Mann nach vorn schauen mußte. Was konnte das Leben ihm noch geben? Als er jünger gewesen war, hatte er geglaubt, leicht mit allem fertigzuwerden, indem er einfach in den Tag hineinlebte, doch nun drückte ihn bereits sein Alter von dreißig Jahren. Es war höchste Zeit, sich aufzuraffen und gewinnbringendere und überlegtere Coups zu starten als früher. Der ewige Geldmangel war belastend, er mußte da endlich herauskommen.

Kauko Nyyssönen begann, über ein größeres und lohnenderes Verbrechen nachzudenken. Welche Möglichkeiten hätte er zum Beispiel, eine Bank auszurauben? Rentierte sich so etwas? Nein, Kauko wußte es. Man erbeutete unter Einsatz seines Lebens vielleicht ein paar Tausend Finnmark. Die Wahrscheinlichkeit, daß man geschnappt würde, war hingegen ziemlich groß.

Wirtschaftsverbrechen wären der einzige Weg aus der Sackgasse. Man müßte eine Firma gründen, zum Beispiel auf Kredit Bagger kaufen und diese dann wieder verkaufen, ordentlich bescheißen, die Sozialversicherungsabgaben und die Voraussteuern einfach nicht bezahlen, herumreisen und seine Spuren verwischen, ein paar saftige Konkurse hinlegen.

Kauko Nyyssönen spürte, daß er trotzdem nicht das Zeug zum Betrüger großen Stils hatte. Er hatte seinerzeit keinerlei Ausbildung gemacht. Die Sache wäre schon anders, wenn er wenigstens Volkswirt wäre. Betrug mit Urkunden und kleinen Firmen verlangte ökonomische Grundkenntnisse und außerdem Beziehungen.

Kauko Nyyssönen kannte keinen einzigen wirklichen Ganoven aus der Geschäftswelt, der ihm den Start erleichtern und ihm Ratschläge geben könnte, wie der Staat zu betrügen sei. Er hatte nicht einmal einen ordentlichen Wohnsitz. Wenn man eine Firma gründete, brauchte diese einen Sitz und eine Adresse, ein Postschließfach genügte heutzutage nicht für einen großangelegten Schwindel. Außerdem brauchte man Anfangskapital, allein an Firmenkapital wurden fünfzehntausend Finnmark verlangt. Kauko Nyyssönen würde nirgendwo einen Bankkredit bekommen, und keiner seiner Kumpels war finanziell so gestellt, daß er ihm mehr als einen Hunderter leihen konnte. Schon das Einstiegskapital müßte er sich durch einen Raub beschaffen.

Alles in allem war Finnland das gelobte Land der Bosse. Ein kleiner krimineller Unternehmer der unteren Ebene erhielt nicht einmal die Gelegenheit, seine Fähigkeiten bei wirklichen Wirtschaftsverbrechen zu erproben, er mußte sich mit Diebstahl und Körperverletzung, mit läppischem Raub begnügen. Die größten Coups übernahmen die Bosse, schaufelten das Geld aus der Staatskasse in den eigenen Beutel und verpraßten es dann im Ausland.

Kauko Nyyssönen spürte das ganze Gewicht der Klassengesellschaft schwer auf seinen Schultern. Es deprimierte ihn, nahm ihm die Energie. Am liebsten hätte er alle Pläne für neue Coups beiseite geschoben und sich sinnlos betrunken, wäre nachts auf die Straße gegangen

und hätte den erstbesten Menschen, der ihm begegnete, erwürgt.
Eine Weile droschen die drei mürrisch Karten. Dann erinnerte sich Jari Fagerström wieder an Linnea Ravaska und meinte:
»Eigentlich müßte man die Alte umbringen.«
Pertti Lahtela unterstützte den Gedanken eifrig. Kauko sollte sich endlich aufraffen und sich die Sache mit seiner Tante ernsthafter überlegen. Die Hütte in Harmisto ließe sich leicht verkaufen, und für das Geld könnte man zum Beispiel einen Mercedes anschaffen. Es würde Spaß machen, zur Abwechslung mal richtig mit dem eigenen Auto zu fahren. Aber jetzt, da Linnea am Leben war, faulte das Haus nur nutzlos vor sich hin.
Kauko Nyyssönen legte die Karten aus der Hand. Er gab zu, daß er schon viele Male ernsthaft über die Sache nachgedacht hatte. Jetzt besaß er ja das Testament, nicht wahr. Die Freunde sollten aber trotzdem eines bedenken: Würde man geschnappt, fiele das Urteil gleich hoch aus, ungeachtet, ob man einen jungen oder einen uralten Menschen getötet hatte. An sich völlig ungerecht, wie Kake fand. Die Sanktionen für Tötungsdelikte sollten seiner Meinung nach gerecht abgestuft werden, und zwar so, daß die voraussichtlichen restlichen Lebensjahre des Opfers die Länge der Haft bestimmten. Also, wenn einer ein Baby umbrachte, das vielleicht noch siebzig Jahre gelebt hätte, wäre es angemessen, wenn er dafür zehn Jahre oder noch länger Knast kriegte. Murkste man dagegen eine alte Schachtel ab, wäre eine Geldstrafe ausreichend, denn der Schaden für die Tote wäre nicht nennenswert.

Kake entwickelte den Gedanken weiter. Die Ermordung eines todkranken Menschen sollte als geringfügiges Verbrechen betrachtet werden, während im Falle eines rundum gesunden Menschen natürlich eine Freiheitsstrafe verhängt werden müßte. Leider sah es das Strafrecht vorläufig nicht als mildernden Umstand an, wenn das Opfer furchtbar alt und krank gewesen war. An sich und zumindest im Falle Linnea Ravaskas ein bedauerliches Mißverhältnis, eine schreiende Ungerechtigkeit. Auch in dieser Hinsicht fühlte Kake sich benachteiligt.

Pera fand, über die Ungereimtheiten des Strafgesetzes brauchte man sich nicht zu wundern. Reiche, alte Knacker hätten das Gesetz so gestaltet, weil sie um ihr Leben und ihr Geld fürchteten. Jari interessierte sich nicht für diese strafrechtlichen Theorien. Er war jung und ungeduldig, ein Mann der Tat. Während er seine Freunde im Spiel ausstach, meinte er:

»Wirklich, Kake, Linnea sollten wir uns vorknöpfen.«

Kauko Nyyssönen malte sich aus, wie er auf seine Tante herabschaute, die erschlagen auf dem Fußboden ihres Häuschens in Harmisto lag. Ihr Kopf zerschmettert? Ihr Kiefer ausgerenkt, der linke Arm gebrochen? Die Vorstellung verursachte ihm zuerst einen wohligen Schauer, doch dann wurde ihm übel. Linnea hatte ihn immerhin von klein auf umsorgt.

Kauko Nyyssönen erklärte seinen Spielpartnern, ihr Gefühlsleben sei offensichtlich völlig abgestorben.

»Manchmal kommt es mir fast vor, als ob ich unter Mördern sitze«, sagte er.

Die beiden sahen ihn verwundert an, dann lachten sie hohl. Jari Fagerström hatte im vergangenen Herbst in

Ruskeasuo einen Rentner zu Tode mißhandelt, und Pertti Lahtela hatte vor ein paar Jahren wegen Totschlags einige Zeit im Jugendgefängnis von Kerava gesessen.

8

Das Leben Linnea Ravaskas in der geräumigen Wohnung des Lizentiaten der Medizin, Jaakko Kivistö, verlief bald in angenehm heiteren Bahnen. Im Haus herrschte Ruhe, nach langer Zeit brauchte Linnea endlich keine demütigenden Überraschungsbesuche mehr zu fürchten. Nicht einmal das Brausen des Verkehrs auf der nahen Runebergstraße störte ihren Nachtschlaf, schließlich war sie eine alte Städterin, der das Rattern der Straßenbahn in der Frühe als anheimelndes Hintergrundgeräusch vertraut war.

Jaakko Kivistö war sehr feinfühlig, er stellte Linnea die nötigen Kleiderschränke zur Verfügung und leerte für sie einen Spiegelschrank im Badezimmer. Er übernahm es auch, jeden Morgen ein gutes Frühstück zuzubereiten, das er Linnea auf einem Tablett in ihr Schlafzimmer brachte.

Mittags aßen sie auswärts, oft im nahegelegenen, von den Künstlern bevorzugten Restaurant »Elite«. Ein richtiges warmes Abendessen nahmen die beiden alten Leute nicht ein, sie begnügten sich mit einem leichten Abendbrot, das Linnea zubereitete und zu dem sie ein Gläschen Wein tranken.

An zwei Tagen der Woche wurde die Praxis für ein paar alte Patienten geöffnet. Dann zog sich Linnea den weißen Kittel der Arzthelferin an und kümmerte sich um die zur Untersuchung erscheinenden Patienten. Ihre Arbeit bestand hauptsächlich im Gespräch. Die Leute erzählten ihr beunruhigt von ihren zahlreichen Leiden; Linnea hatte mit vielen Krankheiten eigene Erfahrungen, und so waren die Unterhaltungen im Wartezimmer jedesmal sehr bereichernd.

Einmal in der Woche kam eine tüchtige Putzfrau in die Wohnung, um die Fußböden abzusaugen und die Teppiche zu klopfen. Linnea wischte jedoch gern selbst den Staub von den Möbeln, putzte das Silber und sorgte dafür, daß in allen Zimmern immer frische Blumen standen. Auch brachte sie jede Woche die Wäsche in die Wäscherei. Wenn sie ihre eigenen Sachen bügelte, vergaß sie nie Jaakkos Hemden. Die modernen Hemden waren ja so leicht in Ordnung zu halten, denn sie hatten keine Kragen, die gestärkt werden mußten, so wie früher. Zum Glück trug Jaakko keine Uniform. Linnea hatte seinerzeit schnell genug davon bekommen, Rainers Drillichzeug zu lüften und zu plätten. In dieser Hinsicht war es sehr viel angenehmer, sich um einen Arzt zu kümmern als um einen Offizier, dessen schwere Kleidungsstücke schon nach einem Tag Gebrauch nach Schweiß und Stiefelwichse rochen.

Die Tage flossen ruhig dahin. Linnea blieb reichlich Zeit zur freien Verfügung, denn in der Stadt brauchte sie keinen Garten zu pflegen, kein Wasser und kein Brennholz zu tragen und auch sonst keine notwendigen häuslichen Arbeiten zu verrichten wie in Harmisto. Alles wäre im

Lot gewesen, hätte nicht im Hintergrund ständig die Angst vor Kauko Nyyssönen und seinen erbarmungslosen Kumpanen gelauert. Linnea war sicher, daß das Gaunertrio ihr wegen der Polizeioperation von Harmisto sehr grollte. Sie fürchtete Rache. Kauko konnte gewalttätig werden, Linnea kannte ihn gut. Im schlimmsten Falle würde seine Bande auch vor einem Gewaltverbrechen nicht zurückschrecken.

Linnea hatte sich überlegt, daß sie so dringend wie kein anderer ein wirksames und tödliches Gift benötigte. Wenn die Situation unerträglich würde, könnte sie sich aus den Fängen der Burschen retten, indem sie Gift nahm. Eine hilflose, alte Frau war gut beraten, sich auf das Allerschlimmste einzustellen. Außerdem war Linnea in einem Alter, in dem Grund bestand, auch die Möglichkeit einer schweren Krankheit ins Auge zu fassen. Es schauderte sie vor langsamem Dahinsiechen im Krankenbett, sie hatte fürchterliche Angst vor Krebs und seiner qualvollen Endphase. Heutzutage hielten die Ärzte auch ihre hoffnungslosesten Fälle bis zum Schluß am Leben, doch dem wollte sich Linnea nicht aussetzen. In einer solchen Situation wäre die eigene Giftflasche eine unersetzliche Hilfe.

Gift zu kochen war bestimmt auch sehr viel spannender als Porzellanmalerei oder Zierstickerei. In ihrer Situation erschien es geradezu als nützliches Hobby, obwohl es zweifellos einen düsteren Beigeschmack hatte.

Linnea hatte im Jahre 1929 am Mädchennormallyzeum von Helsinki ihr Abitur gemacht. Seitdem hatte sie sich nicht mehr mit Chemie befaßt, so daß die Aufnahme des neuen Hobbys gewisse Studien erforderte. Außer

dem Lexikon stand ihr dafür auch Jaakkos medizinische Fachliteratur zur Verfügung.
Das Gebiet erwies sich gleich von Anfang an als außerordentlich interessant. Zusätzliche Spannung ergab sich daraus, daß Linnea ihre Aktivitäten vor Jaakko geheimhalten mußte. Wahrscheinlich hätte er sich gegen das Giftkochen ausgesprochen; Ärzte sind schließlich verpflichtet, Leben mit allen Mitteln zu erhalten.
Linnea beschloß, eine so starke Giftlösung herzustellen, daß sie ausreichen würde, halb Helsinki zu töten, falls es notwendig wäre. Anhand der Bücher informierte sie sich, welche Inhaltsstoffe sie für das Gebräu beschaffen mußte. Von einem Stoff namens Botulintoxin reichte schon eine Menge von 8-10 µg, um einen Menschen zu töten. Die genannte Maßeinheit µg war anscheinend der hundertste Teil eines Milligramms, wie Linnea vermutete. In der Apotheke wurde dieser Stoff jedoch nicht verkauft, so daß Linnea ihn aus ihren Plänen streichen mußte. Digitoxin war hingegen zu haben, natürlich nicht für jeden, aber für Linnea war es ein leichtes, ein Rezept zu schreiben und Jaakkos Unterschrift darunterzusetzen. Ohne eine Frage zu stellen, händigte man ihr in der Apotheke das Digitoxin aus. Nur 0,01 Gramm davon reichten aus, um einen Menschen zu töten. Linnea besorgte sich außerdem gelben Phosphor, Natriumzyanid, Oxalsäure und Strychnin. Morphium stibitzte sie aus Jaakkos Medikamentenschrank, ebenso einige starke Barbiturate. Die Grundsubstanzen für das Giftgebräu hatte sie allmählich beisammen.
Linnea besuchte nun den Markt von Töölö und schaute, ob an den Verkaufsständen noch Steinmor-

cheln auslagen. Die Markthändler bedauerten und sagten, die beste Steinmorchelzeit sei bereits vorbei. Wenn die Dame jedoch unbedingt welche wünsche, so ließe sich das regeln. Eine Marktfrau hatte Pilze für den eigenen Bedarf gesammelt und war bereit, eine kleine Menge davon zu verkaufen; sie seien allerdings inzwischen ein wenig schrumpelig.
»Sie haben sie hoffentlich nicht getrocknet?« fragte Linnea besorgt. Sie wußte, daß beim Trocknen das Gift aus den Steinmorcheln verdunstet.
Die Händlerin sagte, sie habe es ursprünglich beabsichtigt, doch zu Beginn des Sommers sei stets so viel zu tun, daß sie nicht zum Trocknen der Pilze gekommen sei. Linnea bestellte zwei Liter von den Steinmorcheln. Am nächsten Tag holte sie ihre Bestellung ab, legte die Hälfte beiseite und bereitete aus der anderen Hälfte als Abendessen für Jaakko und sich ein leckeres Schmorgericht. Den Rest zerkleinerte sie und verrührte ihn zu einer feinen Paste, der sie eine Prise Phosphor und einen Tropfen Morphium beimengte. Dieses Gemisch verschloß sie in einer luftdichten Glasflasche, um es später als Trägersubstanz des Giftes zu verwenden. Zufrieden dachte die Hobbychemikerin an eine Abbildung in ihrem alten Pilzbuch: Die Steinmorchel war dort mit drei roten Kreuzen versehen, als Hinweis auf besondere Giftigkeit. Soweit sie sich erinnerte, wirkte das Gift der Steinmorchel besonders schädigend auf Nieren und Leber.
Aus der Samenhandlung holte sich Linnea ein Fläschchen mit einem starken Pflanzenschutzmittel. Als sie den Korken öffnete und ein wenig an dem Stoff

schnupperte, verspürte sie ein Brennen in den Augen und in der Luftröhre. Auch nur ein wenig mehr ist oft eine Bereicherung, dachte Linnea über ihr neuestes Gebräu. An der Tankstelle kaufte sie noch Frostschutzmittel, denn sie hatte gehört, daß daran jeden Winter in Helsinki zahlreiche Stadtstreicher starben.

Für die Handhabung und Aufbewahrung der Gifte benutzte Linnea eine Reihe dichtschließender Glasflaschen, Reagenzröhrchen und Trichter. Ihre Hände schützte sie mit Gummihandschuhen, sie vermied es, die Gase der Lösungen einzuatmen, und lüftete fleißig ihr Zimmer.

Bereits in dieser Phase ihrer Vorbereitungen benötigte Linnea einen sicheren Aufbewahrungsplatz. Sie kam auf die Idee, für diesen Zweck die Frisierkommode von Jaakko Kivistös verstorbener Frau zu benutzen. An die Tür des Schränkchens hängte sie ein kleines Schloß. Jaakko vertraute sie voll und ganz, ein Kavalier würde natürlich nie in den persönlichen Gegenständen eines weiblichen Gastes kramen. Doch wegen der Putzfrau war Vorsicht geboten.

Als Linnea alle Zutaten beisammen hatte, vermischte sie diese sorgfältig miteinander und goß das so entstandene Gebräu in Glasflaschen zu je hundert Gramm, insgesamt wurden es vier. Das Giftgebräu roch bitter, es war von feindseligem Gelb und sonderte einen feinen Dampf ab, obwohl es Zimmertemperatur hatte. Als Linnea ein paar Tropfen davon auf ein Papiertaschentuch schüttete, begann es zu dampfen und verflüchtigte sich bald, wobei es auf dem Zellstoff einen gelblichroten Fleck hinterließ. In getrocknetem Zustand wurde der

Fleck hart und zerfiel bei Berührung zu gelblichem Staub. Als sie diesen Staub in einem Fingerhut sammelte und anzündete, hörte sie ein wütendes Knistern und Knacken, und gelber Rauch erfüllte das Zimmer, er legte sich auf die Atemwege und verursachte Linnea Schwindelgefühle.

Linnea stibitzte aus Jaakkos Instrumentenschrank ein paar Injektionsspritzen und erprobte die Fließfähigkeit ihres Giftes. Ausgezeichnet, man würde es sich im Bedarfsfall direkt in die Vene spritzen können.

Ungeduldig grübelte sie, an welchem Objekt sie ihr selbstentwickeltes Gift ausprobieren könnte. Sie selbst wagte keinen einzigen Tropfen davon zu kosten, das Risiko erschien ihr viel zu groß. In dieser Phase der Herstellung wollte sie es generell nicht an einem Menschen ausprobieren. Schließlich kam sie auf eine Idee: Sie spritzte es in zehnprozentiger Verdünnung mit der Injektionsnadel in ein Weißbrot, verpackte dieses in eine Plastiktüte, steckte es in ihre Handtasche und ging in den Sibeliuspark, um Tauben zu füttern.

Linnea Ravaska war immer gegen unnötige und qualvolle Tierversuche gewesen. Als nun die Tauben im Park vertrauensvoll zu ihr geflattert kamen, regte sich das Gewissen der alten Frau. Linnea beruhigte jedoch ihr Gewissen, indem sie sich einredete, es handle sich nicht um langwierige Quälerei, und außerdem sei der Versuch im Interesse der Entwicklung des Giftes unvermeidlich. Sie zerbröselte das Weißbrot und warf die Krümel auf den Kiesweg, wo ein halbes Dutzend hungriger Tauben wartete, um von dem lieben, alten Mütterchen gefüttert zu werden.

Die Tauben schluckten freudig die Krümel. Bald jedoch wurden die Tiere unruhig, sie schwankten wie Betrunkene und flogen dann hektisch auf. Flatternd erhoben sie sich bis zu den Wipfeln der großen Ahornbäume. Sie peitschten wütend mit ihren Flügeln die Luft, stiegen höher, bis eine nach der anderen aufhörte zu flattern und tot wie ein Stein unten auf dem Rasen aufschlug. Linnea steckte das Weißbrot erschüttert in ihre Handtasche. Dann verließ sie still und unauffällig den Park.

Am nächsten Tag beschloß sie, ihr neues Gift an Jaakko Kivistö auszuprobieren. Sie tat einen einzigen Tropfen einer schwachen Lösung in seinen Wein, den er zum Abendessen trank. Aufgeregt und ein wenig ängstlich beobachtete sie die Wirkung ihres Giftes. Sie hoffte von ganzem Herzen, daß sie ihm nicht zuviel ins Glas getan hatte. Letzten Endes war er der wichtigste Mann in ihrem jetzigen Leben, es wäre schrecklich fatal, wenn er erkranken oder an dem unschuldigen Versuch womöglich sterben würde.

Jaakko fand, der Wein schmeckte an diesem Abend besser als sonst. Woran mochte es liegen? Sonderbar, im allgemeinen war der Beaujolais im Aroma gedämpfter, doch in diesem Jahr schien es dem staatlichen Alkoholhandel gelungen zu sein, in Frankreich eine reifere Weinernte als üblich aufzutreiben. Völlig grundlos wurden die in Finnland abgefüllten Rotweine kritisiert, im Gegenteil, sie waren unter Umständen qualitativ besser als die Jahrgangsweine der unteren Preisklasse.

»Diese Sorte hat wirklich eine belebende Wirkung«, freute sich Jaakko.

Anders als gewöhnlich wurde er ein wenig ausgelassen, er leerte die ganze Flasche und fing an, unziemlich zu reden, beruhigte sich aber bald, entschuldigte sich und zog sich in sein Schlafzimmer zurück. Er schlief in voller Bekleidung ein und schnarchte laut die ganze Nacht hindurch. Linnea lauschte besorgt und reuevoll hinter der Tür, sie ging hinein und fühlte den Puls ihres Versuchskaninchens. Sanft deckte sie den schnarchenden alten Mann zu. Mit schlechtem Gewissen wachte die alte Giftköchin die ganze Nacht und ging immer wieder zu ihm, um nach ihrem Opfer zu sehen.

Morgens schämte sich Jaakko für sein Verhalten vom Vorabend. Das Frühstück verzögerte sich, er klagte über sein sonderbares Befinden. Er meinte, er sei schon zu alt, als er noch jünger gewesen sei, habe er nach ein paar Gläsern Wein keinen Kater gehabt, Linnea möge entschuldigen. Er habe sich am Vorabend hoffentlich nicht ungebührlich benommen?

Linnea bekam Mitleid mit ihm. Sie bat ihn, tagsüber zu ruhen, sie werde sich in jeder Weise um ihn kümmern. Sie lüftete die Wohnung, bereitete ein bekömmliches Mittagessen, massierte Jaakko Nacken und Schläfen. Abends servierte sie ihm Tee mit Honig. So genas der alte Arzt, und friedliches Glück kehrte wieder in der großen Wohnung ein.

Aus der Reaktion der Tauben und der Jaakko Kivistös konnte Linnea schließen, daß es ihr gelungen war, eine sehr tödliche Giftmischung herzustellen. Sie war im Besitz eines Stoffes, mit dem sie jederzeit ihre Tage beenden konnte. Das Gift garantierte ihr einige Sicherheit und Bewegungsfreiheit gegenüber Kauko Nyyssönens gnadenloser Bande. Besser, sich selbst zu töten, als sich je wieder demütigen zu lassen, beschloß Linnea.

9

Die Anwaltskanzlei Mattila teilte der Witwe Linnea Ravaska ein paar Tage später mit, bezüglich ihres Anwesens in Harmisto sei eine Verkaufsannonce in die Zeitung gesetzt worden; daraufhin hätten sich einige Interessenten gemeldet, die sich das Objekt ansehen wollten. Jaakko Kivistö erbot sich, den Verkauf und den Umzug für Linnea zu übernehmen. Er sagte, er tue es gern, es mache ihm Spaß, sich zur Abwechslung einmal um finanzielle Dinge zu kümmern. Linnea nahm das Angebot gern an. Es schauderte sie bei dem bloßen Gedanken, wegen des Umzugsgutes nach Harmisto zu fahren, allzu schrecklich waren die Erfahrungen, die sie dort gemacht hatte. Außerdem hatte ihr der Kaufmann des Dorfes mitgeteilt, die Katze sei bereits tot, nicht einmal deshalb also brauchte man sie dort.

So fuhr dann Jaakko Kivistö eines Sonnabends zusammen mit einem Vertreter der Anwaltskanzlei nach Harmisto, um den Kunden das Haus zu zeigen. Linnea übergab ihm die Schlüssel und bat ihn, bei der Rückkehr einige ihrer persönlichen Sachen in seinem Auto mitzubringen.

Jaakko Kivistö blieb den ganzen langen Tag fort und war noch nicht einmal zum Abendessen wieder zurück.

Linnea geriet in Sorge; hatte der alte Mann sein Auto in den Graben gefahren? Endlich, gegen zehn Uhr abends, kehrte Jaakko heim. Er war in recht kläglicher Verfassung, sein linkes Auge war blau, Hände und Gesicht waren mit Pflastern bedeckt.

Jaakko erzählte, er habe wie vereinbart am Vormittag das Haus zur Besichtigung geöffnet. Drei Kaufinteressenten seien gekommen, von denen jeder sein Kaufangebot unterbreitet habe. Das beste davon sollte man zumindest nach Meinung des Maklers akzeptieren: Es belaufe sich auf eine Kaufsumme von knapp zweihunderttausend Finnmark für das alte Haus und das Grundstück. Die Finanzierung seitens des Käufers sei abgesichert, so daß man die Sache jederzeit entscheiden könne.

Als alles soweit geregelt war, waren die Kunden und der Vertreter der Anwaltskanzlei abgefahren. Jaakko hatte begonnen, Linneas Sachen einzupacken. Er hatte gerade die Bettwäsche ins Auto getragen, als drei unsaubere, nach Alkohol riechende junge Männer erschienen waren und nach Linnea gefragt hatten. Der älteste von ihnen war offenbar Kauko Nyyssönen gewesen. Sie waren wahrscheinlich nach Harmisto gekommen, weil die Annonce sie alarmiert hatte.

Das Trio war von Anfang an drohend aufgetreten. Nach Jaakko Kivistös Meinung hatten die Burschen eindeutig gewalttätige Absichten gehabt. Sie hatten gefragt, wo sich Linnea gegenwärtig aufhalte, ob sie womöglich ihre Hütte verkaufen wolle, ohne sich vorher mit ihren Verwandten zu beraten, und was er, Jaakko, dort suche. Jaakko Kivistö hatte die Männer gebeten, sich vom

Grundstück zu entfernen, doch sie hatten die Aufforderung nicht befolgt. Im Gegenteil, sie waren in das Haus eingedrungen und hatten angefangen, auf ihn einzuschlagen. Es entstand ein Handgemenge, in dessen Verlauf er schlimm zugerichtet worden war, wie man jetzt noch erkennen konnte: Die linke Schläfe war von einem Faustschlag geschwollen, der Körper mit blauen Flecken übersät, hier und dort gab es Hautabschürfungen. Jaakko Kivistö hatte nach besten Kräften versucht, sich zu wehren, doch die Übermacht der jungen Männer war zu groß gewesen. Sie hatten allerdings Linneas gegenwärtigen Aufenthaltsort nicht erfahren. Zum Abschluß hatten sie wüste Drohungen ausgestoßen, dann waren sie mit dem Auto abgefahren. Jaakko Kivistö hatte den Eindruck gewonnen, daß jene drei jungen Männer recht gefährlich waren. Sie waren eindeutig hinter Linnea her. Er schätzte, daß ihre Gesundheit, vielleicht sogar ihr Leben in Gefahr war. Nachdem die Männer fort waren, hatte Jaakko mit seinen letzten Kräften die Sachen, um die Linnea gebeten hatte, ins Auto geschleppt. Dann hatte er das Haus abgeschlossen und war in das Krankenhaus von Jorvi gefahren, um Erste Hilfe geleistet zu bekommen. Jetzt war er hier, die Sachen warteten unten im Auto. Wenn es Linnea recht sei, würde er sie am nächsten Morgen nach oben bringen, gegebenenfalls den Hausmeister um Hilfe bitten.

Linnea sagte, wegen des bißchen Plunders brauche man nicht den Hausmeister zu bemühen. Sie bat Jaakko um die Autoschlüssel und holte selbst ihre Sachen herauf. Für Jaakko bereitete sie ein heißes Bad und kochte anschließend den Abendtee. Sie schlug Jaakko vor, sich gründlich auszuruhen. Für seine Schläfe machte sie ein Beefsteak zurecht, sie behauptete, davon gehe die Schwellung zurück. Der Arzt glaubte nicht recht an die Heilmethoden seiner Freundin, ließ sie aber gewähren. Vor dem Schlafengehen beschlossen die beiden Alten, für die Wohnungstür einen Spion und eine starke Sicherheitskette anzuschaffen. Dann überlegten sie, ob sie Anzeige wegen Körperverletzung erstatten sollten. Es gab natürlich keine Zeugen, und außerdem machte es ihnen angst, polizeiliche Maßnahmen gegen die gewalttätigen Burschen einzuleiten.

»Du hast dort auf dem Lande wirklich ein furchtbares Leben gehabt«, sagte Jaakko Kivistö zu Linnea, als sie ihm neue Pflaster auf seine Wunden klebte.

Linnea betrachtete den übel zugerichteten alten Mann. Sie bekam Mitleid mit ihm, der so tapfer ihre Interessen in Harmisto verteidigt hatte. Sie mußte an den Herbst 1941 denken. Rainer war unmittelbar nach der Angriffsphase zum Oberstleutnant befördert worden. Sein Bataillon hatte während des ganzen langen Sommers gekämpft, große Verluste erlitten und nun Verteidigungsstellung weit hinten in Weißmeerkarelien bezogen. Rainer war zum Glück nicht verwundet worden, dafür dann aber an Ruhr erkrankt, und zwar so heftig, daß der junge Oberstleutnant nahe daran war, der Krankheit zu erliegen. Und er wäre wohl auch gestorben, wäre nicht Linnea ins Lazarett gereist und hätte ihren Mann gepflegt. Sie hatte magenfreundliche Grießsuppen für ihn gekocht. Sogar der Oberarzt des Lazaretts hatte zugegeben, daß Linneas Suppen den Oberstleutnant vor dem Tod bewahrt hatten. Als Rainer nach wochenlangem Krankenlager endlich in die Caloniusstraße heimgekommen war, hatte Linnea ihn mit allerlei Leckereien verwöhnt, die damals noch erhältlich waren. Sie hatte auf seinen Nachttisch einen hübschen Bastkorb gestellt, der eine Flasche Champagner und verschiedene Sorten Pralinen und Gebäck enthielt. Davon hatte Rainer dann nachts naschen können. Er hatte lobend anerkannt, daß der Champagner die letzten Ruhrbazillen in seinem Magen getötet habe.

Am folgenden Morgen blieb Jaakko im Bett. Linnea brachte ihm Frühstück und kehrte wieder in die Küche zurück. Sie hatte nun die gute Gelegenheit, sich ein wenig mit ihren Giftflaschen zu beschäftigen, ohne befürchten zu müssen, daß Jaakko überraschend auftauchte und sich über die seltsamen Geräte wunderte. Die alte Giftköchin stellte die Flaschen auf die Spüle, öffnete sie und füllte die Injektionsspritzen. Das Gift mußte in Meßgläser gegossen werden, es dampfte scheußlich, aber bald war die Arbeit getan. Die alte Frau trug ihr Gebräu wieder in das Versteck in der Frisierkommode, ließ jedoch versehentlich auf dem Boden eines Meßglases einen Tropfen Gift zurück.

Linnea kam auf die Idee, den malträtierten Jaakko auf die gleiche Weise zu verwöhnen, wie seinerzeit Rainer bei seiner Ruhrerkrankung. Jetzt waren keine Suppen nötig, aber dem mißhandelten Mann täte es sicher gut, ein paar Leckerbissen auf dem Nachttisch zu haben. Linnea war von diesem Gedanken so begeistert, daß sie sich sogleich zum Einkaufsgang fertigmachte. Sie suchte die Delikatessenabteilung von Stockmann auf, wo sie ihren Einkaufswagen mit allerlei Herrlichkeiten füllte:

Gänseleber, Austernpaste, Muscheln, Taschenkrebse, allerfeinster Schweizer Schimmelkäse, dänische eingelegte Zwiebeln, grüne mit Paprika gefüllte Oliven, Spargel, gekochte Meerforelle in Stücken, Mais, Champignons, Mixed Pickles, Kaviar, geräucherte Rentierzunge, gepökeltes Lamm, aromatische exotische Früchte, allerfeinstes Gebäck, Schokolade, Marmeladenkugeln, Sanddorngelee, knusprige französische Kekse, mit Knoblauch gewürztes Baguette.

Die alte Frau, die an die kleine Auswahl im Harmistoer Dorfladen gewöhnt war, geriet bei all diesen sagenhaften Delikatessen in einen regelrechten Rausch, sie lud immer neue Herrlichkeiten in ihren Wagen, zum Schluß hatte sie jedes Maß verloren.

Nach ihrem ausufernden Kauf erwarb Linnea im Alkoholgeschäft noch eine bauchige Magnumflasche roten Sekt. Anschließend arrangierte sie alles schön in einem Bastkorb, den sie mit Silberpapier umhüllte und mit einer goldenen Schleife verzierte. Zufrieden machte sie sich mit ihrem Einkauf auf den Weg in die Döbelnstraße. Der Korb hatte enorm viel gekostet, aber darum kümmerte sie sich nicht. Jetzt, da sie beschlossen hatte, Kaukos monatlichen Unterhalt einzustellen, konnte sie ruhig ein wenig verschwenderisch sein. Plötzlich schoß ihr ein noch besserer Gedanke durch den Kopf. Wenn sie nun all die Köstlichkeiten Kauko Nyyssönen schenken würde? Sie wußte, daß Kauko ein ungeheures Leckermaul war, gierig auf Delikatessen, er würde sich krank essen, wenn er ein so fürstliches Präsent bekäme. Linnea stellte sich vor, wie Kauko aß. Sein Gesicht würde einen glücklichen Ausdruck annehmen, er würde anfangen, an gute Dinge zu denken; vielleicht würde sein verstocktes Herz gerührt, und er würde ihr gegenüber weich gestimmt, weil sie so lieb an ihn gedacht hatte? Mit diesem teuren Geschenk ließe sich Eintracht zwischen ihr und dem bedrohlichen Trio herstellen – bestimmt würde Kauko auch seine garstigen Kumpane zum Festessen einladen. Linnea schien dies ein ausgezeichneter Gedanke zu sein.

Als sie an Kaukos Vorlieben beim Essen dachte, erinnerte sie sich, daß er ihren flämischen Salat stets gemocht hatte, und sie beschloß, eine Portion davon zuzubereiten und in den Korb mit einzupacken. Geschäftig und fast weihnachtlich gestimmt zerschnitt sie einen ganzen Salatkopf und fügte vier Eier, einen Eßlöffel Butter, Salz, schwarzen Pfeffer, zwei Eßlöffel Weinessig und aus Unaufmerksamkeit auch den Tropfen selbstgebrautes Gift aus dem Meßglas, das auf der Spüle stehengeblieben war, hinzu.

Linnea war so in Eifer, daß sie sich nicht einmal die Zeit nahm, den Salat zu kosten, den konnte sie schließlich fast im Schlaf, und er war ihr stets gelungen. Sie füllte den Salat in eine Frischhaltedose und steckte diese in den Korb zu den anderen Lebensmitteln.

Nun brauchte sie Kauko Nyyssönen die Sendung nur noch zuzustellen. Das war allerdings ein Problem. Linnea erinnerte sich, daß Kauko zumindest noch im Winter irgendeinen muffigen Kellerraum in der Uudenmaanstraße bewohnt hatte. Sie war einmal dort gewesen, als Kauko verlangt hatte, sie solle ihm Geld in die Stadt bringen. Zu ärgerlich, daß im Alter das Gedächtnis nachließ. Der Delikatessenkorb wog mindestens zehn

Kilo, sie konnte ihn nicht in der Straßenbahn mitschleppen. Linnea bestellte ein Taxi. Sie bat den Chauffeur, langsam durch die Uudenmaanstraße in Richtung Erottaja zu fahren.

»Verstehen Sie bitte, ich weiß die Adresse nicht mehr, aber ich glaube das Haus zu kennen, zu dem ich möchte«, erklärte die alte Dame dem Fahrer.

Das Taxi schlich durch die Uudenmaanstraße. Linnea spähte durchs Fenster auf die graue Reihe der Steinhäuser. Zwischen der Fredrik- und der Annastraße brachte sie den Fahrer durch einen Aufschrei zum Halten. Das richtige Haus war gefunden. Linnea bezahlte die Fahrt und stieg mit ihren Delikatessen aus dem Auto.

Sie ging durch den Torweg in den Innenhof des Gebäudes. Ganz recht, hier war sie schon einmal gewesen, sie erkannte das Fenster zu Kaukos Kellerzimmer. Sie überlegte kurz, ob sie es wagen sollte, sich an den Hausmeister zu wenden und ihn um die Zustellung des Korbes zu bitten, doch dann verließ sie der Mut, und sie ging wieder auf die Straße zurück.

Sie hatte den Einfall, die nächstgelegene Blumenhandlung aufzusuchen. Sie kaufte ein paar rote Rosen und schrieb Kauko Nyyssönens Adresse auf eine kleine Karte; darunter kritzelte sie einen Gruß für ihn und seine Freunde, sie schlug Versöhnung vor und wünschte guten Appetit. Dann bat sie den Ladeninhaber, die Blumen und den Geschenkkorb zuzustellen. Sie erklärte, der Bote solle sich vom Hausmeister den Schlüssel geben lassen, falls bei der angegebenen Adresse niemand zu Hause sei.

Zufrieden mit der so gefundenen Lösung bezahlte die alte Dame und verließ das Geschäft. Hoffnungsvoll dachte sie, daß Kauko Nyyssönen und seine rohen Kumpane sie vielleicht endlich in Ruhe lassen würden, wenn sie den köstlichen Inhalt des Geschenkkorbes verzehrt hatten.

10

Die beiden Kriminellen Kauko Nyyssönen und Jari Fagerström waren eines Abends, wie so oft, auf dem Weg zu Nyyssönens feuchter Kellerbude, verkatert und ausgerüstet mit einer Plastiktüte voller Leichtbier. Sie würden in dem tristen und muffigen Raum hocken, über die schlechte Welt reden und vielleicht ein bißchen Karten spielen.

Nyyssönens Kellerraum, den er als sein »Hauptquartier« bezeichnete, war eine feuchte Höhle. Sie hatte nur ein einziges kleines Fenster in Deckenhöhe, die Glasscheibe war von schwarzem Stadtruß verdunkelt. Im Raum gab es eine alte Bettcouch, durch deren Polster sich die Ratten ihre Pfade gefressen hatten. Davor stand ein wackliger Gartentisch, dessen Platte kaum jemals abgewischt, geschweige denn geschrubbt worden war. Er war vermutlich aus irgendeinem Freiluftrestaurant gestohlen worden. Vor der gegenüberliegenden Wand stand eine schwere gußeiserne Parkbank, sie stammte von der Esplanade, ein Hocker vervollständigte das Ensemble. Auf dem Fußboden lagen zwei schmutzige Schaumgummimatratzen, Nyyssönens Auffassung von Gästebetten. Das verrostete Waschbecken aus Blech und die über dem Tisch baumelnde, staubige Lampe sowie der verstopfte Abfluß im Fußboden bildeten den einzigen Komfort in dem Loch.

Für gewöhnlich stank es nach den Exkrementen der Ratten, nach muffiger, feuchter Bettwäsche und nach fauligem Staub, der in einer dicken Schicht auf dem rissigen Betonfußboden klebte. Jetzt jedoch hatte Nyyssönen ein berauschendes Geruchserlebnis, als er sein Hauptquartier betrat: Rosenduft erfüllte den Raum, ergänzt durch das anregende Aroma von Früchten, Süßigkeiten, frischem Baguette und anderen Delikatessen. Als er das Deckenlicht anknipste, sah er auf dem Tisch einen üppigen Rosenstrauß und einen großen, in Silberpapier eingeschlagenen Geschenkkorb.

Der märchenhafte Fund erweckte zunächst das Mißtrauen der beiden Burschen. Sie packten den Inhalt des Korbes aus, vorsichtig, als handle es sich um eine explosive Mine. Zum Vorschein kamen jede Menge Speisen, eine verführerischer als die andere, lauter Dinge, von denen die beiden normalerweise nicht einmal zu träumen wagten. Nyyssönen vermutete einen Irrtum, er hatte keine derartigen Luxuswaren bestellt. Die Sendung war jedoch an ihn adressiert: Am Blumenbukett hing ein kleiner Briefumschlag, der seinen Namen und die Adresse seines »Hauptquartiers« trug. Im Umschlag steckte der Zettel mit Linneas Gruß.

Die Absenderin des überwältigenden Präsentkorbes war also Linnea Ravaska! Die gute, alte Linnea! Kaukos

Herz klopfte, als er an die alte Frau dachte. Linnea hatte ihn mit einem derartigen Geschenk bedacht, rührend! Und erst unlängst war er in Harmisto gewesen und hatte nach ihr gesucht, um sie aus dem Weg zu räumen.
Jari Fagerström äußerte die Vermutung, Linnea habe jetzt solche Angst, daß sie mit diesem Bestechungstrick gut Wetter zwischen sich und Kauko machen wolle. Sie fürchtete sich zu Tode, sogar dermaßen, daß sie Kauko mit Delikatessen zu rühren versuche. Jari fand, man sollte sich jetzt jede Gefühlsduselei sparen, sich das ganze Zeugs einverleiben und die Alte später abmurksen.
Jetzt mußte erst mal anständig gefeiert werden. Kauko beauftragte Jari, in die Eerikstraße zu Raikulis Wohnung zu laufen und Pertti Lahtela einzuladen. Raikuli hatte Spätschicht, aber von den Delikatessen würde genug für sie und sogar noch für eine Nachfeier übrigbleiben, so üppig war der Korb bestückt.
Als Kauko Nyyssönen allein war, breitete er die Waren auf dem Tisch aus, wobei ihm das Wasser im Munde zusammenlief. Er hatte größte Lust, einige der Konserven zu öffnen, und konnte sich nur mit Mühe beherrschen. Er holte sich eine Bierflasche und trank warmes Bier. Seine Hände zitterten vor Aufregung. Seit zwei Tagen hatte er keine richtige Mahlzeit zu sich genommen, nur ein paar Becher Sauermilch getrunken und ein fettiges Grillkotelett gegessen, an dem er sich den Magen verkorkst hatte. Jetzt hatte er einen so schwindelerregenden Hunger, daß ihm das Blut in den Schläfen pochte. Allerdings hatte er auch einen Kater. Beim Saufen vergaß man leicht das Essen, und für beides zusammen reichte meistens auch das Geld gar nicht.

Im Waschbecken lagen zwei verbogene Gabeln. Kauko spülte sie ab und legte sie an den Tischrand. Dann machte er sich daran, die Konserven für das Festmahl zu öffnen. Herrliche Düfte entströmten den exotisch aussehenden Dosen. Kauko Nyyssönen konnte nicht anders, er mußte an einem Stück Forelle lecken, vielleicht hätte er gleich den ganzen Inhalt der Dose hinuntergeschlungen, wären nicht Jari und Pera keuchend hereingeplatzt. Das Fest konnte beginnen!

Die Männer rückten dicht an den Tisch. Mit den zwei Gabeln und Jaris Stilett begannen sie, sich die Delikatessen in die hungrigen Münder zu schaufeln. In Nyyssönens Kellerhöhle hatte noch nie ein so glanzvolles Gelage stattgefunden.

Die Männer brachen Stücke vom Baguette ab, verteilten darauf eine dicke Schicht Gänseleberpastete, Austernpaste und Mixed Pickles und stopften sich jede Fuhre genießerisch in den Mund. Muscheln, Taschenkrebse und Blauschimmelkäse auf das nächste Stück Brot! Zwischendurch gefüllte Oliven, Spargel, Champignons und eingelegte Zwiebeln gleich aus dem Glas, als Zwischengericht gekochte Forelle mit geräucherter Rentierzunge. Und wie schmeckte zur Abwechslung gepökeltes Lamm mit eingemachtem Mais? Besonders gefragt war Linneas selbstgemachter flämischer Salat.

Zwischendurch ließen sich die Männer gewaltige Portionen des mürben Gebäcks schmecken, schmatzten gefüllte Schokolade und Konfitürebonbons, leckten aus dem Glas Sanddorngelee und mahlten französische Kekse. Dann kehrten sie wieder zu kräftigerer Kost zurück, stopften sich den Bauch voll mit Rentierzunge und Schimmelkäse, Lamm und Spargel, Forelle und Austernpaste. An dem flämischen Salat glaubte jemand einen seltsamen Beigeschmack zu spüren, doch das tat dem Appetit keinen Abbruch.

Zum Schluß kam der Schaumwein an die Reihe. Kauko Nyyssönen prahlte, er habe schon des öfteren Sektflaschen geöffnet. Dabei gebe es bestimmte Tricks. Man dürfe die Flasche nicht unnötig schütteln, sonst beginne der Sekt zu schäumen und spritze sofort nach dem Herausziehen des Korkens an die Wände. Überhaupt solle man mit edlen Getränken vorsichtig und respektvoll umgehen. Ihr Aroma vertrage keine derbe Behandlung. Sekt zu genießen sei eine Kunst für sich, man dürfe ihn nicht trinken wie Bier, sondern man müsse ihn leicht in den Mund nehmen, ihn an Zunge und Gaumen gewöhnen, und erst dann dürfe man ihn hinunterschlucken. Aber das Aroma schnuppere man eigentlich mit der Nase …

Jari und Pera verkündeten ungeduldig, sie wünschten einen Schluck aus der Flasche, Vorträge über Weinverkostung interessierten sie nicht. Außerdem bezweifelten sie, daß Kake jemals so vornehm Wein oder Sekt geschlürft habe, wie er jetzt herumprahlte.

Kauko Nyyssönen ließ den Korken knallen. Er machte es gekonnt, das perlende Getränk spritzte nicht heraus. Jari griff mit beiden Händen nach der bauchigen Flasche, um sie an den Mund zu setzen, aber Kake schlug ihm auf die Finger. Es sei einfach ungehörig, den teuren Sekt direkt aus der Flasche zu trinken. Ein so edles Getränk genieße man aus Sektgläsern, ob Jari denn nicht einmal die primitivsten Anstandsregeln beherrsche.

Sektgläser waren in Nyyssönens Haushalt natürlich nicht vorhanden, genaugenommen nicht einmal andere Gläser. So mußte man sich eben damit begnügen, drei leere Bierflaschen auszuspülen, die anschließend vorsichtig mit dem Sekt gefüllt wurden. Die Magnumflasche reichte für je zwei Füllungen. Vor der ersten Runde standen die drei Burschen feierlich auf und schlugen die Bierflaschen gegeneinander.

»Zum Wohl«, wünschten sie sich vornehm.

Als sich der Schaumwein im Magen der Feiernden mit dem flämischen Salat vermischte, wurde das Gift darin aktiviert und drang rauschend in ihre Blutbahn. Ihre Wangen begannen zu glühen, ihr Herz pochte, bald schon hatten sie Lust zum Singen. Ihre Rede wurde stammelnd, es schwindelte sie, und der kleine Kellerraum erschien ihnen als ein erstickend enges Loch. Mit zitternden Händen gossen sie den letzten Sekt in die Flaschen. Es verlangte die Männer nach frischer Luft, und sie torkelten zur Tür.

Schwankend und stolpernd polterten sie die Treppe hinauf, überquerten den Innenhof fast auf allen vieren und taumelten durch den Torweg auf die Straße. Dort hielten sie sich an Häuserwänden und Verkehrsschildern fest, Jari trat eine Fensterscheibe ein, und schrecklich brüllend und aneinander Halt suchend zogen sie durch die Uudenmaanstraße in Richtung Erottaja. Die entgegenkommenden Passanten machten ihnen entsetzt den Weg frei. Furchtbares Geschrei und Gebrüll erfüllte die Gegend.

Allmählich verebbte der Lärm, die Männer fielen einer nach dem anderen auf die Straße, zuerst Fagerström,

dann Lahtela und als letzter Nyyssönen. Jeder der drei hielt eine Bierflasche in der Hand. Die Männer lagen kreuz und quer auf der Uudenmaanstraße, so daß die in Richtung Erottaja fahrenden Autos ausweichen mußten. Bald kurvte ein Polizeiauto heran.
Den Beamten blieb die anstrengende Aufgabe, drei bewußtlose Männer ins Auto zu hieven. Die Bierflaschen sammelten sie auf und warfen sie in den Abfallbehälter, offenbar hatten sich die Männer mit Leichtbier einen Vollrausch angetrunken. Das Leichtbier müßte unbedingt aus dem freien Verkauf entfernt werden, fanden die Polizisten. Dann knallten sie die Türen ihrer blauen Limousine zu, und der Transport zur Ausnüchterungsstation begann.

11

In der öden Zelle der Ausnüchterungsstation von Töölö lagen Nyyssönen & Co. immer noch bewußtlos von der Vergiftung, als man um sechs Uhr morgens kam, um sie zu entlassen. Man rüttelte sie wach und befahl ihnen, sich davonzuscheren zu neuen Abenteuern. Nyyssönen, Lahtela und Fagerström protestierten. Sie äußerten den Wunsch, auf dem Betonfußboden der Zelle vorläufig weiterschlafen zu dürfen. Die Freiheit lockte sie momentan nicht. Sie klagten, sie seien krank, man habe sie heimtückisch vergiftet.
Die Polizisten studierten den Rapport vom Vorabend

und konstatierten, daß das Trio in Gewahrsam genommen worden war wegen starken Leichtbierrausches. Jeder der Männer hatte zum Zeitpunkt der Festnahme eine ausgetrunkene Bierflasche in der Hand gehalten. Allerdings mußten sie enorme Mengen von dem Bier getrunken haben, da sie am nächsten Morgen immer noch nicht auf die Beine kamen.
Die Polizisten erklärten, die Ausnüchterungsstation sei kein Erholungsheim.
Nyyssönen jammerte, er und seine Freunde seien Opfer eines Verbrechens geworden. Man habe allen Ernstes versucht, sie mit Gift umzubringen. Hinter allem stecke eine Frau, die Witwe Linnea Ravaska, seine eigene Pflegeoma, ein richtiger Drachen mit ihren fast achtzig Jahren. Die Beschwerden wurden nicht im Protokoll vermerkt; Nyyssönen und seine Kumpane waren allzu bekannte Gäste in der Ausnüchterungsstation.
Die Polizisten fanden allein den Gedanken absurd, ein altes Mütterchen hätte diese ausgewachsenen Kerle vergiftet, und selbst wenn, um so besser! Irgendwo gab es eine Grenze von Anstand und Gerechtigkeit. Die Herren Säufer sollten also ihre stinkenden Knochen entfernen und der alten Oma ausrichten, sie möge ihnen nächstes Mal eine stärkere Dosis verpassen.
Verstimmt wankten die Burschen aus der Zelle. Ihr Herz hämmerte, die Augen tränten. Der Verkehrslärm dröhnte ihnen in den Ohren. Mit schlotternden Gliedern machten sie sich zu Fuß auf den Weg ins Stadtzentrum. Sie kamen nur langsam voran, immer wieder mußten sie stehenbleiben, um sich auszuruhen. Endlich, nach einstündigem, qualvollem Marsch, erreichten sie

die Uudenmaanstraße. Kauko Nyyssönen holte den Schlüssel seiner Kellerbude aus der Tasche. Finster warfen sich die drei auf den Fußboden des schmutzigen Raumes. Bevor Nyyssönen einschlief, fegte er mit der Hand Linneas vertrocknete Blumen vom Tisch.

Am Nachmittag erwachten die Männer soweit gestärkt, daß sie gegen ihren Durst laues Wasser aus dem Hahn trinken konnten. Auch der Hunger meldete sich, doch konnten sie sich noch einmal an Linneas Delikatessen wagen? Nach langem Überlegen kamen sie zu dem Schluß, daß zumindest in den Konserven kein Gift sein konnte. Linnea hate wahrscheinlich nur den Salat vergiftet.

Sie veranstalteten ein schweigsames Resteessen und mußten zugeben, daß die Konserven der Alten auch am zweiten Tag noch ausgezeichnet schmeckten.

Während der Mahlzeit faßten sie den einstimmigen und unwiderruflichen Beschluß, Linnea Ravaska zu töten. Am vehementesten setzte sich Jari Fagerström, der grausamste aus der Gruppe, dafür ein. Seiner Meinung nach war man einfach zu blauäugig gewesen, was Linnea betraf. Die niederträchtige Alte hatte sich als blutdürstiger Teufel erwiesen und wurde allmählich gefährlich. Jari war überzeugt, Linnea warte nur auf eine günstige Gelegenheit, um sie alle drei umzubringen. Die Sache mit dem Gift war ein Beweis, Linnea mußte aus dem Weg geräumt werden.

Der Beschluß stand fest. Aber wer würde den Plan in die Tat umsetzen? Kauka Nyyssönen sagte, er scheue vor dem Gedanken an Mord zurück, auch Pertti Lahtela fand es nicht sehr angenehm, die erforderlichen praktischen Vorkehrungen zu treffen. Jari bekam die

Ausflüchte seiner Freunde satt. Er erklärte barsch, er sei bereit, Linnea kaltzumachen, wenn Pertti und Kake helfen würden, sie erst mal zu kriegen.

Es wurde eine Art Plan entwickelt. Jari sollte ein passendes Auto für den Transport der Leiche stehlen. Kauko Nyyssönen versprach, eine Axt und Abfallsäcke zu besorgen. Für Pertti Lahtela blieb die Aufgabe, auszukundschaften, wo Linnea wohnte, sie dort abzuholen und in die Eerikstraße zu bringen. Es war am praktischsten, sie in Raikulis Wohnung abzumurksen. Anschließend würde man die Leiche mit dem Auto aufs Land schaffen, wo man sie ohne Aufsehen beseitigen konnte, und basta.

Nachdem alles klar war, schliefen die Männer noch eine Runde auf den muffigen Matratzen der Kellerhöhle.

Am nächsten Tag hielt Pertti Lahtela in Töölö in der Döbelnstraße Wache. Man war zu dem Schluß gekommen, Linnea wohne möglicherweise bei dem Lizentiaten der Medizin. Jaakko Kivistö – demselben, den sie vor ein paar Tagen in Harmisto gemeinsam verprügelt hatten. Pera kam mit der Nachricht zurück, dies stimme tatsächlich. Jetzt sei es Zeit zu handeln, der Doktor habe vormittags gemeinsam mit Linnea die Wohnung verlassen. Die Herrschaften seien im nahegelegenen »Elite« zum Mittagessen gewesen. Kivistö sei anschließend in eine Straßenbahn Richtung Stadtzentrum eingestiegen, aber Linnea sei in die Wohnung zurückgekehrt.

Jari Fagerström übergab Pertti Lahtela sein Stilett. Der fragte zerstreut, was er damit solle. Jari erklärte, das Messer könnte ihm nützlich sein, wenn er Linnea zwingen müßte, ihm zu folgen.

»Ach so. Ja, dann muß ich wohl jetzt mal gehen. Tschau, Kumpels.«
Jari versprach, ein Auto zu stehlen und es in die Eerikstraße zu bringen. Er wolle, wenn irgend möglich, einen Kombi nehmen, für Transporte der geplanten Art sei dieser Wagentyp am günstigsten.
Pertti Lahtela marschierte äußerlich gelassen in Richtung Töölö. Innerlich war er jedoch sehr unruhig. Schließlich hatte er sich bereit erklärt, an der Ermordung eines Menschen, noch dazu einer Frau, mitzuwirken. Ist ein Mann in einer solchen Absicht unterwegs, denkt er über sich und seine Angelegenheiten ein wenig gründlicher nach. Das Verhältnis zwischen Leben und Tod tritt bei diesen Überlegungen unvermeidlich in den Vordergrund.
Pertti Lahtela hatte bereits Erfahrung mit Gewaltverbrechen. Er hatte vor sieben Jahren einen Mann getötet. In einer Saufrunde in Punavuori hatte es eine Meinungsverschiedenheit gegeben, es war zu einer Schlägerei gekommen, und zum Schluß hatte er seinen Dolch benutzt. Die Folgen waren furchtbar gewesen. Der Mann war gestorben, und er, Pertti Lahtela, war wegen Totschlags verurteilt worden. Die Strafe hatte er im Jugendgefängnis von Kerava verbüßt. Von Zeit zu Zeit, auch noch jetzt nach Jahren, mußte er an jenes düstere Ereignis denken. Die Erinnerung war schrecklich, und manchmal raubte sie ihm sogar den Schlaf. Zu den Angehörigen des Getöteten Verbindung aufzunehmen hatte er nicht gewagt.
Jetzt wirkte er wieder an einem Mord mit. Das Opfer war allerdings uralt. Nyyssönen hatte ja sinngemäß ge-

sagt, es sei nicht so schlimm, wenn man einen alten, sterbenden Menschen abmurkste, so etwas sei keine große Sünde. Aber man kannte ja den Nyyssönen, der war ein Meister darin, alle möglichen Ausflüchte zu erfinden. Warum erledigte er die Sache nicht selber? Linnea war seine Tante. Lahtela kam der vage Verdacht, Nyyssönen habe wieder mal einen anderen vorgeschickt.

Besonders abscheulich fand er die Vorstellung, daß es jetzt einer Frau an den Kragen gehen sollte. Eine Frau umzubringen, war immer eine außergewöhnliche Maßnahme. Ihn schauderte schon allein bei dem Gedanken. Einen Mann tötete man vielleicht aus der Not heraus oder zur Selbstverteidigung, das passierte sogar ziemlich oft, aber eine Frau anzutasten erschien ihm sehr widerwärtig.

Pertti Lahtela ging durch die Runebergstraße. Bald hätte er die Döbelnstraße erreicht. Noch wäre Zeit für einen Rückzieher. Wenn er nun zu den Kumpels zurückkehrte und behauptete, Linnea habe fliehen können? Frauen können sehr flink sein, wenn sie wollen. Lahtela beschloß, das nahegelegene »Elite« aufzusuchen und über diese Alternative nachzudenken. Er könnte ein paar Bier trinken und die ganze Sache neu überlegen.

Bedauerlicherweise vereitelte der Portier seine Absicht, sich unter die Gäste des Restaurants zu mischen. Das war auch kein Wunder, denn Pertti Lahtelas Augen brannten in seinem Schädel wie die eines Mörders. Der Portier vermutete, der Mann sei verrückt oder zumindest betrunken. Außerdem erinnerte er sich, daß derselbe Kerl irgendwann auf der Sonnenterrasse des

Restaurants randaliert hatte. Der Typ stank nach Schweiß und Schnaps, so als ob er die letzte Zeit in einer Zelle oder in einem schmutzigen Keller gelegen hätte.

»Leider geht es heute nicht, kommen Sie doch bitte ein andermal wieder.«

Lahtela blieb nichts anderes übrig, als kehrtzumachen und wieder auf die Straße zu gehen. Seine Galle kochte. So wurde er nun behandelt! Man erlaubte ihm nicht mal, in der Kneipe ein paar Bier zu trinken, verflucht noch mal! Dabei hatte er keinen Tropfen Alkohol zu sich genommen, jedenfalls nicht, seit er aus der Zelle gekommen war.

Der Zwischenfall entschied Linnea Ravaskas Schicksal. Pertti Lahtela zögerte nicht mehr. Wutentbrannt dachte er, sämtliche Portiers und Witwen sollten ausgerottet werden. Jetzt erschien es ihm völlig natürlich und gerechtfertigt, in die Döbelnstraße zu marschieren und den Auftrag, den ihm seine Kumpels gegeben hatten, auszuführen.

Pertti Lahtela fuhr mit dem Fahrstuhl nach oben und klingelte an der Tür des Lizentiaten der Medizin, Jaakko Kivistö. Nach einiger Zeit öffnete die alte, verunsicherte Frau. Pertti Lahtela stieß die Tür auf, stürmte in die Wohnung und befahl der Alten, keinen Mucks von sich zu geben. Erst jetzt erkannte Linnea in dem jungen Mann Kauko Nyyssönens Freund und erschrak zu Tode.

12

In scharfem Ton forderte Pertti Lahtela die Witwe Linnea Ravaska auf, ihm zu folgen. Man werde zunächst in eine bestimmte Wohnung in der Eerikstraße gehen, und dort werde man dann sehen, was als nächstes zu tun sei. Linnea war erschüttert. Sie sah an den Augen des Eindringlings, daß dieser in finsterer Absicht unterwegs war. Sie begann, um ihr Leben zu fürchten. Die Erinnerungen an jene furchtbare Tortur in Harmisto wurden wach. Würde sie denn niemals vor Kauko Nyyssönen und dessen gewalttätigen Kumpanen Ruhe haben? Sie wollte um Hilfe rufen, aber Pertti Lahtela drängte sie ins Schlafzimmer und sagte, er werde handgreiflich, wenn sie auch nur einen Mucks von sich gäbe.

Linnea nahm all ihren Mut zusammen und erkundigte sich nach Kauko Nyyssönens Befinden. War Kauko in letzter Zeit gesund gewesen?

Pertti Lahtela erklärte, eben um diesen Gesundheitszustand gehe es jetzt. Linnea habe versucht, nicht nur Kauko, sondern auch ihn, Pertti, und den gemeinsamen Freund Jari mit Gift umzubringen. Sie hätten nur mit knapper Not überlebt.

Linnea wies die Anschuldigung zurück und erklärte, sie habe lediglich Kauko mit ein paar Leckerbissen erfreuen wollen, daran sei doch wohl nichts Schlechtes? Die Beteuerungen wirkten jedoch nicht; Pertti befahl Linnea, sich fertigzumachen und mitzukommen. Man werde in die Eerikstraße gehen, um die Sache zu klären, um etwas anderes handle es sich gar nicht.

Linnea begriff, daß sie sich in der vermutlich größten Gefahr ihres Lebens befand. Sie weigerte sich, auszugehen, und sagte, der Eigentümer der Wohnung komme jeden Augenblick nach Hause. Es half nichts. Da erklärte sie, Lahtela mache sich des Menschenraubes schuldig. Darauf erwiderte er barsch, wenn sie nicht tue, was er verlange, werde er sie schlicht und einfach umlegen. Aus seinen Blicken war zu schließen, daß diese Drohung kein Scherz war.

»Du meine Güte, ich muß natürlich ein paar persönliche Dinge einpacken«, erklärte Linnea eilig. Sie öffnete das Schloß ihrer Frisierkommode und holte verschiedene Dosen und Fläschchen hervor, wie Frauen sie eben brauchen, wenn sie unterwegs sind. Pertti Lahtela verlor die Geduld. Er sagte, der Ausflug dauere nicht lange, Linnea brauche keine Reisevorbereitungen zu treffen. Schminkzeug und Medikamente benötige sie im Grunde genommen gar nicht. Die ganze Sache sei im Nu erledigt, wenn man nur bald auf den Weg käme.

Linnea packte dennoch die Gegenstände in ihre Tasche. Sie behauptete, eine Frau, die auf sich halte, könne nicht einfach so mit jedem x-beliebigen Mann mitlaufen, noch dazu ohne ihre persönlichen Habseligkeiten. Außerdem sei sie alt und kränklich, so daß für sie nicht einmal kurze Wege denkbar seien ohne die Mitnahme entsprechender Medikamente. Sie zeigte Pertti Lahtela eine Injektionsspritze, die mit einer gelben Flüssigkeit gefüllt war, und erklärte, sie brauche zu bestimmten Zeiten eine Spritze, sonst verweigere ihre Bauchspeicheldrüse den Dienst.

Pertti Lahtela dachte bei sich, dies sei ein Ausflug, bei dem am Schluß allerdings wirksamere Mittel eingesetzt würden.
Er fragte, wo das Telefon sei. Linnea führte ihn in den Salon. Pera staunte über die enorme Größe des Raumes und die vornehmen alten Möbel. Er strich über die schweren Plüschvorhänge vor den großen Fenstern und stellte fest, daß der Quacksalber, verflucht noch mal, eine Menge Kies haben müsse.
Lahtela richtete es so ein, daß sich Linnea während seines Anrufes in ihrem Schlafzimmer aufhielt. Die Tür zwischen Salon und Schlafzimmer stand offen, so daß er sie im Auge behalten konnte. Er dachte, die uralte und halbtaube Linnea werde im anderen Zimmer den Inhalt des Gespräches schon nicht mitbekommen.
Er rief Raija Lasanen in ihrer Arbeit an.
»Könn'se mal Raikuli an den Apparat holen? … He, Pera hier, hab's etwas eilig. Ich wollt' dir bloß sagen, du sollst nachher nicht in deine Bude in der Eerikstraße kommen und auch nicht anrufen, ich hab da 'ne kleine Sache zu erledigen. Kannst du vielleicht woanders übernachten? Okay, bis morgen dann, tschau.«
Linnea strengte ihr Gehör aufs äußerste an, verstand aber nur, daß Lahtela von irgendeiner Bude in der Eerikstraße sprach. Das Telefonat war kurz, aber doch lang genug, daß sie inzwischen ihren alten, verschlissenen Pelzmuff und ein paar andere Kleinigkeiten, wie die vorhin gezeigte Injektionsspritze, zusammenpacken konnte. Sie drehte den Muff in ihren Händen und mußte an die Zeit vor dem Krieg denken. Den Muff pflegte sie mitzunehmen, wenn sie im Winter ausging, es war

damals Mode, und außerdem wärmte der Muff angenehm die Hände. Als sie sich mit Rainer verlobt hatte, hatte sie mit dem Muff und ihrem neuen Halbpelz in der Stadt großen Eindruck gemacht. Wo mochte der Pelz jetzt wohl sein? Linnea versuchte, sich zu erinnern; verflixt aber auch, wie das Gedächtnis in letzter Zeit nachließ! Vielleicht hatte sie ihren Pelz in den letzten Kriegsjahren, als die Lebensmittel in der Stadt so furchtbar knapp waren, auf dem Schwarzmarkt verkaufen müssen. Tatsächlich, jetzt fiel es ihr ein! Sie hatte den Pelz im Winter 1943, im Februar, gegen ein halbes Schwein eingetauscht. Das Geschäft hatte sich gelohnt, der Pelz war zwar ein Krimmer gewesen, aber die Hälfte eines großen Schweins war zu jener Zeit um ein Vielfaches wertvoller.

Jetzt wurde der Muff wieder gebraucht. Er war wie eine pelzige Handtasche, in deren Tiefen man die eine oder andere praktische Kleinigkeit transportieren konnte. Pertti Lahtela wunderte sich allerdings über die Mitnahme des seltsamen Gegenstands. Jetzt sei doch Sommer, wie könne Linnea auf der Straße herumlaufen mit den Pfoten in diesem Fellknäuel? Linnea erklärte, sie sei schon so alt, daß sie wegen des Rheumatismus ihre Hände und besonders die Gelenke schützen müsse, egal ob es Sommer oder Winter sei.

Jetzt waren sie fertig zum Aufbruch. Linnea war sich sicher, daß man sie auf ihre letzte Reise schickte.

Zuerst in den Fahrstuhl, dann nach unten. Pertti Lahtela preßte Linneas zarten Arm in seiner Pranke und zischte, wenn sie nicht brav und schweigsam neben ihm ginge, gebe es Unannehmlichkeiten. Linnea war gezwungen, ihrem Begleiter zu folgen. Sie gaben ein hübsches Bild ab: Ein erwachsener Sohn geht Arm in Arm mit seiner alten Mutter in den sonnenbeschienenen, grünen Park.

Das Ziel hieß also Eerikstraße. Lahtela führte die alte Dame mit festem Griff und zügigem Schritt durch die Südliche Hesperiastraße, vorbei am Badestrand und den Parkanlagen mit dem Krematorium, er hatte offenbar einen ruhigen Fußweg zwischen Töölö und dem Zentrum im Sinn.

»Drück nicht dauernd meinen Arm, sonst bekomme ich blaue Flecken, und der Muff fällt mir herunter«, beklagte sich Linnea bei ihrem Begleiter, aber Pertti Lahtela lockerte den Griff nicht. Linnea kam es vor, als würde sie vom Henker geführt. Sie spürte gleichsam die Nähe des Todes.

Die sommerlich grünen Parks waren um diese Nachmittagsstunde fast verlassen. Linnea sagte sich, daß sie nicht mehr viel Hoffnung habe. Zu schreien wagte sie nicht, der Bursche neben ihr würde ihr womöglich den Arm ausrenken und sie vor Wut auf der Stelle totschlagen. Und wer kümmerte sich heutzutage in der Großstadt um die Schreie einer alten Frau? Immer wieder wurden alte Leute auf der Straße beraubt und mißhandelt, und die Passanten machten sich kaum die Mühe, anschließend für die Unglücklichen einen Krankenwagen zu rufen. Jeder schützte seine eigene Haut, schaute weg, wenn ein anderer geschlagen wird. Die Menschen waren heute genauso roh wie gleich nach dem Krieg, damals mußte man in Helsinki um sein Leben fürchten, als die Soldaten, die fünf Jahre Front hinter sich hatten, ins Zivilleben entlassen worden waren und betrunken in der Stadt randalierten. Aber aus welchem Krieg kamen die heutigen Burschen, an welchem Frontabschnitt hatten sie ihr Vaterland verteidigt? Wie viele Jahre hatte denn dieser Pera im Schützengraben gezittert? Es schauderte Linnea, als sie den rasch neben ihr ausschreitenden Mann betrachtete. Sie kam immer mehr zu der Überzeugung, daß sie von diesem Gang nicht zurückkehren würde. Zur Eerikstraße war man unterwegs? So hatte es jedenfalls geheißen.

Aus dem Urnenhain führte der Weg zum Friedhof Hietaniemi. Linnea bat, daß man bei Kekkonens[3] Grabstein haltmache, sie habe noch gar keine Gelegenheit gehabt, ihn zu sehen, außer auf Bildern natürlich. Pertti Lahtela sagte, es sei keine Zeit, irgendwelche Steine zu beglotzen.

Linnea hatte das Gefühl, sie würde zur Hinrichtung geführt. Darum handelte es sich ja wohl. Wieder kam ihr die Kriegszeit in den Sinn. Damals hatte es geheißen, die Deutschen brachten die Juden in Konzentrationslager, doch nicht alle Leute hatten es geglaubt. Oft hatte Linnea darüber nachgedacht, wie sich ein Mensch fühlen mag, wenn man ihn ohne Grund von zu Hause abholt und er nicht weiß, ob er jemals zurückkehren wird. Man konnte es sich nicht wirklich vorstellen, wenn man nicht irgendwann selbst das gleiche Schicksal erlitt. Jetzt begriff Linnea, wie sich die Juden gefühlt haben mußten. Man war wie gelähmt, folgte einfach seinem Begleiter, dachte an unnütze Dinge, ging wie eine Maschine. Und je länger der Weg, desto unmöglicher erschien einem die Rettung.

Linnea kamen die Tränen. Pertti Lahtela wurde nervös. Nun mußte die Alte auch noch in der Öffentlichkeit anfangen zu flennen. Er schnauzte sie grob an, aber Linnea konnte ihre Tränen nicht mehr aufhalten.

Als sich Passanten näherten, verfiel Pertti Lahtela auf die Idee, ebenfalls zu schluchzen, so als ob auch er tiefen Schmerz empfände. Zugleich sprach er mit gebrochener Stimme Trostworte zu der alten Dame, erklärte ihr, das Leben gehe weiter. Als sicheren Beweis für seine große Trauer griff er sich im Vorbeigehen von einem frischen Grab ein Blumengebinde. Nun war der Eindruck der trauernden Hinterbliebenen perfekt, die entgegenkommenden Passanten erkannten, daß hier auf dem Kiesweg des Friedhofs eine trauernde alte Frau, gestützt von ihrem weinenden und sie tröstenden Enkel, zum Grab eines nahen Angehörigen unterwegs war, beide waren von Schmerz überwältigt, so wie es in einem Todesfall zu sein pflegt.

Linnea trocknete sich empört ihre Tränen.

Sie kamen an einem Grabstein aus rotem Granit vorbei, der Linnea bekannt war, denn unter ihm ruhte ein gewisser, nach dem Krieg an Tuberkulose verstorbener Hauptmann Sjöström. Linnea errötete bei der Erinnerung daran, was sie während der Phase des Stellungskrieges mit dem jungen Sjöström in Schlüsselburg getrieben hatte.

Linnea klagte über ihre müden Füße, sie müsse zwischendurch ausruhen. Pertti Lahtela reagierte gereizt und sagte, zur Eerikstraße sei es nicht mehr weit. Bald sei man in Lapinlahti, und von dort gelange man über die Ruoholahtistraße ans Ziel. Linnea hörte jedoch nicht auf zu klagen, so daß Lahtela schließlich knurrend einer kurzen Ruhepause auf der Friedhofsbank zustimmte.

Linnea wischte den Sitz ab, plapperte darüber, wie sehr die Tauben alles beschmutzten. Pertti Lahtela wollte sich den Hosenboden seiner Jeans nicht mit Taubendreck beschmieren, sein Blick fiel auf den Pelzmuff in Linneas Händen, und er befahl der alten Frau, ihm diesen als Unterlage hinzulegen. Linnea erschrak: Sie hielt im Inneren des Muffs die Giftspritze bereit, wo sollte sie jetzt so schnell damit hin? So geriet der Muff mitsamt der Injektionsnadel auf die Bank. Pertti Lahtela setzte sich auf das Pelzkissen, die dünne Nadel bohrte sich in sein Hinterteil, er spürte in seiner Backe einen scharfen Stich und fragte sich verwundert, ob sich in dem Fellwisch womöglich eine verdammte Schnalle verbarg. Und was, zum Teufel, fummelte die Alte die ganze Zeit da hinten herum?

Plötzlich spürte Lahtela, wie etwas Kaltes und Brennendes in seinen Hintern floß, seine Beine wurden schlaff, in seinem Gehirn begann es zu rauschen, ungefähr so wie nach dem Delikatessenschmaus. Er sprang von der Bank hoch und tastete nach seinem Hintern, bekam die geleerte Injektionsspritze zu fassen, und da begriff er, was geschehen war.

Linnea Ravaska trippelte eilig weg und rettete sich hinter einen großen Grabstein. Pertti Lahtela brüllte und versuchte, ihr zu folgen, aber die Schlaffheit, die sich seiner Glieder bemächtigt hatte, verhinderte weitere Bewegungen. Er suchte an der Rückenlehne der Friedhofsbank Halt, sein Kopf fiel nach vorn, die Augen wurden blind, er rutschte mit den Knien auf den Sitz. Aus seinem Mund drang Schaum, dann sackte er lautlos auf der Bank zusammen. Seine Glieder zuckten eine Weile im Todeskampf, sein Atem stockte, und das Herz des gequälten Geschöpfes hörte auf zu schlagen. Auf dem Friedhof herrschte Totenstille.

Linnea Ravaska schlich näher, um das Ergebnis zu betrachten. Sie richtete den Körper des Toten so aus, daß er in Embryostellung lag, und schob ihm die Hände unter den Kopf, als hielte ein Betrunkener auf der Bank seinen Nachmittagsschlaf. Dann drückte sie ihm die Augen zu und drehte sein Gesicht zur Lehne. Den Muff steckte sie in ihre Handtasche, anschließend hob sie die heruntergefallene, leere Injektionsspritze auf und steckte sie ebenfalls ein.

Im Laufe ihres langen Lebens hatte Linnea Ravaska oft mit dem Tod zu tun gehabt. Oberst Ravaska war ein Militär gewesen, darin ausgebildet, Menschen zu töten. Während des Krieges hatte ein Menschenleben keinen großen Wert gehabt. Trotzdem mußte sie feststellen, daß sie sich niemals an den Tod gewöhnte. Das plötzliche Ableben des grausamen jungen Mannes beschämte und erleichterte sie zugleich.

»Gott sei Dank, du hast deinen Lohn gekriegt!«

Linnea untersuchte die Taschen des Toten: Sie fand allerlei Krimskrams, ein paar Zehnerscheine, einen Schlüsselbund und einen ausgefüllten Lottoschein. Die Schlüssel und den Lottoschein steckte sie ein, die anderen Gegenstände und das Geld ließ sie bei dem Toten. Dann sah sie sich auf dem stillen Friedhof um, es war kein Mensch in der Nähe, ein paar Eichhörnchen mit buschigen Schwänzen sprangen hinter den Grabsteinen hervor und bettelten um Futter. Linnea fand, so sei es immer: Auf dem Friedhof Hietaniemi wimmelte es immer gerade dann von Eichhörnchen, wenn man keine Nüsse dabei hatte. Richtete man sich aber extra darauf ein, Eichhörnchen zu füttern, waren sie wie vom Erdboden verschluckt.

»Wenn ihr brav seid, kriegt ihr morgen soviel Nüsse, wie ihr vertragen könnt«, versprach Linnea den Tieren. Sie nahm das Blumengebinde an sich, das Pertti Lahtela entwendet hatte. Sie wollte es zu dem Grab zurücktragen, von dem es stammte, doch es gab so viele frische Gräber, daß sie das richtige nicht wiederfand. So beschloß sie, das Blumengebinde an Urho Kekkonens Grab niederzulegen.

Irgendwie entstand für sie der schaurige Eindruck, als wäre Lahtela nur deshalb gestorben, damit sie Gelegenheit bekäme, sich Kekkonens Grab anzusehen. Der Stein war düster und protzig. In seine Oberfläche war eine Art Streifen gemeißelt, wie eine Welle oder Pflugfurche. Auf eine bestimmte Art paßte es gut zu dem Grab, war doch Kekkonen seinerzeit ein rechter Pflüger gewesen, in vielerlei Hinsicht. Linnea erinnerte sich noch gut an Urho. Ein eigensinniger Mann, aber letztlich ein recht interessanter alter Bock. Kekkonen wäre bestimmt General geworden, wenn er sich für die militärische Laufbahn entschieden hätte.

Linnea legte das Blumengebinde nieder. Das blauweiße Seidenband trug in Goldbuchstaben die Aufschrift: »In tiefer Trauer und ehrendem Gedenken an unseren geliebten Lehrmeister. Akademische Frauen e.V., Uusimaa.«

Linnea Ravaska wanderte langsam heimwärts nach Töölö. Nach langer Zeit fühlte sie sich wieder einmal herrlich unbeschwert.

13

Als Linnea Ravaska in der Döbelnstraße eintraf, fand sie dort den aufgeregten Jaakko Kivistö vor. Der Arzt fragte sie, wo sie gewesen sei. Nicht, daß er ihre Bewegungsfreiheit in irgendeiner Weise einschränken wolle, aber er sei wirklich sehr in Sorge um seine alte Freundin gewesen. Linnea sagte, sie habe einen Spaziergang gemacht, sie sei in den Parks und auch auf dem Friedhof Hietaniemi gewesen. Jaakko Kivistö erklärte, heutzutage sei Vorsicht angeraten, wenn man allein auf die Straße gehe. Alte Leute würden sogar am hellichten Tage überfallen, so sei die Welt nun einmal geworden.

Linnea klagte über Kopfschmerzen, welche sich bei ihr tatsächlich immer nach großen Gemütsbewegungen meldeten. Sie sagte, sie würde es vorziehen, auf ihr Zimmer zu gehen und einen Nachmittagsschlaf zu halten. Es drängte sie, über das Geschehene ganz allein nachzudenken. Jaakko Kivistö hatte Verständnis für die Wünsche der alten Frau. Er erzählte, er habe in der Stadt Blumen gekauft. Er sei auf dem Markt gewesen und habe von dort auch ein wenig Frühgemüse mitgebracht. Er versprach, den Abendtee zuzubereiten, Linnea könne gern bis dahin schlafen.

Tatsächlich, auf dem kleinen Tisch in Linneas Schlafzimmer stand ein Strauß gelber Rosen. Linnea betrachtete die schönen, duftenden Blumen mit Wohlgefallen. Jaakko war ganz der alte, stets dachte er daran, seiner Gefährtin Blumen zu bringen und sich nach ihrem Befinden zu erkundigen, so recht nach Art der Ärzte. Rainer hatte nie nach ihrem Befinden gefragt. Dergleichen kam einem Offizier wohl gar nicht in den Sinn, denn die Militärs sind ja ausgebildet, Menschen zu töten, anders als die Ärzte, deren Aufgabe das Wohlbefinden der Menschen ist. Wenn Rainer ihr mal Blumen mitgebracht hatte, bedeutete das im allgemeinen, daß sein Gewissen nicht ganz rein war. Gewöhnlich hatte es sich um eine Frauengeschichte gehandelt, manchmal auch um ein Trinkgelage oder Glücksspiel, auf das er sich zuweilen einließ. Offiziere hätten Linneas Meinung nach überhaupt nicht um Geld spielen dürfen, ihr Einkommen war nicht danach, doch merkwürdigerweise ließen sie sich unverantwortlich oft dazu hinreißen. Linnea konnte sich nicht einmal im Traum vorstellen, daß Jaakko Kivistö anfinge, mit seinen Arztfreunden Poker zu spielen, noch dazu um Geld.
Jaakko war also ganz der alte. Bald würde er wohl um ihre Hand anhalten, so wie früher schon einmal. Warum nicht? Linnea mochte ihn, aber der heutige Todesfall bedeutete eine so gewaltige Erschütterung, daß sie jetzt an kein Techtelmechtel denken mochte, nicht einmal mit einem netten alten Arzt.
Sie legte sich nieder und überlegte, was mit Pertti Lahtelas Leiche zu tun sei. Wäre es vielleicht angebracht, die Stadtreinigung anzurufen und zu bitten – natürlich

anonym –, die Leiche wegzuschaffen? Oder oblagen diese Dinge dem Friedhofsunternehmen? Die Polizei mochte Linnea nicht einschalten. Vielleicht tat sie vorläufig gar nichts und ließ etwas Zeit vergehen, würde dann nicht von allein etwas geschehen? Linnea schloß die Augen und versuchte, das Problem zu verdrängen. Sie hatte keine großen Gewissensbisse wegen der Tat. Vielleicht war sie schon zu alt und abgebrüht? Der Gedanke amüsierte sie, ihr Mund verzog sich zu einem stillen Lächeln, dann fiel sie in einen leichten Schlaf.

Am nächsten Morgen erwachte Linnea munter und geschäftig. Energie konnte sie auch brauchen, ihre Angelegenheiten waren in vieler Hinsicht ungeordnet, hatte es doch in letzter Zeit mehrere Einschnitte in ihrem Leben gegeben. Am besten, sie vergegenwärtigte sich noch einmal alles, was geschehen war. Zuerst hatte sie sich endgültig mit Kauko Nyyssönen und seiner Clique entzweit. Dann war sie vom Land in die Stadt gezogen und hatte ihr Häuschen zum Verkauf ausgeschrieben. Die Katze war getötet worden. Jetzt wohnte sie mit einem Mann zusammen, auch das war eine Veränderung, die eine Frau in ihrem Alter überdenken mußte. Außerdem war sie als Giftmischerin tätig geworden, und zum Schluß hatte es einen Todesfall gegeben. Das Leben war neuerdings recht unruhig, und die Zukunft versprach keineswegs Besserung.

Als nächstes mußte Pertti Lahtelas Leiche beseitigt werden. Der Verkauf des Grundstücks und die Beziehung zu Jaakko Kivistö konnten vorläufig warten.

Am nächsten Tag brachte Jaakko Kivistö seiner alten Freundin wie gewöhnlich ein schmackhaftes Frühstück ans Bett und wünschte ihr einen guten Morgen. Nachdem er sich entfernt hatte, frühstückte Linnea rasch, wusch sich, zog sich an und legte ein leichtes Make-up auf. Dann untersuchte sie Schlüssel und Lottoschein, jene Gegenstände, die sie am vergangenen Tag aus Lahtelas Taschen genommen hatte. Auf dem Schlüsselkopf stand mit Kugelschreiber in Druckbuchstaben Raikuli & Pera. Linnea folgerte, daß der Schlüssel zur Adresse in der Eerikstraße gehörte. Der Lottoschein war nämlich mit der runden, einfachen Schrift einer jungen Frau ausgefüllt, es war ein Dauerspiel über fünf Wochen, und unten auf dem Abschnitt standen Name und Adresse der Spielerin: Raija Lasanan, Eerikstraße. Vermutlich hatte sie Pertti das Geld und den Schein gegeben und ihn gebeten, damit zur Annahmestelle zu gehen. Natürlich hatte er das Geld für sich verwendet und den Schein in seiner Tasche vergessen.

Linnea beschloß, auszugehen und nach Pertti Lahtelas Leiche zu sehen. Bei der Gelegenheit könnte sie jene Raija Lasanen anrufen, vielleicht wäre von ihr etwas über Nyyssönen und Fagerström zu erfahren.

Jaakko Kivistö wollte Linnea auf dem Morgenspaziergang begleiten, doch sie sagte, sie gehe lieber allein aus, in diesem Alter brauche der Mensch enorm viel Zeit für sich selbst. Sie wolle Mandeln kaufen und auf dem Friedhof Hietaniemi die Eichhörnchen füttern. Gleichzeitig könnte sie die Gräber alter Freunde besuchen. Jaakko verstand das gut.

Was schön der Sommer doch war! Linnea nahm genau denselben Weg, den Pertti Lahtela sie am vergangenen Tag geführt hatte. Sie bewunderte die schönen Parkanlagen und die Ausblicke aufs Meer, ging am Urnenhain vorbei und gelangte schließlich auf den Friedhof Hietaniemi.

Vorsichtig näherte sie sich dem bewußten Ort. War es überhaupt klug, so bald zurückzukehren und nach der Leiche zu sehen? Wenn dort nun Polizisten waren und auf den Mörder lauerten? Es hieß ja, der Mörder kehre stets an den Tatort zurück. Jetzt zumindest traf die Redensart zu, obwohl Linnea sich nicht für eine Mörderin halten mochte. Pertti Lahtela hatte sich ja selbst auf die Giftnadel gesetzt. Alles war von allein geschehen. Linnea hatte keinerlei Plan hinsichtlich der Leiche. Sie hatte nur das Gefühl, sie müsse nach ihr sehen, dürfe die Leiche nicht sich selbst überlassen. Sie war für ihren selbstgemachten Toten verantwortlich und hatte nicht das Recht, ihn einfach auf der Friedhofsbank liegen und verwesen zu lassen.

Linnea fand, im Verhalten gegenüber Leichen gebe es zwischen Frauen und Männern gewisse Unterschiede. Die Männer, besonders die Soldaten, kümmerten sich nicht darum, wie die Toten aussahen, sie empfanden nicht einmal für jene, die sie selbst getötet hatten, Mitgefühl oder Achtung. Die Kriege waren dafür gute Beispiele, die Männer verscharrten ihre gefallenen Feinde ohne Sentimentalität zuhauf in Massengräbern, ohne Särge, ohne Kreuze. Müßten Frauen im Krieg Feinde töten, würden sie ganz bestimmt dafür sorgen, daß die Gefallenen eine anständige Behandlung erführen. Die Särge würden mit Spitzen verziert, Blumengebinde und andächtige Zeremonien würden die Feindsoldaten auf ihrem letzten Weg begleiten.

Schließlich war Linnea am Ziel. Der Friedhof lag verlassen da, es waren keine Polizisten zu sehen, kein Begräbnisauto, aber auch nicht mehr die Leiche von Pertti Lahtela. Der Tote lag nicht mehr dort, die Bank war leer, nichts wies darauf hin, daß auf demselben Sitz tags zuvor ein Mann an Gift gestorben war, daß dort eine Leiche gelegen hatte.

Unendlich erleichtert setzte sich Linnea Ravaska auf die Bank. Sie überdachte die Situation: Jemand hatte die Leiche weggeschafft, allein konnte sie sich nicht vom Friedhof entfernt haben. Wer mochte dahinterstecken? Die Polizei? Die Friedhofsverwaltung? Kauko Nyyssönen? Raija Lasanen? Hatte irgendein Außenstehender die Leiche für eigene frivole Zwecke geraubt? Angeblich war es bereits vorgekommen, daß Tote aus den Leichenhallen für die nächtlichen Orgien verdrehter Hexen entwendet wurden. Nun, Pertti Lahtelas schäbiger Leichnam hatte solche menschlichen Bestien vermutlich nicht interessiert. Fragen drängten sich auf, aber der stille Begräbnisplatz gab keine Antworten.

Linnea holte die mitgebrachten Mandeln hervor und lockte die Eichhörnchen, sich das Futter abzuholen. Aber sie hätte es wissen müssen, kein einziges hungriges Tier war auf dem ganzen Friedhof zu sehen. Linnea verstreute den Inhalt der Tüte über einige Grabhügel und machte sich dann auf den Weg nach Hause. Ja, denn jetzt empfand sie Jaakko Kivistös Wohnung bereits als ihr Zuhause. Auch ein alter Mensch lebt sich eben schnell in neue Verhältnisse ein, wenn man gut zu ihm ist.

Unterwegs besuchte Linnea eine Alkoholhandlung und kaufte für Jaakko eine kleine Flasche Kognak und für sich selbst ein wenig Sherry. Ihr schien, an diesem Abend bestehe Anlaß, ein paar Gläschen zu trinken. Wie gern hätte sie auch jenem freundlichen Menschen einen guten Kognak angeboten, der Pertti Lahtelas Leiche vom Friedhof fortgeschafft hatte!

In einer Telefonzelle suchte sich Linnea Raija Lasanens Nummer heraus und rief dort an. Kauko Nyyssönens aufgeregte Stimme meldete sich. Linnea legte auf. Normalerweise handelte sie nicht so unhöflich, doch in Kaukos Fall konnte sie nicht anders.

14

Kauko Nyyssönen und Jari Fagerström saßen untätig und todernst in Raija Lasanens Wohnung in der Eerikstraße. Sie hatten ihren Freund Pertti Lahtela mit Linnea bereits am vergangenen Abend erwartet, doch er war spurlos verschwunden. Jari hatte verabredungsgemäß einen Volvo-Kombi gestohlen, der Wagen war vollgetankt. Kauko Nyyssönen hatte Abfallsäcke und eine Axt mitgebracht, all dies ebenfalls im Hinblick auf die geplante Liquidierung Linneas. Aber Pera war nicht eingetroffen und somit auch nicht die Witwe Linnea Ravaska.

Die Männer riefen Raikuli in der Bar an. Sie berichtete, Pera habe am vergangenen Tag ein wenig nervös von irgendwo aus der Stadt bei ihr angerufen und gesagt, er wolle in der Eerikstraße allein sein.

»Er hatte da irgendwas Persönliches zu erledigen, was anderes kann ich auch nicht sagen.«
Raikuli hatte bei einer Arbeitskollegin übernachtet und wußte nichts weiter von Pera. Er pflegte allerdings hin und wieder, eigentlich ziemlich oft, für mehrere Tage zu verschwinden. Manchmal war er sogar zwei Wochen lang unauffindbar, aber er kehrte stets zurück, wenn das Geld alle war.
Natürlich erzählten die beiden Raikuli nicht, bei welcher Aktion Pertti Lahtela verschwunden war. Raikuli sagte, sie wolle diese Nacht wieder nach Hause kommen, die beiden sollten sich gefälligst bis zum Abend verdünnisieren.
Jari Fagerström äußerte anschließend die Vermutung, Pera sei reuig geworden, habe sich davongemacht und Linnea die Flucht ermöglicht. Die Sache mit Linnea hätte von Anfang an ernster genommen werden müssen. Wenn er, Jari, das hätte erledigen dürfen, würde die Alte schon längst irgendwo auf dem Grund einer Kiesgrube vermodern. Kauko Nyyssönen bat ihn, mit etwas mehr Respekt von seiner Tante zu sprechen. Wenn sie auch eine bestialische Giftmischerin sei, so sei sie doch immerhin entfernt mit ihm verwandt, nicht direkt, aber durch Eheschließung.
Sie überlegten, ob es Linnea eventuell geglückt war, Lahtela zu entkommen. Vielleicht verfolgte er sie jetzt gerade quer durch Finnland?
Es war natürlich auch möglich, daß sie Widerstand geleistet und Pera irgend etwas Schlimmes zugefügt hatte. Dies erschien ihnen jedoch als rein theoretische Variante. Eine schwächliche, betagte Alte würde ja

kaum etwas bewirken, selbst wenn sie um ihr Leben kämpfte.
Am Nachmittag gab es einen seltsamen Anruf in der Wohnung. Nyyssönen nahm ab. War endlich Pertti Lahtela am anderen Ende der Leitung? Der Anrufer knallte jedoch ohne ein Wort den Hörer auf die Gabel. Jari vermutete, es sei Pera gewesen, er habe vielleicht versucht, aus einer Zelle anzurufen, aber die Dinger funktionierten ja nicht richtig, weil irgendwelche Rowdys sie kaputtmachten, kaum daß die Telefongesellschaft sie repariert hatte.
Kauko wies ihn darauf hin, daß er selber in seinem Leben mindestens hundert öffentliche Telefone zertrümmert habe. Darüber stritten sie eine Weile, bis das Telefon erneut klingelte. Ein Polizist fragte nach der Barhilfskraft Raija Lasanen. Nyyssönen sagte, sie sei um diese Zeit in der Arbeit, und erkundigte sich, was die Polizei von ihr wolle. Er erklärte, Raija sei ein anständiges Mädchen, die Polizei sei auf der falschen Spur, wenn man sie irgendwelcher Ungesetzlichkeiten verdächtige.
Der Polizist gab keine näheren Erklärungen, sondern beendete das Gespräch.
Nach einer Stunde kam Raikuli völlig verweint nach Hause. Sie erklärte, die Polizei habe in der Arbeit angerufen und ihr mitgeteilt, Pertti Lahtela sei tot auf dem Friedhof Hietaniemi aufgefunden worden.
»Pera hat da einfach auf der Bank gelegen, mit den Händen unter dem Kopf. Irgendein Mann, der vorbeigegangen ist, hat angefangen zu schimpfen, daß man nicht betrunken auf dem Friedhof rumliegen darf und daß gerade solche Kerle es sind, die die Grabsteine raus-

reißen und umkippen. Aber weil Pera darauf nicht reagiert hat, ist der Typ hingegangen und hat ihn am Ärmel gezogen und gesagt, er soll abhauen. Na, Pera hat natürlich nicht gehorcht, weil er ja tot war. Dann hat der Kerl ihn richtig gerüttelt, bis er von der Bank runtergefallen ist, und da hat der andere kapiert, daß da ein Toter liegt. So hat es mir der Polizist erzählt, und jetzt muß ich in die Leichenhalle gehen und Pera ansehen. Die wollen eine Obduktion machen und lauter so schreckliche Sachen.«

Die Nachricht vom Tod ihres besten Freundes wirkte niederschmetternd auf Jari Fagerström und Kauko Nyyssönen. Als Raikuli fragte, in welcher Angelegenheit Pera in Hietaniemi unterwegs gewesen sei, bestritten sie, etwas davon zu wissen. Sie fänden es unvorstellbar, daß Pera tot sei, sagten sie. Raikuli versuchte, sie auszufragen, wollte wissen, ob eine krumme Sache dahinterstecke, aber Kake und Jari sagten, sie hätten im Moment gerade nichts geplant. Sie erklärten, man dürfe sie nicht mit Peras Tod in Verbindung bringen, nicht, daß sie etwas zu verbergen hätten, oder eigentlich gerade deshalb: Sie hätten mit der Sache nichts zu schaffen, wollten nicht von der Polizei dazu befragt werden, denn sie seien schuldlos am Geschehenen. Wer wollte etwas zu tun haben mit dem Tod seines besten Kumpels?

Sie sagten, sie wollten in Kaukos Keller gehen, jetzt, da klar sei, daß sie nicht mehr auf Pera zu warten brauchten. Sie würden Raikuli später anrufen und nach Neuigkeiten fragen.

Auf der Straße besprachen sie erschüttert Peras Schicksal. Was bedeutete das für sie beide? War Linnea am

Leben? Hatte die alte Giftköchin Pera schließlich doch getötet? Wie konnte man das rauskriegen? Nyyssönen beschloß, den Arzt Jaakko Kivistö anzurufen. Er war so aufgeregt, daß er in der Telefonzelle zweimal die falsche Nummer wählte, ehe er richtig verbunden war. Linneas Stimme informierte ihn brav:

»Privatpraxis des Lizentiaten der Medizin, Jaakko Kivistö. Kann ich Ihnen helfen, geht es um einen Termin?«

Kauko Nyyssönen keuchte. Linnea wagte es, selbst an den Apparat zu kommen! Er brüllte:

»Linnea, was zum Teufel ..., du lebst?«

Linnea Ravaska wirkte beleidigt. Natürlich lebte sie. Sollte sie tot sein? Und überhaupt, weshalb verfolgte Kauko sie immer noch? Sie sagte, sie habe genug von ihm und seinen widerwärtigen Kumpanen.

Kake fiel ihr ins Wort und fragte nach Pertti Lahtela. Hatte dieser sie aufgesucht? Linnea teilte ihm kalt mit, der Strolch habe zwar an der Tür geklingelt, aber sie habe nicht aufgemacht, und sie werde auch Kauko nicht öffnen, soweit dazu. Sie warnte ihn davor, noch einmal anzurufen, das würde Folgen für ihn haben, dann legte sie auf.

Kauko Nyyssönen verließ schwitzend die Telefonzelle. Er erzählte Jari Fagerström, Linnea sei am Leben und genauso schrecklich wie immer. Pera habe angeblich an der Tür geklingelt, aber sonst nichts.

Die Männer besprachen die Situation. Jari vermutete, Linnea habe Pera getötet. Nyyssönen war derselben Meinung.

»Irgendwie habe ich das Gefühl, sie nimmt uns als nächstes aufs Korn«, sagte Kauko Nyyssönen ernst.

Als die Besucher weg waren, ging Raija Lasanen ins Badezimmer, wusch sich das verweinte Gesicht und schminkte sich energisch.
Sie betrachtete sich im Spiegel: eine junge Frau mit rundem Gesicht, dümmlich aussehend, aber im Wesen gutmütig, jetzt durch den Tod zum ersten Mal in ihrem Leben ohne Mann. Raikuli fühlte sich irgendwie verwitwet. Keine richtige Witwe, sie war mit Pertti Lahtela nur heimlich verlobt gewesen, aber das war immerhin auch etwas. Pertti besaß irgendeinen entfernten Verwandten auf dem Land, in Hollola oder so ähnlich, dorthin müßte seine Leiche wohl geschickt werden. Oder gehörte es zu ihren Pflichten, für Pera ein Begräbnis zu organisieren? Wieviel kostete eine Beerdigung? Ihr kamen wieder die Tränen. Man hatte sie in ihrem Leben stets allein gelassen, die Mutter, der Vater ebenfalls, auch Pera immer in Abständen. Und jetzt war er gestorben, aber seine Leiche verlangte trotzdem noch allerlei Dienste. Außerdem hatte Raikuli Angst vor dem Besuch im Polizeipräsidium und in der Leichenhalle.
Raija Lasanen wurde an den folgenden Tagen mit vielen bürokratischen Problemen konfrontiert. Zuerst ging sie zur Polizei, dort erzählte man ihr dasselbe, was man ihr bereits am Telefon mitgeteilt hatte. Man konstatierte, daß Lahtela keine Verwandten in der Stadt habe, sie als seine Lebensgefährtin müsse die Beisetzung und alles andere regeln, sofern sie sich nicht mit einem kommunalen Begräbnis zufriedengeben wolle. Danach suchte Raija die Leichenhalle des Gerichtsmedizinischen Instituts auf, um Pera zu identifizieren.
Pera sah ganz normal aus, eigentlich fast so wie zu Leb-

zeiten, wenn er mehrere Tage getrunken hatte. Seine Wangen waren geschwollen, und auf seinem Gesicht lag ein erstaunter Ausdruck.

Ein ziemlich düsterer Ort war die Leichenhalle allerdings. Im Kühlraum wagte Raija nicht zu weinen, aber als sie wieder draußen in der Wärme des Sommertags stand, konnte sie sich nicht länger beherrschen, sondern heulte los und vergoß lange Zeit bittere Tränen.

Die Obduktion ergab, daß Pertti Lahtela an einer Überdosis Rauschgift gestorben war. Der Süchtige hatte sich die Spritze in die linke Hinterbacke gesetzt, eine recht ungewöhnliche Methode, wie es im Gutachten hieß. Raija Lasanen wurde erneut vernommen, man fragte sie, ob sie Rauschgift nehme, ob Lahtela ein Drogenkurier gewesen sei und noch weitere ebenso verrückte Dinge. Dann durchschnüffelten die Polizisten Raijas Wohnung. Sie wunderten sich über die Axt unter dem Sofa, in einer Stadtwohnung zerkleinerte man doch normalerweise kein Brennholz? Raija konnte dazu nichts sagen; es handelte sich um die Axt, die Nyyssönen mitgebracht und dann dort vergessen hatte. Die Polizisten beratschlagten, ob sie die Axt beschlagnahmen sollten, sie taten es, schrieben für Raija eine Quittung aus und nahmen die Waffe mit. Auch gut.

Raija besaß jetzt allerlei Papiere Pera betreffend: den Totenschein, Vernehmungsprotokolle und Quittungen. Zu seinen Lebzeiten hatte man sich nicht so ausführlich um ihn gekümmert wie jetzt um seine Leiche.

Raija besuchte Kake und Jari im Keller in der Uudenmaanstraße, dort hockten die beiden verängstigt und schlürften warmes Leichtbier. Raija schlug ihnen vor, sie sollten irgendein kleineres Ding drehen, damit das Geld für Peras Beerdigung zusammenkäme, war das etwa zuviel verlangt? Kauko Nyyssönen und Jari Fagerström waren empört. Wie konnte Raikuli sich erdreisten, ihnen kriminelle Handlungen vorzuschlagen, und das noch zum Zwecke der Beerdigung eines guten, alten Freundes? Sie weigerten sich entschieden, es sei nicht passend, einen Freund mit geraubtem Geld ins Grab zu bringen. Außerdem ließen sich solche Sachen nicht so mir nichts dir nichts durchführen. Pera wäre vermutlich verfault, ehe sie das Geld beisammen hätten. Nyyssönen schlug vor, Raikuli sollte Peras Mutter oder Vater auftreiben und von diesen das Begräbnis regeln lassen. Raikuli sagte, Pera sei im Kinderheim aufgewachsen und habe zu seinen Lebzeiten nichts von seinen Eltern wissen wollen, außerdem seien diese vermutlich nicht mehr am Leben.

Kake und Jari erwiesen sich als echte Schufte. Sonst machten sie aus purer Bosheit alle möglichen krummen Sachen, aber jetzt, da ein einsames, verwitwetes Mädchen sie in ihrer Not um entsprechende Hilfe bat, spielten die Kerle auf einmal die ehrbaren Bürger. Enttäuscht und wütend kehrte Raija Lasanen in ihre Wohnung zurück. Sie wußte nicht recht, was sie tun sollte.

»Männer können verdammt teuer werden«, klagte Raija untröstlich. Wenn sie wenigstens einen Freund oder eine Freundin hätte, jemanden, dem sie all diese Sorgen erzählen könnte, aber niemand hatte Raikuli je ernstgenommen. Raija spürte, daß man sie für dumm hielt. Es stimmte wohl, sie wußte, daß sie ein Schaf war, aber mußten die Leute zu einem dummen Menschen immer so gemein sein? Raija war von klein auf zu Hause als dumme Trine beschimpft worden, in der Schule war sie ein ums andere Mal sitzengeblieben und hatte den Spott als dämlichstes Mädchen der Klasse ertragen müssen. Nach der Schule hatte sie nur schlechtbezahlte Arbeit bekommen, solche, die keinen Verstand erforderte, und selbst dort bezeichnete man sie manchmal offen als Idiotin und lachte über alles, was sie tat, egal, ob es gut oder schlecht war. Das war so ungerecht, es machte einen traurig, wenn man stets und ständig nur getadelt oder enttäuscht wurde. So wie jetzt durch Kake und Jari. Kerle waren oft schlimmer als Frauen.

Das Telefon klingelte, eine feine alte Dame war am Apparat, ihre Stimme klang sanft und lieb. Sie sprach sehr schön und gebildet und entschuldigte sich, falls sie zur falschen Zeit anriefe. Sie fragte, ob Fräulein Lasanen kürzlich einen tragischen Verlust erlitten habe und ob sie, die Anruferin, irgendwie helfen könnte.

»Ja, mein Freund ist gestorben, der hat wohl von Hasch oder irgendwas anderem ein bißchen zuviel genommen. Ich weiß gar nicht, wie ich mit diesem ganzen Theater fertig werden soll«, klagte Raija.

Die Dame am Telefon sprach ihr Beileid aus und schlug ein Treffen vor. Man könnte von Frau zu Frau über alles reden, vielleicht wäre das eine Hilfe? Die Dame erzählte, sie sei schon alt und habe nicht mehr lange zu leben, und so habe sie beschlossen, ihre letzten Tage damit zu verbringen, ihren Nächsten zu helfen und sie bei der Trauerarbeit zu unterstützen. Es handle sich um nichts Offizielles, sie sei nur ein gewöhnlicher Mensch, der Seelenqualen kenne, und habe die Zeit und den

Wunsch und auch die Möglichkeit für diese barmherzige Tätigkeit, wenn man es überhaupt so nennen dürfe.
»Kannten Sie Pera oder weshalb rufen Sie an?« fragte Raija, gerührt von der Herzlichkeit der Frau.
Diese erzählte, sie habe den Verstorbenen nicht besonders gut gekannt, habe ihn früher einmal getroffen, doch darüber könnte sie unter vier Augen mehr erzählen.
Die Frauen vereinbarten ein Treffen in Ekbergs Café auf dem Boulevard. Raikuli hätte sich mit der unbekannten Frau am liebsten in die nahegelegene Seemannsgaststätte gesetzt, doch die Anruferin vermutete, dort sei es vielleicht zu laut für vertrauliche Gespräche.

15

Linnea Ravaska traf am folgenden Tag zur verabredeten Zeit bei Ekberg ein. Als Raija Lasanen sie gefragt hatte, wie sie zu erkennen sei, hatte Linnea gesagt, sie sei fast achtzig Jahre alt und werde beim Cafébesuch ein hellblaues Kostüm sowie einen Hut gleicher Farbe mit einem kleinen dunkelgrünen Blumenschmuck auf der linken Seite tragen. Bei diesen Erkennungsmerkmalen bestehe keine Gefahr eines Irrtums. Linnea wählte einen Fenstertisch zur Straße hin und wartete auf Pertti Lahtelas trauernde Freundin. Inzwischen gab sie die Bestellung auf, zwei Tee und zwei Stück Sachertorte.
Bald erschien eine vielleicht fünfundzwanzigjährige, resolut wirkende junge Frau mit rundem Gesicht, sie trug

einen stahlblauen Rock und eine langärmelige schwarze Bluse. Sie war stark geschminkt und verströmte den Duft eines schweren Parfüms. Sie sah sich suchend unter den Gästen um, entdeckte Linnea und trat näher. Sie sagte, sie sei Raija Lasanen, einfach nur Raikuli. Linnea reichte ihr die Hand, ohne aufzustehen, und murmelte irgendeinen Namen, den sie nicht einmal selbst verstand. Der Tee und die Torte wurden gebracht.

An der Sprache der jungen Frau war zu erkennen, daß sie keine besondere Bildung und auch sonst nicht viel Niveau hatte. Sie war dennoch auf ihre Art lieb und offen, dieser Eindruck gründete vor allem auf der Gutgläubigkeit, die sie ausstrahlte. Linnea merkte sofort, daß sie Raija mochte, obwohl diese eindeutig zu einer wesentlich niedrigeren sozialen Schicht gehörte als die alte Offizierswitwe.

Das Mädchen hatte in letzter Zeit viel geweint und bestimmt auch viel gewacht, man sah es an dem müden Gesicht und der dicken Schicht Schminke, sie wirkte auch leicht aufgedunsen, obwohl sie sonst eine geschmeidige junge Frau war. Sie hatte eine gesunde Haut, Linnea dachte, daß man durch zurückhaltenderes und überlegtes Schminken ihr Gesicht sogar anziehend schön machen könnte. Jetzt blieb leider der vordergründige Eindruck eines dummen, bedauernswerten Mädchens, dem es nicht sehr gut ging.

Linnea sprach mit weicher, mütterlicher Stimme zu ihr. Bald merkte sie, daß sie das volle Vertrauen des Mädchens gewonnen hatte und daß diese zu ihr wie zur eigenen Mutter, oder besser noch, wie zur besten Freundin sprach. Raija erzählte, ohne etwas zu verheimlichen, von ihrem Leben und ihrer momentanen Situation, von Pera, seinem Tod und seinen Kumpels und von all den Sorgen, mit denen sie die ganze Zeit zu kämpfen hatte.

»Gerade solchen anständigen Mädchen wie dir würde ich gern helfen, wenn du es mir nur erlaubst«, warf Linnea ein und meinte es eigentlich sogar ernst.

Raija erzählte, wie sie im Gerichtsmedizinischen Institut Peras Leiche hatte identifizieren müssen und wie schrecklich es gewesen sei, dann erklärte sie genau, wo seine Leiche gefunden worden und woran er gestorben war. Pera sei ihr Verlobter gewesen, sie hätten sich im letzten Winter heimlich verlobt, damals sei er bei ihr eingezogen. Pera habe gesagt, er habe Kumpels mit guten Beziehungen, irgendwo draußen in Siuintio wohne eine boshafte Alte, die schrecklich viel Geld habe und die bald abkratzen werde.

Raija Lasanen ließ sich noch weiter über jenes böse, alte Weib aus. Es sei die Witwe irgendeines Oberst, wahnsinnig reich, aber so geizig, daß es nicht zu fassen sei, sie wolle nicht mal ihrem eigenen Pflegesohn bei seinen Schwierigkeiten helfen. Dieser Pflegesohn, ein gewisser Kake Nyyssönen, besuche die Alte trotzdem einmal im Monat, lasse sie nicht allein in ihrer Einsamkeit. Und habe die Alte das wenigstens gewürdigt? O nein, sie habe versucht, Kake und seine Freunde rauszuschmeißen, und schließlich die Polizei auf sie gehetzt.

»Solche alten Weiber können ganz schlimm sein, man glaubt es gar nicht«, seufzte Raija Lasanen. Dann sagte sie schnell, natürlich seien nicht alle alten Leute boshaft, und mit Blick auf Linnea, sie zum Beispiel sei richtig lieb. Na, jedenfalls habe Pera versprochen, wenn Kake

Nyyssönen eines Tages an das Geld der Alten käme, könnten sie beide heiraten und sogar eine Hochzeitsreise machen, mindestens nach Kopenhagen, wenn nicht sogar auf die Kanarischen Inseln.

»Ach, er hatte immer viele Pläne, die waren toll, aber es wurde nie was draus. Wenn er nüchtern war, war er ein ganz prima Kerl, aber wenn er betrunken war, hat er mich jedesmal geschlagen, ich war überall blau.«

Raija zeigte ihre Arme, auf denen große Flecken und schrundige Male zu sehen waren.

»Die stammen von dem Verstorbenen«, erklärte sie seltsam gefühlvoll. »Ich werde sie nicht wegschminken, sollen sie da bleiben, solange sie sich halten, als letzte Erinnerung an Pera.«

Sie erzählte, Pera sei wenige Tage vor seinem Tod sehr wütend gewesen, er sei zusammen mit seinen Kumpels ohne Grund über Nacht eingesperrt worden, und als sie, Raija, nichts dazu habe sagen können, habe er sie wieder geschlagen. Sie klagte, sie könne nicht einmal im Sommer ärmellose Blusen tragen, weil ihr die ewigen blauen Flecken peinlich seien. Und dann habe Pera noch die Angewohnheit gehabt, sie in voller Bekleidung unter die Dusche zu zwingen und ihr erst dann, wenn sie ins Bett gingen, die nassen Klamotten auszuziehen. Sie fand, eine solches Verhalten sei ein wenig krank.

»Manchmal hab' ich Angst gekriegt, was ihm noch alles einfällt, wenn wir erst heiraten. Jetzt schlägt er mich nicht mehr und zwingt mich auch nicht mehr angezogen unter die Dusche, er ist ja ... tot.«

Raija kamen die Tränen. Linnea reichte ihr ein Taschentuch und legte der leidgeprüften Frau beschützend die

Hand auf den Arm. Bald beruhigte sich Raija und sagte zu Linnea, es habe sie noch nie im Leben jemand so gut behandelt. Linnea erklärte, Raija könne sie duzen, ihr Name sei Tyyne. Raija blieb jedoch beim Sie, das Du brachte sie gegenüber der feinen alten Dame nicht über die Lippen.

Linnea fragte, wann Pertti beerdigt werde und wer alles organisiere. Raija erzählte, man habe ihr den Totenschein gegeben, die Behörden erwarteten wohl, daß sie alles regle, weil sie mit Pertti zusammengelebt habe oder heimlich verlobt gewesen sei, so ähnlich hätten sich die Polizisten geäußert. Aber sie habe kein Geld, das wenige, das nach Abzug der Miete und der Essenskosten geblieben sei, habe Pera bekommen, der ständig blank gewesen sei, weil er keinen anständigen Arbeitsplatz gefunden habe. Er sei kein Typ gewesen, der mal eben ein bißchen Handlangerarbeit gemacht habe. Vor den Beerdigungskosten graue ihr, sie habe gehört, daß die Beisetzung irgendwelcher reichen Leute ganz wahnsinnig teuer gewesen sei. Demnächst sei Zahltag, und nach Abzug der Miete blieben ihr so an die tausendsiebenhundert Finnmark, davon müsse sie gleich fünfhundert für Pera zurücklegen ...

Linnea warf ein, daß sie diese fünfhundert nicht mehr zu berücksichtigen brauche.

»Ach so, ich bin ja blöd«, fand Raikuli selbst. Aber trotzdem werde das Geld nicht für die Beerdigungskosten reichen, schätzte sie. Sie sagte, sie habe die ganze letzte Nacht über dieses Problem nachgegrübelt.

Sie begann eifrig zu erklären, daß sie bereit wäre, die ganze Sache mit eigenen Händen zu machen, dadurch würde sie viel Geld sparen. Zunächst mal könnte sie Pera einäschern lassen, dafür genüge auch ein schlechterer Sarg, denn der würde ja auf jeden Fall mit der Leiche verbrennen und brauchte deshalb nicht besonders stabil oder von guter Qualität zu sein. Sie verstehe sich auf Handarbeiten, sie könnte das Totenhemd für Pera selbst nähen und auch den Sarg mit weißem Stoff auskleiden, wenn sie irgendwo einen passenden Rahmen fände, natürlich könnte sie auch die Leiche waschen, kostete das nicht ebenfalls wahnsinnig viel? Sie sei es gewohnt, Pera zu waschen, habe es immer machen müssen, wenn er betrunken gewesen sei, und es sei ja wohl egal, ob der Mann besoffen oder tot vor ihr liege. Außerdem wäre sie in der Lage, sein Gesicht so zu pudern, daß er ganz lebendig aussähe, auch diese Arbeit brauchte man nicht dem Bestattungsunternehmer für teures Geld zu überlassen. Sie habe Pera oft die Schläfen schminken müssen, wenn er an einer Schlägerei beteiligt gewesen und mit einem blauen Auge nach Hause gekommen sei. Raija glaubte, auch einen Kranz allein binden zu können, sie müßte sich nur irgendwo Fichten- und Wacholderzweige besorgen, vielleicht könnte man die aus dem Zentralpark holen? Natürlich müßte trotzdem einiges gekauft werden, Essen für Kake und Jari, andere Freunde habe Pera ja wohl nicht gehabt. Den Leichenschmaus könnte sie sicherlich in der Eerikstraße veranstalten, sie würde die Bude gründlich saubermachen und mit Tannenzweigen oder schwarzem Kreppapier schmücken, das ginge bestimmt.

»Zum Glück ist meine Miete ziemlich billig, sonst könnte ich mir die Bude gar nicht leisten, ich bezahle tausendfünfhundert im Monat, und dazu kommt dann noch, daß ich mich zweimal im Monat mit dem Vermieter abgeben muß. Wenn nicht, hätte ich eine Menge auszustehen.«

Raikuli erzählte, im Zentrum sei keine anständige Bude zu kriegen, wenn man nicht eine horrende Miete bezahle oder seinen Arsch hinhalte. Alle armen Mädchen machten es so, man sei dazu gezwungen in Helsinki und, dem Vernehmen nach, auch schon in Turku. Eine Bekannte habe erzählt, in Turku werde heutzutage die Miete immer in Natura bezahlt, wenn man in der Nähe des Doms wohnen wolle.

»Ich hab' noch Glück gehabt, mein Vermieter wohnt in Lahti und kommt also nur zweimal im Monat zu mir, er riecht gut, sprüht sich immer Deo unter die Achseln, er macht mir keine Knutschflecken an den Hals, und er siezt mich immer. Ich würde es für ihn sogar umsonst machen, weil er so nett ist.«

Das aufopfernde und tapfere Mädchen tat Linnea so leid, daß sie versprach, bei der Ausrichtung des Begräbnisses zu helfen; sie sagte, sie habe während ihres langen Lebens etliche Angehörige und Freunde zu Grabe getragen und habe in diesen Dingen Erfahrung. Raija brauche keine Angst vor den Kosten zu haben, so schrecklich teuer sei eine Beerdigung letzten Endes nicht, besonders, wenn man sie mit den horrenden Lebenskosten heutzutage vergleiche. Linnea schlug vor, am besten sofort gemeinsam ein Bestattungsunternehmen aufzusuchen und nach den Tarifen zu fragen, dann würde man sehen, was man selbstmachen und was man besser dem Unternehmer überlassen sollte.

Linnea bezahlte den Tee und die Torte. Dann suchten sie gemeinsam im Telefonbuch nach dem nächstgelegenen Bestattungsunternehmen; gleich in der Annastraße befand sich das alte und angesehene *Borgin & Co.*
Im Büro sagten die Frauen, sie wünschten ein bescheidenes Begräbnis, und fragten, welches der billigste Preis sei, für den heutzutage ein Mensch unter die Erde gebracht werden könne, ohne Abstriche am würdevollen Ablauf des Ganzen vorzunehmen. Der stilvoll traurig auftretende Bestattungsunternehmer machte schnell ein Angebot, das überlegenswert war. Die Firma würde sich um die schriftlichen Bestattungsgenehmigungen kümmern, würde den Sarg besorgen, den Leichnam vorbereiten und betten, sie würde den Transport veranlassen, für ein kleines Blumengebinde auf dem Sargdeckel sorgen sowie die Verbrennung bezahlen und auch die Urne beschaffen. Die Rechnung beliefe sich auf zweitausendachthundert Finnmark, wenn das Begräbnis in der Feierhalle von Malmi vorgenommen würde. Falls man die Asche des Verstorbenen im Urnenhain von Hietaniemi zu bestatten wünschte, käme es ein bißchen teurer, denn dort betreibe der Krematoriumsverein die Verbrennung, dessen Tarife etwa vierhundert Finnmark höher lagen als die Preise der Kirchengemeinde. Im Urnenhain von Hietaniemi bestünde andererseits die Möglichkeit, an den Urnenkosten zu sparen, denn dort könne man die Asche des Verstorbenen ohne Urne unter den Rasen schaufeln. Die Urnen kosteten je nach Modell und Qualität zwischen vierhundertzehn und sechshundertneunzig Finnmark.

Raija Lasanen war überrascht von dem erschwinglichen Angebot. Sie übergab dem Bestattungsunternehmer den Totenschein und bestellte die angebotenen Dienste. Linnea holte fünfhundert Finnmark aus der Handtasche und überreichte sie als Vorauszahlung. Man vereinbarte, daß der Rest einen Tag vor der Einäscherung bezahlt würde. Auf Kredit bestattete das Büro aus verständlichen Gründen nicht gern, es habe Fälle von schlechter Zahlungsmoral beim Begleichen der Rechnung gegeben, nachdem der Leichnam sachgemäß eingesegnet und beigesetzt worden sei. Manche Angehörigen seien so gleichgültig in Fragen des Geldverkehrs – sogar angesichts der Majestät des Todes – daß sie ihre Pflichten zu vergessen geneigt seien, sowie der Tote endgültig fortgeschafft worden sei, ganz als wäre mit ihm auch die Rechnung begraben worden.

16

Linnea Ravaska verriet Raija Lasanen nichts Persönliches über sich, weder ihren richtigen Namen noch ihre Adresse. Sie erklärte, sie wolle sich von demjenigen, dem sie half, möglichst fernhalten, sich nicht mehr in sein Leben einmischen als vom Standpunkt der menschlichen Hilfeleistung unbedingt nötig sei.

»Ja, ich verstehe, Sie wollen authentisch sein«, sagte Raija Lasanen.

Man vereinbarte, hauptsächlich telefonisch Verbindung

zu halten, die hilfsbereite alte Dame würde jeweils die Initiative ergreifen.
Obwohl Lahtelas Begräbnis einem Unternehmen übertragen worden war, hatte Raija Lasanen noch eine Menge Dinge zu regeln. Sie mußte zur Gedenkfeier einladen, sich ein passendes dunkles Trauerkleid besorgen, die Mahlzeit oder wenigstens den Kaffee vorbereiten und so weiter.
Linnea versprach, für die Feier einen Kuchen zu backen. Diesen übergab sie Raikuli in Ekbergs Café, das ganz selbstverständlich zum Treffpunkt der beiden Frauen geworden war. Gleichzeitig schenkte Linnea ihr einen schwarzen Spitzenschleier, denselben, den sie einst auf der Beerdigung von Kauko Nyyssönens Mutter getragen hatte. Linnea sagte, ihr blieben noch genügend Trauerschleier für den eigenen Bedarf, sie habe errechnet, daß sie in den letzten Jahrzehnten an mindestens dreißig Trauerfeiern teilgenommen habe.
»Tja, je älter der Mensch wird, desto häufiger muß er an Beerdigungen teilnehmen, so ist es nun mal.«
Raikuli erzählte, die Trauerfeier finde in zwei Tagen im Krematorium statt, und in einer Woche werde die Asche in den Urnenhain gestreut. Die Asche müsse nämlich erst richtig erkalten, ehe man sie eingraben könne. Linnea prägte sich das Datum ein, sagte aber, sie wolle nicht an der Feier teilnehmen; wie besprochen, sei sie nur Raija Lasanens entfernte Freundin und wolle es auch bleiben.
Jetzt konnte Linnea Ravaska in aller Ruhe und Beschaulichkeit ihre Sachen aus Harmisto in Jaakko Kivistös Wohnung einräumen. Alte Erinnerungen überkamen Linnea, als sie ihren Besitz in die Schränke ver-

teilte. Es waren eine ganze Reihe von Gegenständen darunter, die noch von Rainer stammten und die sie seinerzeit nicht weggeworfen hatte. Erstaunlich, wieviel von einem gewöhnlichen Oberst zurückgeblieben war und die Jahrzehnte überdauert hatte. Die Offizierspistole, der Feldstecher, der Kompaß, die Kartentasche, gefüllt mit Geländekarten der Befestigungsanlagen auf der Karelischen Landenge, jene Bunker, von Rainer mitgebaut, lagen jetzt auf russischem Gebiet. Weshalb hatte sie Rainers Rasierpinsel und -messer aufgehoben? Die Uniform war von Motten zerfressen, Linnea beschloß, sie gelegentlich zur Mülltonne zu tragen. Die prächtigen Kragenspiegel eines Oberst würde sie vielleicht dennoch abtrennen und zur Erinnerung aufbewahren. Ein paar Abzeichen und Orden, einige Zeitschriften aus der Kriegszeit.

Die Matrikel der im Winterkrieg Gefallenen »Der Preis unserer Freiheit«, ein Paar Sporen, ein Riemen, ein Taschenspiegel mit silbernem Rahmen und ein silbernes Zigarettenetui.

Den Spiegel und das Etui hatte Linnea ihrem Mann am 8. Dezember 1941 zu seinem 35. Geburtstag geschenkt. Das war eine herrliche Zeit gewesen, eigentlich jenes ganze Jahr. Im Sommer war Rainer zum Oberstleutnant befördert worden, und im Dezember hatten die Japaner Pearl Harbor angegriffen. England hatte Finnland den Krieg erklärt, aus purer Bosheit genau an dessen Unabhängigkeitstag, doch damals hatte man sich keine großen Sorgen darüber gemacht. Die Deutschen hatten zu Beginn des Winters furchtbare Probleme vor Moskau bekommen, doch Rainer hatte beschwichtigend gesagt, das habe nichts zu bedeuten, die Deutschen würden Moskau einnehmen, sowie der Frost nachließe und die Panzer wieder in Gang gesetzt werden könnten. Linnea hatte ihrem Mann geglaubt, denn ein fähiger, junger Oberstleutnant konnte natürlich militärische Fragen besser einschätzen als seine Frau.

Linnea legte die Silbergegenstände ins Fach und nahm Rainers Pistole in die Hand. Es war eine schwere, blauschwarze, kalte Parabellum, sie steckte in einem abgenutzten Lederfutteral und hatte zwei Magazine mit Munition. Linnea hatte während des Krieges oft damit schießen dürfen, Rainer hatte es ihr beigebracht. Sie war äußerst treffsicher gewesen, ein besserer Pistolenschütze als ihr Mann, doch das mochte auch daher rühren, daß Rainer und die anderen Offiziere im allgemeinen erst dann Interesse am Schießen bekamen, wenn sie ein wenig betrunken waren.

Linnea kontrollierte, ob die Waffe auch nicht geladen war, spannte und drückte ab. Die Pistole funktionierte tadellos, nicht der kleinste Rostfleck war darauf zu erkennen. Linnea steckte die geladene Pistole in ihre Handtasche, sie könnte ihr Schutz gegen Nyyssönen und seinen Freund bieten. Zumindest könnte sie sich im Notfall damit erschießen, falls sie nicht dazu käme, sich ihr selbstgebrautes Gift in die Adern zu pumpen.

Der Nichtsnutz Pertti Lahtela wurde in vereinbarter Form eingesegnet und verbrannt; seine Wohltäterin, die dümmliche Barhilfskraft Raija Lasanen, veranstaltete in ihrer Wohnung in der Eerikstraße eine Gedenkfeier. Anwesend waren nur ein paar Freunde und Bekannte des Toten, Randfiguren der Gesellschaft. Man trank

Kaffee und aß die von Linnea Ravaska gebackene süße Torte. Kake Nyyssönen hielt eine kurze, schlichte Rede zum Gedenken an seinen Freund. Er sprach von der Schlechtigkeit der Welt und der Scheibe, die sich Pertti Lahtela im Laufe seines Lebens davon abgeschnitten habe. Später am Abend ging man in die Gaststätte *Kanne* auf ein Gedächtnisbier.

Drei Tage später wurde der Verstorbene im Urnenhain von Hietaniemi beigesetzt. Der Leichnam war eingeäschert, der Krematoriumsvertreter übergab Raija Lasanen die Urne. In Raijas Begleitung befanden sich Jari Fagerström und Kauko Nyyssönen, ihnen übergab der Mann den Spaten, dann ging er voraus, um den Gästen den Urnenhain zu zeigen. Im Gänsemarsch begab man sich in den nördlichen Teil des Friedhofs, wo sich in der entferntesten Ecke eine trostlose, rasenbewachsene kleine Senke befand, daneben eine düstere, aus Schiefersäulen errichtete Pergola und eine stilisierte gramvolle Skulptur, von der Hand irgendeines Künstlers offenbar zu dem Zweck geschaffen, beim Betrachter Todesfurcht zu wecken. Ein freudloser Ort. Raija hielt einen Strauß Blumen in der Hand.

Linnea Ravaska hatte sich zeitig auf dem Friedhof eingefunden, um zu verfolgen, wie Lahtelas Asche unter die Erde kam. Sie hatte in der Nähe des Urnenhains ein Versteck bezogen, auf einer etwa fünfzig Meter entfernten Anhöhe hinter Grabsteinen und Bäumen. Sie hielt mit ihrem Opernglas Ausschau und konnte so schon von weitem das Eintreffen des kleinen Trauerzugs im Urnenhain erkennen. Sie hatte ihren Muff bei sich, außerdem in einer Tragetasche Rainers Pistole.

Der Krematoriumsvertreter erklärte, die Trauergäste dürften im Rasen an einer Stelle ihrer Wahl eine kleine Grube schaufeln, sie müßten zuerst die oberste Schicht abheben und die Asche darunter in die Erde bringen, dann die abgetragene Rasenschicht wieder zurücklegen und den Boden ebnen. Die Urne dürfe nicht mit der Asche begraben werden, sie sei Eigentum des Krematoriums und den Angehörigen nur für die Dauer der Zeremonie ausgeliehen, ebenso der Spaten. Der Mann entfernte sich, nachdem er die Trauergäste noch einmal daran erinnert hatte, ihm sowohl die Urne als auch den Spaten anschließend zurückzubringen.
Raija Lasanen wählte eine geeignete Stelle, an der Peras Asche beigesetzt werden konnte. Jari Fagerström nahm den Spaten und begann, den festgetretenen Rasen aufzuhacken. Kauko Nyyssönen stand daneben und hielt die Urne. Nach einiger Zeit wechselten sich die Männer ab. Raija Lasanen weinte.
Linnea Ravaska betrachtete Nyyssönen und Fagerström durch das Opernglas; sie mußte daran denken, wie jene Burschen sie in Harmisto gequält hatten. Sie legte das Glas auf dem Grabstein ab, unter dem laut Inschrift ein gewisser Uolevi Prusti ruhte, geboren 1904, gestorben 1965. Wer weiß, was der zu Lebzeiten für ein Kerl war, dachte Linnea, während sie die Pistole aus ihrer Tasche holte. Sie brachte die Waffe auf Prustis Grabstein in Anschlag, bedeckte sie mit ihrem Muff und hockte sich nieder, um zu zielen. Sie hatte die wilde Idee, Kauko Nyyssönen und Jari Fagerström im Urnenhain zu erschießen. Erneut spähte sie durchs Opernglas, Kauko der gerade schaufelte, befand sich genau in der Schußlinie. Ach, es

wäre so leicht, ihm in die Brust zu schießen, aus dieser Entfernung würde sie ganz bestimmt treffen. Linnea war selbst entsetzt über ihr Verlangen, aber sie würde ja doch nicht abdrücken, auch wenn sie die Männer, die dort schaufelten, unendlich haßte. Wenn es allerdings gerecht zugehen sollte, wäre der Schuß fällig.

In Linneas Augen funkelte ein lauernder Blick, der Pistolenkolben ruhte auf dem kalten Grabstein, der Lauf richtete sich auf die Brust ihres Pflegesohns, über die Kimme konnte sie seine blaue Jeansjacke erkennen. Linneas knöcherner Finger krümmte sich am Abzug.

Plötzlich sprang ein neugieriges Eichhörnchen auf Uolevi Prustis Grabstein und von dort auf den Pistolenlauf, um von dem lieben, alten Mütterchen Futter zu erbetteln. Linnea Ravaska bekam einen derartigen Schreck, daß sie ihren genauen Zielpunkt verlor, aus Versehen löste sich ein Schuß, die Kugel pfiff hinunter in den Urnenhain und durchbohrte den Spaten. Das Eichhörnchen sauste mit gesträubtem Fell auf den höchsten Baum des Friedhofs.

Jari Fagerström und Kauko Nyyssönen nahmen blitzschnell Deckung hinter den nächsten Grabsteinen. Raija Lasanen blieb starr vor Schreck mit der Urne in der Hand mitten in der Senke stehen. Die entsetzte Linnea Ravaska versteckte die Pistole in ihrem Muff und huschte geräuschlos wie ein Gespenst zum Friedhofstor. Sie lief zum nahegelegenen Kapellenhügel, glitt durch die offene Tür ins Kolumbarium und drückte sich im hintersten Raum der Urnenhalle in eine Ecke. Sie kniete vor der Wand nieder und faltete die Hände in ihrem Muff, wo immer noch die Parabellum steckte.

Linnea beschloß, falls man käme, um sie aus dem Dunkel des Kolumbariums ans Tageslicht zu ziehen, würde sie den ersten, der auftauchte, erschießen.
Linnea tat, als bete sie, dabei blickte sie geradeaus auf die steinerne Urnenplatte und las den eingravierten Text: Tekla Grönmark, geborene Salmisensaari, geboren 1904, gestorben 1987. Du liebe Zeit, da war ja Teklas Grab direkt vor ihren Augen! Tekla war also erst letztes Jahr gestorben, diese Kokette war ja mächtig alt geworden! Aber warum hatte man sie, Linnea, nicht zur Beerdigung eingeladen, wie ungehörig.
In ihrem Ärger kam Linnea nicht auf die Idee, daß Teklas Angehörige vielleicht nicht ihre Adresse in Siuntio gekannt hatten.
In gewisser Weise freute sie sich, Teklas Grab zu sehen. Sie hatte die Frau bereits seit den dreißiger Jahren gekannt, sie hatten sich in Viipuri getroffen. Tekla war schön und ungemein flatterhaft gewesen, eine echte Megäre der Hautevolee. Sie hatte Männer gepflückt wie Beeren und sie dann ausgepreßt, hatte sie in ihrem gierigen roten Mund gelutscht und schließlich die Kerne ausgespuckt. Auch Rainer hatte sie sich im Jahre 1938 für ein paar Wochen geangelt, doch Linnea hatte die Sache so geregelt, daß kein Skandal daraus geworden war. Tekla war ursprünglich die Tochter eines kleinen Holzhändlers aus Petersburg gewesen und hatte wohl auch russisches Blut in den Adern. Später hatte sie dreimal geheiratet, ihr letzter Mann war ein mit Leberflecken übersäter Typ namens Grönmark gewesen, er war an Krebs gestorben, im selben Jahr, als der Koreakrieg zu Ende ging.

Über all diesen Erinnerungen vergaß Linnea fast das Vorkommnis von vorhin im Urnenhain. Wäre jetzt der geeignete Zeitpunkt, das Kolumbarium zu verlassen? Sie ließ die Pistole aus ihrem Muff in die Tragetasche gleiten und erhob sich. Zögernd näherte sie sich dem Friedhof, dort war alles ruhig. Linnea ging in den Urnenhain. Lahtelas Asche war mit Rasen bedeckt.

Linnea kaufte bei dem Blumenhändler vor dem Friedhof einen Strauß roter Rosen und brachte ihn ins Kolumbarium zu Tekla Grönmarks Gedenktafel. Sie fand, jene Schönheit mit dem wilden Lebenswandel habe es verdient, daß ihr eine alte Freundin – und frühere Konkurrentin – gerade Rosen brachte. Rosen sind die Blumen schöner Frauen, Rosen werden den Huren aufs Grab gestellt, dachte Linnea mit wehmütigem Triumph, als sie den feurigen Strauß vor Tekla Grönmarks Urne betrachtete.

Zu Hause angekommen, rief sie Raija Lasanen an. Diese war erkennbar erschüttert, nicht so sehr wegen der Beisetzung der Asche ihres Freundes, als vielmehr wegen des Schusses, der im Urnenhain gefallen war. Raija erzählte Linnea, was passiert war. Kake und Jari seien der festen Überzeugung, jene schreckliche Alte aus Siuntio habe für den Zwischenfall gesorgt. Kake habe gesagt, er werde sich in der Uudenmaanstraße verschanzen, Fenster und Türen des Kellers verriegeln und an der Tür noch einen Balken anbringen. Sie habe den Eindruck, Kake fürchte um sein Leben.

»Und dann hat auch Jari gesagt, er will sich lieber eine Zeitlang nicht in Helsinki sehen lassen, er hat gesagt, er fährt nächstes Wochenende nach Rovaniemi zum Polar-

kreis-Rock. Er wollte, daß ich auch mitkomme, aber ich habe nein gesagt, außerdem bin ich noch in Trauer. Jari hat gedroht, wenn er wieder zurückkommt, bringt er die Alte um. Ich hab' richtig Angst, ich bin sicher, er macht es wirklich, Jari ist manchmal so schrecklich.«
Linnea versprach, die fehlende Summe der Begräbniskosten auf Raijas Konto einzuzahlen. Sie sagte, sie werde Raija in der kommenden Woche anrufen. Das Mädchen bedankte sich mit gebrochener Stimme bei der reizenden Dame.
Am folgenden Tag brachte die Abendzeitung ein Interview mit dem Krematoriumsmitarbeiter, er berichtete von der Schießerei im Urnenhain. Er beklagte die Zunahme von Unruhe und Gewalt in der Gegend. Früher sei auf dem Friedhof jedenfalls nicht geschossen worden. Die Jugend habe unerhört schlechte Manieren, nicht einmal mehr die Toten blieben von den geschmacklosen Scherzen der jungen Leute verschont. Dazu gab es ein Bild von dem Mitarbeiter, der den rostigen Spaten präsentierte. Der Spaten war in der Mitte von einem Geschoß durchschlagen, der Mann steckte seinen Zeigefinger durch das Loch.

17

In Rovaniemi beim Rockfestival hatte Jari Fagerström Zeit, über die Ereignisse der letzten Zeit nachzudenken. Kake Nyyssönens Tante war in diesem Sommer allzu lästig geworden. Die Alte hatte sich zum Widerstand entschlossen. Jari war sicher, daß sie ihnen nicht nur die Polizei auf den Hals gehetzt, sondern auch versucht hatte, sie alle zu vergiften, und daß sie schließlich sogar Pera getötet hatte.

Ein erwachsener Mann beißt nicht so plötzlich ins Gras. Es wäre nur interessant herauszukriegen, wie die Alte das mit Pera gedeichselt hatte.

Jari konnte seinen Aufenthalt in Rovaniemi nicht genießen, und das war Linneas Schuld. Das Festival war ein Fehlschlag, das Feeling nicht so, wie es sein sollte. Jari konnte nicht richtig abschalten, weil er ständig an Peras Tod denken und über die Sache mit Linnea nachgrübeln mußte. Sowie das Problem aus der Welt geschafft wäre, könnte er sein Leben wieder genießen. Es wurde zu einer richtigen Zwangsvorstellung.

Für den Fall Linnea wäre natürlich eigentlich Kake zuständig, aber den kannte man ja, der verschob immer alles auf morgen, so daß er niemals etwas fertigkriegte. Jari kam zu der Überzeugung, daß wenn er nicht selbst ernsthaft etwas unternähme, Linnea auch noch im Herbst am Leben wäre.

Er bedachte dabei auch, daß Kake gerechterweise das Geld der Alten mit ihm teilen müßte, wenn er sie umbrachte. Wieviel mochte sie wohl haben? Jari war überzeugt, eine Offizierswitwe konnte nicht so arm sein, wie sie Kake gegenüber behauptet hatte. Bestimmt hatte sie ihren Zaster irgendwo versteckt. Und da kam man jedenfalls nicht ran, solange das Weibstück am Leben war.

Auf der Rückfahrt nach Helsinki dachte er sich einen guten Plan aus, wie er fand. Man müßte Linnea unter einem Vorwand auf das Schiff nach Schweden locken, und dort könnte man sie dann einfach über Bord schmeißen, zum Beispiel in das Ålandsmeer. Einfach runter zwischen die Heringe! Kein Hahn würde nach ihr krähen.

Jari Fagerström sah die Beseitigung Linneas ausschließlich von der praktischen Seite, die ethische Seite beschäftigte ihn nicht. Er konnte sich die Situation auf dem Schiff, im Dämmer der Sommernacht auf dem Oberdeck, gut vorstellen. Mit einer schnellen Bewegung den Arm um die Alte, die Hand auf ihren Mund, dann eine kräftige Hebung, rüber mit ihr über das Stahlgeländer und ab in die Tiefe. Sacht würde die Alte fliegen, der Popelinemantel würde im Nachtwind wehen, vielleicht würde sie noch etwas rufen, die Möwen würden kreischen, dann würde im Meer eine weiße Schaumkrone auftauchen, wenn die Alte im Kielwasser des Schiffes aufschlüge, und aus wär's.

Oder vielleicht doch nicht? Jari hatte bereits einmal einen Menschen getötet, hatte einen alten Kerl in Ruskeasuo zu Tode mißhandelt und war nicht einmal gefaßt worden. Aber das war irgendwie ein Versehen gewesen, das machte ihm manchmal zu schaffen. Wenn er jetzt Linnea ins Meer werfen würde, dann geriete die alte Geschichte gleichsam in Vergessenheit, an ihre Stelle träte diese offiziellere und geplantere, diese professionelle Tat. Im Unterbewußtsein hatte Jari das Gefühl, der neue Fall würde den früheren überdecken, und für die Durchführung dieser Tat hatte er eigentlich einen zwingenderen Grund.

Im Keller in der Uudenmaanstraße stellte Jari Fagerström seinem Freund Kauko Nyyssönen den Mordplan vor. Er versprach, wenn es Kauko gelänge, Linnea auf die Schiffsreise zu locken, dann würde er die praktische Seite der Angelegenheit übernehmen. Kauko sollte ihn nur nachher in der Kassierphase bedenken, also dann, wenn Linneas Erbe verteilt würde.

»Ist es nicht 'ne Superidee? Rauf aufs Oberdeck und dann über Bord mit der Alten, ruck, zuck ins Wasser«, pries Jari seinen Gedanken an.

Kake fand, der Plan sei überhaupt nichts Besonderes, so was könne sich jeder ausdenken. Aber mit welchem Trick solle man Linnea aufs Schiff kriegen? Darüber hieß es sich jetzt Gedanken machen.

Jari sagte, er wolle auf jeden Fall irgendwo einen richtigen Bruch machen, um das nötige Reisegeld für sich und Linnea zu beschaffen. Inzwischen müßte sich Kake ein Mittel ausdenken, um die Alte an Bord zu locken. Er habe die Absicht, Linnea schon auf der Hinfahrt ins Meer zu werfen, so würde man die Kosten für die Rückfahrkarte sparen.

Kake dachte über die Sache nach und kam zu dem Ergebnis, daß er für die Realisierung des Plans eine Schreibmaschine benötige. Wenn Jari diese sowie das nötige Geld klauen würde, dann würde er, Kake, die Planung des Ganzen übernehmen. Auf diese Arbeitsteilung einigten sie sich schließlich.

Tatendurstig ging Jari in eine Bierkneipe, um das große Ding vorzubereiten. Er saß dort den ganzen Nachmittag, studierte den Stadtplan im Telefonbuch, blätterte im Branchenverzeichnis, schlürfte Bier, und als die Erleuchtung kam, stolperte er auf die Straße. Er mußte nur in irgendein Amt oder Institut gehen, die waren des Nachts leer, und dort gab es im allgemeinen sowohl Schreibmaschinen als auch Geld.

Auf dem Boulevard, gegenüber dem Park der Alten Kirche, drang der betrunkene Einbrecher in ein Gebäude ein, das voller Büros war, Auswahl war also reichlich vorhanden.

Auf dem dritten Treppenabsatz entdeckte er eine prächtige Tür aus Edelholz, das Messingschild daran trug die Aufschrift: Embajada Argentina Cancilleria y Seccion. Jari beschloß, an diesem Eingang lieber nicht zu fummeln, er hatte womöglich eine Alarmanlage. Daneben befand sich jedoch eine gewöhnliche, schäbige Tür, die verlockender wirkte. Jari holte eine für diese Zwecke angeschaffte elastische Plastikscheibe aus der Tasche und steckte sie in den Türspalt. Nach kurzem Klicken sprang die Tür auf. Leise trat der Einbrecher ein, lauschte, alles war still. Er tastete nach dem Lichtschalter an der Wand, knipste das Licht an und besah sich die Örtlichkeiten.

Jari stellte fest, daß er in einem Büro war. Es gab mehrere Zimmer, die Tische darin waren mit Papieren bedeckt, dazwischen standen Schreibmaschinen, die Regale enthielten Aktenordner. Die Papiere waren in irgendeiner komischen Sprache verfaßt, vielleicht Spanisch?

Er entdeckte eine kleine Küche, und welch Überraschung, der Kühlschrank war mit Bierflaschen gefüllt! Hinter der Küche befand sich eine Art Besprechungszimmer, es wurde von einem langen Tisch mit glänzender Oberfläche beherrscht, an der Wand standen Schränke voller kostbar aussehender Bücher und in der

Ecke eine Glasvitrine mit Kristallgläsern und einer ungeheuren Menge verschiedener Weinflaschen darin. Ein sagenhafter Ort!

Jari lauschte auf das stille Haus, bereit zur Flucht. Dann holte er sich Bier aus dem Kühlschrank und goß es in einen Kristallkelch. Er hob das Glas, verbeugte sich vor seinem Spiegelbild, das in der Glastür des Bücherschrankes schimmerte, und setzte den Kelch an die Lippen.

Zwei Stunden später war der glückliche Einbrecher bereits so betrunken, daß er aufgestützt und mit wirrem Haar an der Stirnseite des langen Besprechungstisches saß, vor sich Flaschen mit teuren Alkoholika, auf den Lippen ein verträumtes Lächeln. Er hätte am liebsten vor sich hingesummt. Nichts trieb ihn, bis zum Morgen war noch viel Zeit. Die Hand griff gewohnheitsmäßig nach dem Glas. War darin gerade Kognak? Oder Rum?

In diesem Moment endete die nächtliche Feier. Die rauhe Wirklichkeit erschien in Gestalt eines Wachmannes. Jari Fagerström stürmte ins Hinterzimmer, klemmte sich unter den einen Arm eine Schreibmaschine, unter den anderen einen schweren und wertvoll aussehenden Karton, dann rannte er die Treppen hinunter. Oben knallten Türen, und es wurde gerufen. Der Dieb flitzte auf die Straße und nahm Reißaus in Richtung Uudenmaanstraße. Keuchend traf er in Kakes Keller ein, zog die Tür hinter sich zu und setzte sich auf den Fußboden. Bevor er einschlief, lobte er noch seine Beute:

»Mensch, Kake, hier ist eine Schreibmaschine und ein Karton mit Aktien der argentinischen Staatsbank!«

Am Morgen öffneten sie Fagerströms gestohlenen Pappkarton; er enthielt keine Wertpapiere, sondern zweitausend Stück vorgedruckte Einladungskarten, wie sie die argentinische Botschaft an die Gäste ihrer Diplomatenempfänge zu verschicken pflegte. Außerdem lagen darin einhundertfünfzig fertig ausgefüllte Einladungen, in Umschlägen verschlossen und mit Briefmarken beklebt: Es handelte sich um ein großes Essen, das in anderthalb Wochen im Restaurant »Kalastajatorppa« stattfinden sollte. Diese Einladungen schickten Jari und Kake keineswegs in der vorgesehenen Weise ab, im Gegenteil, sie trugen ihre zweifelhafte Beute wütend in den Müll und vergaßen dann die ganze Sache. Lediglich fünf Einladungskarten hatten sie herausgenommen und an die fiesesten Polizisten und Knastwärter in Helsinki und Uusimaa geschickt, mit argentinischer Unterschrift und, echt diplomatisch, an die Privatadressen der betreffenden Personen.

Der Fall sorgte zwei Wochen später für einiges Aufsehen in Diplomatenkreisen: Zu dem großen Festessen der Argentinier erschien nämlich kein einziger Ehrengast, abgesehen von fünf Streifenpolizisten und Vollzugsbeamten in Festuniform, die an der Tür vom »Kalastajatorppa« ihre offiziellen Einladungen vorzeigten.

Als die Protokollabteilung des Außenministeriums die Spur der verschwundenen Einladungen zurückverfolgte, kam sie zu dem Ergebnis, das Post- und Fernmeldeamt sei schuld. Die Post bestritt den Verlust und die angebliche Vernichtung der Sendung, aber die Öffentlichkeit hegte Zweifel. Allgemein und einmütig wurde der Rücktritt von Generaldirektor Pekka Tarjanne gefordert. Wahrscheinlich schickte er sein Rücktrittsgesuch auch per Post ab, doch es kam niemals an.

Die gestohlene Schreibmaschine erfüllte jedoch ihren Zweck. Kauko Nyyssönen schrieb in offiziellem Ton einen Brief an Linnea Ravaska. Er beglückwünschte die Empfängerin, die als Preis beim Publikumswettbewerb auf der letzten Gartenbauausstellung eine Schiffsreise nach Stockholm gewonnen habe. Kake fügte dem Brief eine Fahrkarte für die Hinfahrt mit dem Anrecht auf einen Kabinenplatz im B-Deck bei. Außerdem gab er weitere notwendige Anweisungen: Die Gewinnerin übernachte in Stockholm im Hotel »Reisen«, an dessen Rezeption für sie ein Hotelvoucher und die Rückfahrkarte bereitlägen. Herzlichen Glückwunsch der Gewinnerin! Nyyssönen unterschrieb im Namen von Toivo T. Pohjala, Geschäftsführer des Finnischen Hortonomenverbandes. Dieser Brief wurde sorgfältig als Einschreiben abgeschickt.

Linnea Ravaska öffnete den Brief und las verblüfft die frohe Botschaft. Tatsächlich, sie war im Frühjahr auf der Gartenbauausstellung gewesen, diese Besuche waren ihr während der Zeit, da sie in Harmisto wohnte, zur alljährlichen Gewohnheit geworden, aber sie erinnerte sich nicht, an der Verlosung einer Schiffsreise teilgenommen zu haben. Nun, vielleicht war ihr etwas entfallen, ihr Gedächtnis war nicht mehr das allerbeste. Möglicherweise war die Reise unter allen Eintrittskarten verlost worden? Ganz egal, dieser hübsche Gewinn kam tatsächlich zum passenden Zeitpunkt. Linnea sehnte sich außerordentlich nach einer erholsamen, kleinen Reise, sie hatte in der letzten Zeit so viele Stimmungsschwankungen durchgemacht. Es wäre tatsächlich herrlich, in aller Ruhe durch das sommerliche Stockholm zu spazieren, sich die Altstadt anzusehen, in Erinnerungen zu schwelgen. Das Glück wäre vollkommen gewesen, wäre die Schiffskarte für zwei Personen ausgestellt, dann könnte Jaakko mitfahren, doch auch so war es gut. Linnea beschloß, für Jaakko unterwegs ein besonders schönes Geschenk zu kaufen.

Jari Fagerström mußte einen neuen Anlauf machen, um sich das nötige Geld zu beschaffen, plante er doch, aus Stockholm auch ein wenig Rauschgift mitzubringen. Diesmal handelte er im nüchternen Zustand, er raubte im Kaisaniemi-Park zwei Männer vom Land aus. Alles lief so glatt, daß er nur eines der beiden Opfer ein bißchen zu verprügeln brauchte, das andere rückte die Brieftasche freiwillig heraus.

Auch Jari bekam allmählich Reisefieber.

18

Jari Fagerström und Linnea Ravaska packten am frühen Freitagnachmittag ihre Sachen. Das Schiff sollte gegen achtzehn Uhr auslaufen. Linnea nahm ihren kleinen Koffer, in den sie außer dem üblichen Reisebedarf auch ihren lieben, alten Muff steckte. Sie überlegte, ob es angebracht sei, Rainers Militärpistole mitzunehmen, aber sie verzichtete darauf. Was sollte sie, eine gewöhnliche Schiffstouristin, mit einer Waffe im friedlichen Stockholm? Außerdem könnte sie beim Zoll Probleme bekommen. Die Injektionsspritze, die sie mit Gift füllte,

steckte sie aber dennoch in ihre Handtasche. Eine alte, schutzlose Frau konnte in diesen Zeiten nie sicher sein, ob sie nicht plötzlich ein tödliches Gift brauchte.
Jaris Reisevorbereitungen waren weniger aufwendig. Er untersuchte die Brieftasche, die er einem der beiden Männer abgenommen hatte. Sie enthielt einen Führerschein, ausgeschrieben auf einen gewissen Heikki Launonen, geboren am 20. Mai 1943. Aus den persönlichen Papieren ging hervor, daß der beraubte Launonen aus Imatra stammte und von Beruf Wartungstechniker war. Die Brieftasche enthielt ferner zwei kleine Fotos von Kindern im Schulalter, einem lachenden Mädchen und einem Jungen mit großen Ohren. Jari entdeckte, daß auch der Vater deutlich abstehende Ohren hatte. Als er den Mann niederschlug, hatte er seine Ohren nicht weiter beachtet. Während er die leere Brieftasche in den Mülleimer warf, überlegte er, ob Launonen wohl schon zu Hause war oder noch im Krankenhaus lag.
Launonens Brieftasche hatte dreitausendvierhundert Finnmark enthalten. Das andere Opfer hatte nur sechshundert Finnmark besessen, aber zusammengerechnet befanden sich in Jaris Reisekasse immerhin viertausend Finnmark. Von dem Ertrag mußte natürlich Linneas Schiffskarte bezahlt werden. Trotzdem würde das Geld auch noch für eine kleine Menge Rauschgift reichen, rechnete sich Jari zufrieden aus.
Er fand sich bereits um siebzehn Uhr in der Abfahrtshalle für die Schiffe nach Schweden ein. Kake begleitete ihn, er wollte prüfen, ob Linnea den Brief erhalten hatte und die Reise antreten würde. Die Männer verbargen

sich an der Wand im Schatten einer Säule und beobachteten den Strom der eintreffenden Passagiere.
Eine halbe Stunde vor Abfahrt des Schiffes erschien Linnea tatsächlich in Begleitung von Jaakko Kivistö. Er überreichte ihr Blumen und umarmte sie zum Abschied. Linnea war mit einem hellen Kostüm bekleidet, über dem Arm trug sie einen Popelinemantel und in der anderen Hand einen kleinen Koffer. Auf ihrem Kopf prangte ein breitkrempiger, mit Blumen verzierter Sommerhut.
»Donnerwetter hat sich die Alte feingemacht, die ist garantiert nicht arm«, knurrte Kake hinter ihrer Säule. »Ein Glück, daß wir ihr keine Rückfahrkarte gekauft haben, es wäre rausgeschmissenes Geld gewesen.«
Nachdem Linnea aufs Schiff gegangen war und Jaakko Kivistö die Halle verlassen hatte, verabschiedete sich auch Kake von seinem Freund, richtig mit Handschlag. Es war ein ungewohnt feierliches Gefühl, trat doch Jari eine Reise an, auf der große Dinge passieren sollten.
»Bring Hasch mit und halt die Ohren steif«, sagte Kauko Nyyssönen zum Abschied. »Und vergiß nicht, Linnea schon auf der Hinfahrt ins Meer zu schmeißen, damit sie in Stockholm keinen Rabatz macht wegen ihres Hotelzimmers und der Rückfahrkarte.«
»Du kannst dich auf mich verlassen, Kake. Man ist schließlich nicht das erste Mal mit 'nem Weib unterwegs«, verkündete Jari überzeugt. Dann stieg auch er aufs Schiff und ging schnurstracks zum Bartresen, um auf den Beginn des Ausschanks zu warten. Jaris Stimmung war großartig. Er erwartete viel von dieser Fahrt. Als er den ersten Schnaps intus hatte, spürte er eine

angenehme Wärme im Bauch. Irgendwie war das alles spannend, das Schiff, die sommerliche Fahrt auf dem Meer, die kommende Nacht, in der er beweisen konnte, wozu er im äußersten Falle fähig war. Jari fühlte sich als der verlängerte Arm des Schicksals, stark, kalt und unbestechlich. Er mußte lächeln und bestellte sich mehr zu trinken.

Linnea Ravaska richtete sich in ihrer Kabine ein. Ihre Mitbewohnerin erschien, eine dreißigjährige Frau, höflich und gebildet, sie hieß Sirkka Issakainen. Sie erzählte, sie sei von Beruf Psychologin und fahre an die schwedische Westküste nach Trollhättan, um die Anpassung der finnischen Fabrikarbeiter an die dortigen Verhältnisse zu untersuchen. Es handle sich um eine interdisziplinäre Untersuchung, an der auch Soziologen beteiligt seien. An der Universität Tampere habe man herausgefunden, daß die aus Finnland stammenden jungen Männer, die in den schwedischen Autowerken beschäftigt seien, aus irgendwelchen Gründen eher an Alkoholismus erkrankten als die schwedischen Mitglieder der Vergleichsgruppe. Diese Abweichung gründlich zu untersuchen, sei sie unterwegs.

Als Linnea erzählte, ihre Reise sei ein Preis des Hortonomenverbandes, war Sirkka Issakainen ganz entzückt. Auch sie sei Hobbygärtnerin, sie wohne im Stadtteil Hervanta in Tampere und züchte im Sommer Blumen und Tomaten auf ihrem Balkon. Ihr Mann stamme aus Kokkola, seine Familie besitze dort eine Gärtnerei und schicke ihr in jedem Frühjahr herrliche Tomatenpflanzen. Sie versprach, ihrer Reisegefährtin im nächsten Frühjahr ebenfalls Pflanzen nach Töölö zu schicken.

Die Frauen beschlossen, gemeinsam im A-la-carte-Restaurant zu Abend zu essen, die dickmachenden Üppigkeiten des Büfetts lockten sie nicht.
Auch Jari fand an der Bar angenehme Reisegesellschaft, er hielt einen Schwatz mit zwei Lastwagenfahrern und traf dann einen gewissen Seppo Rahikainen, der seinen Reden zufolge auf einer norwegischen Bohrinsel in der Nordsee arbeitete. Rahikainen spendierte großzügig Drinks und erzählte von der harten Arbeit auf dem stürmischen Meer. Er habe Urlaub gemacht und kehre jetzt wieder zu seinem Job zurück. Daheim in Konginkangas habe er mit einem Faß Bier in einem und einer Hure im anderen Arm zwei Wochen lang in einem Graben gelegen, das Taxi habe die ganze Zeit hinter dem Erlenbusch gewartet. Rahikainen prahlte, er verdiene zwölftausend Kronen in zwei Wochen, da störe das Tikken eines Taxameters die Urlaubsfreude nicht groß. Früher, als er in den Saab-Werken in Trollhättan einen Job gehabt habe, da habe auch er sein Geld sorgfältig zählen müssen, alles sei für Schnaps draufgegangen. Jetzt könne er saufen, und es bleibe trotzdem noch etwas übrig, so sei eben die Ölbranche.
Jari Fagerström sah Rahikainen verschlagen an. Dann enthüllte er, er sei Limnologe. Er sagte, auch in seiner Branche könne man Geld machen. Er ließ den Ölbohrer flüchtig sein Bündel Scheine sehen.
Rahikainen wußte nicht recht, was Limnologen treiben. Arbeitete der Bursche in einer Limofabrik?
Jari Fagerström lachte schallend. Nix da! Er sei ein Wasserforscher, er wisse alles über die Meere und besonders über Fische.

Darauf tranken sie einen. Jari erzählte, er sei unterwegs nach Göteborg, er habe im Autodeck einen Tanklastzug voll mit finnischem Seewasser aus dem Päijänne, zwanzigtausend Liter, und in dem Wasser schwammen Tausende junger Quappen. Die transportiere er zum Vätternsee, kippe sie dort im Fischzuchtbetrieb ab und nehme in Göteborg eine Ladung für die Rücktour auf.

»Junge Schollen! Davon bringe ich hunderttausend Stück nach Finnland. Es ist eine weite Strecke, ich muß in einem Ritt bis in den Norden rauffahren. Die Schollen sollen nämlich im Inarisee ausgesetzt werden, man hat in Untersuchungen festgestellt, daß sie im kalten Wasser des Nordens besser gedeihen als im Meer. Ich kriege pro Stück zehn Pfennig Fracht, du kannst dir spaßeshalber ausrechnen, Kumpel, wieviel das macht.«

Der Ölbohrer war begeistert. Auf der Bohrinsel aßen sie oft Scholle, ein herrlich schmackhafter Fisch, besonders in Öl gebraten. Es war eine prima Idee, die Tiere im Inarisee anzusiedeln. Rahikainen versprach, in den kommenden Jahren gelegentlich hinaufzufahren und Schollen zu fangen. Zufrieden vereinbarten die Männer eine gemeinsame Angeltour in ein paar Jahren, wenn die Schollen gerade die richtige Größe hätten. Sie besiegelten es per Handschlag und tranken einen darauf.

Jari überlegte, ob er Rahikainen später am Abend zum Kartenspielen überreden könnte, der betrunkene, vermögende Ölbohrer ließe sich leicht ausnehmen. Zu diesem Zwecke war es günstig, ihm den Spezialisten eines seltenen Fachgebietes vorzuspielen, dem es nicht am nötigen Kleingeld fehlte. Rahikainen war von Anfang an vertrauensselig, und als Jari Einzelheiten der Fisch-

zucht darlegte, war der Ölbohrer überzeugt, einen neuen Freund aus dem Gebiet der Limnologie gewonnen zu haben. Jari lenkte das Gespräch auf das Kartenspiel. Rahikainen fing Feuer und lud den Gewässerspezialisten am späteren Abend in seine Kabine ein. Jari selbst hatte ja keinen Kabinenplatz.
Bevor er Rahikainen ausnahm, mußte er sich aufraffen und herausfinden, wo Linnea sich herumtrieb. Inzwischen war die Durchsage gekommen, daß zum zweiten Mal eingedeckt worden sei. Jari beschloß nachzusehen, ob die alte Frau zum Büfett essen gegangen war. Der neue Freund Rahikainen blieb fest an seiner Seite.
Im Saal war Linnea nicht zu entdecken. Jari blickte ins Restaurant; es war fast leer, nur ein paar Fenstertische waren besetzt. Da saß Linnea, in ihrer Begleitung eine unbekannte Frau. Jari suchte sich einen Platz, wo Linnea ihn nicht sehen konnte, und Rahikainen setzte sich neben ihn. Als die Bedienung kam, bestellte Rahikainen für sie beide überbackene Toasts, hier mußte man dem Vernehmen nach zu den Drinks etwas essen.
Rahikainen bemerkte, wie sein Freund Jari immer wieder zu einem Tisch schielte, an dem eine etwa dreißigjährige, gepflegte Frau in Begleitung ihrer Mutter oder vielleicht Großmutter saß, wie er vermutete. Die jüngere Frau gefiel ihm, er stand auf und schwankte beherzt quer durch den Raum zum Tisch der beiden Frauen. Jari war wütend, der betrunkene Ölbohrer brachte alle seine Pläne durcheinander.
Jari vermutete, man werde Rahikainen an seinen Tisch zurückjagen, sowie er seinen Mund aufmachte, feine Damen pflegten sich nicht mit betrunkenen Arbeitern

abzugeben. Doch weit gefehlt. Die jüngere Frau zückte einen Schreibblock und einen Kugelschreiber und begann, Rahikainen Fragen zu stellen, er setzte sich, bestellte für die Frauen etwas zu trinken, und sein Lachen schallte durch den Saal bis zu Jaris Tisch. Jari stand verdrossen auf und ging wieder an die Bar.

Sirkka Issakainen war hocherfreut, daß ihr durch Zufall schon auf der Hinfahrt ein geeignetes Forschungsobjekt begegnete. Rahikainen hatte früher in Trollhättan gearbeitet, das stellte sich gleich zu Beginn heraus. Sie machte sich Notizen über die Erfahrungen des Mannes. Er erzählte mit fröhlicher Offenheit von den Lebensbedingungen und den Gewohnheiten der Finnen in den Junggesellenwohnungen der Saab-Werke. Sirkka Issakainen konnte wirklich authentische Informationen auf ihrem Block festhalten. Bedauerlicherweise wurde der Interviewpartner mit wachsender Trunkenheit zudringlich, doch trotzdem mochte sie sich die Gelegenheit nicht entgehen lassen. Ihre Reisegefährtin Linnea Ravaska konnte mit der neuen Situation nichts anfangen und verabschiedete sich, um schlafen zu gehen.

Jari Fagerström nahm an der Bar ein paar Drinks, dann beschloß er nachzusehen, ob Linnea noch beim Essen saß. Als er bemerkte, daß sie verschwunden war, wagte er sich zu Rahikainen und der jungen Frau an den Tisch und referierte über Limnologie. Rahikainen gefiel das nicht, und er befahl Jari, sich wegzuscheren. Die Männer gerieten in Streit, Sirkka Issakainen erschrak und flüchtete in ihre Kabine. Darüber wurde Rahikainen noch wütender, und er packte Jari am Kragen. Jari gab dem Ölbohrer einen Tritt in die Leistengegend, dieser stürzte, riß das Tischtuch, die Gläser und den ganzen Tisch mit sich, dann sprang er wieder auf und warf sich erneut auf seinen Gegner. Die Schlägerei erreichte ihren Höhepunkt. Zwei Wachmänner stürzten herein, sie schleiften die Streitenden aus dem Restaurant und geradewegs in den Arrestraum des Schiffes, sicherheitshalber in verschiedene Zellen.

Jari Fagerström trat wütend gegen die Stahltür, er rief, man habe ihn falsch behandelt, er sei schuldlos an der Schlägerei, doch niemand ließ ihn heraus. Aus dem Maschinenraum klang das Dröhnen der Schiffsdiesel herüber, irgendwo in der Ferne hörte er Rahikainens wilde Schreie. Verstimmt legte Jari Fagerström sich nieder. Von dieser stählernen Zelle aus konnte er unmöglich operieren. Linnea war wegen eines delirierenden Ölbohrers mit dem Leben davongekommen.

Die Psychologin Sirkka Issakainen erzählte Linnea Ravaska erschüttert von ihren Restauranterfahrungen mit raufenden Männern. Sie beklagte die schlimmen Manieren der jungen Finnen. Linnea ließ sich hinreißen, ihrer Reisegefährtin die eigenen Erfahrungen zu schildern. Sie habe genug Ärger gehabt mit ihrem alkoholisierten, kriminellen Pflegesohn und dessen zwei rohen Kumpanen. Einer von ihnen sei jetzt tot.

Sirkka Issakainen konstatierte, daß es sich auf der Welt gut leben ließe, wenn die Männer nicht Säufer und Verrückte wären. Andererseits würde es dann Leuten wie ihr, den Psychologen also, an Arbeit mangeln.

19

Morgens in Stockholm war es trübe, aber warm. Nach den Zollformalitäten nahm sich Linnea Ravaska ein Taxi und bot Sirkka Issakainen an, mitzufahren; diese wollte noch am selben Tag mit dem Zug weiterreisen. Linnea ließ sie am Zentralbahnhof absetzen und fuhr weiter zum Hotel »Reisen« am Ufer des Strömmen.

Leider war im guten alten »Reisen« das Serviceniveau seit 1957, als Linnea zuletzt dort logiert hatte, erheblich gesunken. Die alte Dame mußte ihren Koffer selbst ins Haus und an die Rezeption schleppen, kein Gedanke, daß der Taxifahrer oder ein Hotelpage geholfen hätte. Nun, sie kam mit ihrem Koffer gut zurecht, sie hatte in ihrem Häuschen volle Wassereimer schleppen müssen, aber eine solche Gleichgültigkeit des Personals hob natürlich nicht gerade die Urlaubsstimmung.

Die Angestellte am Empfangstresen war zwar höflich, aber furchtbar unbeholfen und begriffsstutzig. Als Linnea sich nach dem Hotelvoucher erkundigte, der auf ihren Namen ausgestellt sei, war dieser partout nicht zu finden. Linnea wunderte sich über die Nachlässigkeit des Hauses und verkündete in etwas ungeduldigem Ton, sie wolle auf der Stelle ihr Zimmer haben. Es sei Sache des Hotels und des Finnischen Hortonomenverbandes, den verschwundenen Voucher aufzuspüren, nicht die ihre als alte, pensionierte Offizierswitwe. Die Hotelangestellte bedauerte das Mißgeschick, sie suchte weiter nach dem Vorgang, konnte jedoch keine Klarheit schaffen. Niemand habe für die Dame ein Zimmer reserviert, und somit sei auch kein Voucher und keine Schiffskarte für ihre Rückfahrt ans Hotel geschickt worden. Außerdem sei das Haus voll belegt, man bedaure. Linnea zog den Brief aus der Handtasche, in dem ihr von der gewonnenen Reise Mitteilung gemacht worden war. Sie übersetzte den Inhalt für die Hotelangestellte ins Schwedische, worauf deren Dickfelligkeit ein wenig schmolz. Für Linnea wurde ein Zimmer organisiert, und da kein gewöhnliches frei war, gab man ihr eine geräumige Suite, in der ihr außer dem Schlafzimmer noch ein Wohnzimmer und eine Sauna zur Verfügung stand.

Aus dem »Reisen« rief man umgehend im Finnischen Hortonomenverband an und berichtete von der Offizierswitwe, die hartnäckig Wohnrecht im Hause verlange; sie führe einen Brief mit sich, der von einem gewissen Toivo T. Pohjola unterschrieben sei. Im Verband folgerte man, der Landwirtschaftsminister persönlich müsse seine Finger im Spiel haben, und versprach, Hotelrechnung und Schiffskarte der Frau per telefonischer Überweisung an das »Reisen« zu bezahlen. Der Geschäftsführer des Verbandes grübelte noch lange vor sich hin, was das alles wohl zu bedeuten habe. Gegenüber einer Freundin des Ministers mußte man sich natürlich loyal verhalten und ihre Auslagen in Stockholm erstatten, das war klar. Aber wie in aller Welt war der Minister darauf verfallen, sich gerade den Hortonomenverband auszusuchen? Am meisten wunderte sich der Geschäftsführer über Pohjolas Dreistigkeit. Nach all den Schmiergeldaffären der letzten Zeit gehörte tatsächlich Kaltschnäuzigkeit dazu, wenn er die Rechnungen seiner Frauengeschichten aus den Kassen der Organisationen bezahlen ließ, die zu seinem eigenen Ressort gehörten. Erstaunlich auch, daß Pohjola eine Beziehung zu einer Offizierswitwe unterhielt. Der Geschäftsführer hatte vom Minister einen ganz anderen Eindruck gewonnen. In der Öffentlichkeit nämlich gab sich der Mann als ungemein zuverlässiges und grundehrliches Mitglied des Staatsrats. Aber der Geschäftsführer begriff, daß das öffentliche Bild oft nur Blendwerk ist.

»Ein Zentrumsmann«, sagte er mit einem Achselzucken.

Als die Sache geklärt war, suchte der Direktor des »Reisen« Linnea auf und erklärte, der Preisunterschied zwischen der Suite und einem gewöhnlichen Zimmer werde dem Hortonomenverband nicht in Rechnung gestellt. Er entschuldigte sich für das Hin und Her und schickte ihr eine Flasche Sherry aufs Zimmer.

Linnea ruhte vormittags in ihrer Suite, nahm dort ein leichtes Mittagessen ein und ging dann erfrischt aus, um sich die Stadt anzusehen. Das Wetter war seit dem Morgen aufgeklart, es war äußerst angenehm, ohne Eile durch die engen Gassen der Altstadt zu spazieren, die voller sommerlich gekleideter Touristen war. Stockholm hatte sich im Laufe der Jahre nicht viel verändert. Linnea erinnerte sich, daß sie bereits 1936 im Frühsommer erstmals zum Einkaufen dort gewesen war, damals war es besonders vornehm gewesen, so weit zu reisen. Zum selben Zeitpunkt hatte der schwedische König die finnischen Städte Turku und Naantali besucht, alle Zeitungen in Stockholm hatten davon berichtet. Damals wurden die Zeitungen an den Straßenecken von kleinen Wagen verkauft, und sie zeigten keine Fotos nackter Frauen, so wie heutzutage.

Linnea überlegte, was sie für Jaakko Kivistö kaufen sollte. Es war tatsächlich schwierig. Jaakko hatte alles, was er brauchte, seine große Wohnung war angefüllt mit den verschiedensten Dingen. Es schien Verschwendung zu sein, einem womöglich bald an Altersschwäche sterbenden Mann etwas Wertvolles und Dauerhaftes zu kaufen. Linnea dachte sich, das Geschenk müßte auf gewisse Weise nutzlos aber dennoch gewichtig sein, und irgendwie auch zeitlos und vielleicht ein bißchen unpraktisch. Sie entschied sich schließlich für einen marmornen Briefbeschwerer mit einem Griff aus Elfenbein. Für sich selbst kaufte sie ein Nachthemd aus Naturseide. Nachdem sie die Einkäufe ins Hotel gebracht hatte, verbrachte sie den Rest des Tages in Skansen, genoß die Sehenswürdigkeiten und die Nachmittagswärme.
Jari Fagerströms Reise endete erst, nachdem das Schiff im Hafen festgemacht hatte und man die Tür des Arrestraums öffnete. Der brüllende Rahikainen war bereits eine Stunde zuvor herausgelassen worden, zum Glück war er schon vom Schiff gegangen. Der Körper steif von der harten Unterlage, auf der er die Nacht verbracht hatte, wankte Jari durch den Zoll in den Hafen. Ein Schwarm nickender Tauben trippelte auf dem Gehweg, Jari nahm Anlauf und versetzte der nächstbesten einen Tritt, daß sie tot mitten auf die Straße geschleudert wurde. Mit kalter Zufriedenheit stapfte Jari zur Metro und fuhr ins Stadtzentrum.
Jari Fagerström stolperte den ganzen Tag durch die Stockholmer Straßen, besuchte Kneipen, trank, zettelte Streit an, geriet in eine Schlägerei, bekam blaue Flecken und wurde noch verdrossener. Wäre er in diesem Zu-

stand Linnea begegnet, hätte er sie ohne weiteres angefallen, sogar mitten in der Menschenmenge.
Gegen Abend gelang es ihm, ein wenig Rauschgift zu kaufen, es kostete Unsummen. Nachdem er sich eine Spritze gesetzt hatte, lebte er für eine Weile auf, genoß seinen Aufenthalt und umarmte die Welt, bis die Wirkung der Injektion nachließ und sich der deprimierende Alltag der fremden Großstadt wieder seiner bemächtigte.
Gegen Mitternacht begann es zu regnen, es wurde kühler. Jari fror, er war furchtbar müde. Er versuchte, in einem Hotel zu übernachten, aber wegen seines stinkenden, ramponierten und fixermäßigen Äußeren nahm man ihn nicht auf. Er verzog sich in die Gegend von Riddarholm und schlief ein paar Stunden am Strand, irgendwo hinter geparkten Autos, frierend und naß. In der Nacht wankte er über die Brücken ins Zentrum, geriet in die Malmnskillnadsgatan und sah, daß die Huren von den Straßen verschwunden waren, wahrscheinlich waren sie vor dem Regen geflüchtet, oder aber das Geschäft lief wegen Aids jetzt nicht mal mehr im Sommer. Verzweifelt schleppte er sich nach Norden, bis zum Kirchenpark am Ende der Straße. Dort bibberte unter einem Regenschirm eine einsame klägliche Prostituierte, eine türkische Einwanderin, der es so dreckig ging, daß sogar Jari Fagerströms düstere Gestalt sie anzog. Das Mädchen nannte sich Lydia. Jari bot ihr eine feuchte Zigarette an, dann wanderte das Paar unter dem Regenschirm an der Kirche vorbei in einen der nördlichen Stadtteile. Dort zog das Mädchen ihren Begleiter in ein kleines, kahles Zimmer, in dem man leise schleichen und

ebenso leise die Tür schließen mußte. Es fand sich ein Bett und der Schoß der in den Bergen Anatoliens aufgewachsenen, unglücklichen jungen Frau.

20

Der Trunkenbold Jari Fagerström erwachte erst am Nachmittag bei der türkischen Hure irgendwo im Norden Stockholms. Der Raum war klein und öde, er wirkte wie eine Garage und erinnerte an Kake Nyyssönens »Hauptquartier« in der Uudenmannstraße. Jari fand sich auf fleckigen Laken liegend, neben sich eine behaarte, junge Frau, die sich vertrauensvoll an ihn schmiegte. Sie stank nach ranzigem Parfüm und Schweiß. Auf dem Boden lag ein Haufen Unterwäsche.

Jari betrachtete die Schlafende. Hatte dieses schwarzhaarige, stinkende Weib ihn womöglich mit irgendeiner Krankheit angesteckt? Es war anzunehmen. Aids? Fagerströms Stimmung verfinsterte sich, herzlose Kälte erfüllte ihn. Er rüttelte das Mädchen wach, brüllte sie an und verlangte Gesundheitsdaten. Aids, Aids, schrie er, packte das nackte Wesen bei den Armen und schleuderte es aus dem Bett. Sie tastete nach irgendwelchen Kleidungsstücken, um sich zu bedecken, und versuchte, aus dem Zimmer zu fliehen. Jari stürzte hinterher, packte sie und schlug ihr rücksichtslos auf die Arme und ins Gesicht, trat ihr gegen die Schenkel. Plötzlich fiel ihm ein, daß Aids nicht nur durch Geschlechtsverkehr, sondern auch durch Blut übertragen wird. Er hörte sofort mit der Mißhandlung auf. Weinend sackte die dunkelhaarige Hure in der Ecke zusammen. Fagerström warf sich in seine Kleider und stürzte aus dem Kabuff. Von Bezahlung keine Rede.

Als zitternde Ruine wartete Jari Fagerström in einer Bierkneipe auf die Abfahrtszeit des Schiffes. Sein Magen war durcheinander, ebenso der Kopf. Außer einem kleinen Rest hatte er auch kein Geld mehr, wo war es nur geblieben? Er fuhr mit der Metro in den Hafen und bestieg den Dampfer.

Jari mußte unbedingt Linnea abpassen. Er bezog Posten am Eingang, versteckte sich hinter der Treppe und beobachtete mit trüben Augen den Strom der eintreffenden Passagiere. Das Gedränge ermüdete ihn, seine Augen schmerzten, sein Mund war klebrig. Die Entzugserscheinungen nach der gestrigen Drogenspritze wirkten noch nach, oder meldete sich schon der Kater nach dem vorhin angetrunkenen Rausch?

Linnea erschien mit ihrem kleinen Koffer, gesund und gut gelaunt, den Blumenhut auf dem Kopf, mit dem zufriedenen Lächeln eines ausgeruhten Menschen. Die alte Frau hatte sich also eine Rückfahrkarte und einen Kabinenplatz besorgt, klar, was sonst, dachte Jari bitter. Er folgte ihr auf das B-Deck und prägte sich die Nummer der Kabine ein, 112. Als Linnea hineingegangen war, machte sich Jari auf den Weg zur Bar. Das Schiff fuhr ab, es gab wieder Alkohol, Jaris Befinden besserte sich. Nach dem kalten Bier schien ihm, daß er sich von seiner Gefährtin letzte Nacht vielleicht doch keine Krankheit geholt hatte. Aids war wohl gar nicht so sehr verbreitet? Das Vertrauen in die eigene Gesundheit kehrte allmählich zurück. Jari kam zu dem Schluß, daß statistisch gesehen die Möglichkeit der Ansteckung ziemlich gering war. Wenn man davon ausging, daß jede fünfte Hure mit dem tödlichen Virus infiziert war, und in Stockholm gab es etwa zehntausend Huren, so mußten mindestens achttausend von ihnen gesund sein. Es schien vernünftig anzunehmen, daß die Türkin zu jenen achttausend gehörte. Außerdem hatte sie nach außen hin gesund gewirkt, ihr waren keine Fleischstücke aus dem Gesicht gefallen, und sie hatte keine stinkenden Flecken am Körper gehabt. Das dürfte ja wohl etwas bedeuten, beruhigte sich Fagerström. Er bestellte Wodka mit Cola und Eis. Ihm schien, er habe Lydia umsonst verprügelt, jetzt erinnerte er sich auch wieder an den Namen des Mädchens. Er hätte sich die Adresse merken sollen, man konnte nie wissen, wann man wieder nach Stockholm kam, dann könnte man seine alte Bekanntschaft besuchen.

All dies war jedoch der reinste Selbstbetrug. Jari Fagerströms Organismus war mit dem HIV-Virus infiziert; das türkische Freudenmädchen hatte die Berufskrankheit ihrer Branche schon vor einem halben Jahr bekommen, und jetzt hatte die Seuche auch von Jari Besitz ergriffen. Die Immunschwäche war eine düstere Tatsache, doch darum sorgte sich das unwissende Opfer nicht. Es gab dringendere Probleme. Die Sache mit Linnea mußte über die Bühne gehen, die endgültige Lösung wartete auf die Alte, sie hatte nicht mehr lange zu leben. Jari sah sich diesmal vor, er trank langsam, achtete darauf, nicht betrunken zu werden. Gegen Mitternacht ging er in die Disco tanzen, in dem dunklen Saal herrschte eine angenehm lockere Stimmung, eigentlich schien das Leben wieder ziemlich freundlich. Rauschgift brachte er nun nicht mit, aber was tat's, wahrscheinlich war es besser so. Falls ihn in Katajanokka der Zoll schnappte, würde er endlos sitzen müssen, bloß wegen des bißchen Haschs. In Helsinki angekommen, wollte er erst ein paar Tage ausruhen und dann ein größeres Ding drehen. Kake sollte die Einzelheiten planen, dann würde die Sache gut werden. Jetzt war noch Sommer und beste Urlaubszeit, man könnte in Kaivopuisto einige Wohnungen leerräumen. Dort würde man garantiert Gemälde und Silber finden, für solche Sachen kriegte man heutzutage mehr als für Stereoanlagen aus gewöhnlichen Haushalten. Aber erstmal hieß es nüchtern bleiben, bald müßte er Linnea ins Meer werfen. In betrunkenem Zustand würde die Sache womöglich schiefgehen.

Gegen drei Uhr morgens schlich Jari ins Kabinendeck der Kategorie B. Er klopfte an Linneas Tür, die alte Frau erwachte aus ihrem leichten Schlaf und fragte irgend etwas. Jari verstellte seine Stimme, so daß sie ein wenig schrill klang, und bat die Witwe, die Tür aufzumachen, draußen warte ein alter Freund.

Die alte Dame zog sich an, nahm ihre Handtasche und öffnete die Tür einen Spaltbreit. Wer um Himmels willen stand wohl um diese Zeit auf dem Gang? Linneas Kabinenpartnerin erwachte ebenfalls, die alte Dame ging hinaus, damit sie weiterschlafen konnte.

Jari Fagerström verschloß Linneas Mund mit seiner breiten Hand und schob mit der Schulter die Kabinentür zu. Dann hob er die leichte Greisin hoch und schleppte sie halb im Laufschritt zur Treppe. Ein kurzer Blick nach oben und nach unten, der Weg war frei. Jari rannte mit seiner Last auf das einsame Deck mit den Rettungsbooten und stellte Linnea an die Reling. Der zierliche Körper der alten Frau zuckte in seinen starken Armen wie ein verängstigtes Vögelchen. Im Dämmer der Sommernacht erkannte Linnea jetzt, wer sie geholt hatte, Todesangst ließ die zarte, alte Dame erbeben.

Jari keuchte, sein Puls war stark beschleunigt, obwohl er nur einen kleinen Menschen zu tragen gehabt hatte. Er müßte sich angewöhnen, im Fitneßstudio zu trainieren. Er knurrte Linnea an, sie solle nicht schreien, nahm die Hand von ihrem Mund und strich sich das Haar aus der Stirn. Linnea flehte ihn an, sie freizulassen; was sollte das alles, konnte man sich nicht gütlich einigen? Jari zündete sich eine Zigarette an, vergewisserte sich, daß auf dem Deck keine weiteren Passagiere waren, dann packte er Linnea mit festem Griff unter den Achseln. Sie begriff, daß er sie über die Reling ins Meer werfen wollte.

»Lieber Jari, laß mich meine Medizin einnehmen, ich bitte dich sehr, ich habe Gift!«

Linnea weinte. Sie öffnete mit zitternden Händen ihre Tasche und holte die Injektionsspritze heraus.

Der Mörder wurde aufmerksam. Medizin? Verflixt noch mal, die Alte hatte eine Spritze voll mit Kivistös Drogen, ja, natürlich! Ärzte hatten die Möglichkeit, kostenlos Heroin oder Opium zu benutzen, das hätte man sich denken können. Diese alte Schachtel, angeblich so vorbildlich und ehrenhaft, nahm also Drogen, scheinheiliges Miststück! Er war es, der hier jetzt eine Spritze brauchte, und nicht das alte Weib.

Der junge Mann riß Linnea die Spritze aus den zitternden Händen, rollte den Ärmel auf und drückte sich die Nadel in seine Vene. Genießerisch pumpte er die Spritze leer. Das Blut begann sogleich, in seinem Hirn zu rauschen, der Stoff war wirklich echt, die Knie wurden ihm weich, seine Kräfte schwanden, das Herz machte in der Brust einen Sprung, als sei es von einem Schuß getroffen worden. Der Körper erschlaffte, Jari Fagerström brach tot auf dem Deck zusammen. Linnea zog schnell die leere Spritze aus seinem Arm, rollte seinen Ärmel wieder ganz hinunter und flüchtete hinter das nächste Rettungsboot.

Der Körper des jungen Mannes lag in Embryostellung neben der Reling. Das Dröhnen der Schiffsdiesel wurde vom Rauschen des Meeres übertönt. Es war kalt und neblig. Linnea wußte, daß sie sich beruhigen mußte. Sollte sie hingehen und dem Schiffspersonal von der Sache berichten? Würde der Kapitän böse werden, wenn sie ihm von der Leiche auf dem Oberdeck erzählte? Sie fand das alles unsagbar schrecklich.

An den Tod gewöhnt man sich nie, dachte die Witwe Linnea Ravaska.

»Aber Gott sei Dank, du hast deinen Lohn gekriegt!«

Der plötzliche Tod des jungen Mannes erleichterte und beschämte Linnea zugleich.

Forstmeister Erik Sevander von der Rauma-Repola AG hatte die ganze Nacht hindurch in seiner Kabine Karten gespielt mit seiner Spiel- und Bettpartnerin, der Krankenschwester Anneli Vähä-Ruottila. Sevander kam aus Stuttgart von der Arbeitsschutzkonferenz der Forstabteilung des Europarats, an der kraft ihres Amtes auch die Krankenschwester Vähä-Ruottila, angestellt in derselben Firma, teilgenommen hatte. Jetzt auf der Rückreise hatten sie aus Spaß in Sevanders Kabine erst Kasino und dann Strippoker gespielt, der mit einem nackten Sieg beider Partner geendet hatte. Der Forstmeister, der bereits in die mittleren Jahre kam, hatte einen kurzen Nachtspaziergang an der gesunden Seeluft vorgeschlagen. Das Paar stieg auf das Oberdeck, um das tosende Meer zu bewundern. Zu ihrem Unglück stolperten sie über Jari Fagerströms Leiche, sowie sie das Deck betreten hatten.

Obwohl Sevander einen guten Kognak nicht verschmähte, stieß es ihn ab, immer wieder Landsleuten zu begegnen, die so sinnlos tranken, daß sie anderen vor die Füße fielen. Sevander beugte sich über den Liegenden und rüttelte ihn. Kein Lebenszeichen. Sevander wurde ein wenig böse, er packte den Mann unter den Achseln und hob ihn hoch, lehnte ihn gegen die Reling und schlug ihm leicht auf beide Wangen.

»Die saufen wie die Schweine. Man sollte den Kerl ins Büro des Pursers tragen!« Sevander war ziemlich ungehalten.

Die Krankenschwester fühlte Fagerströms Puls. Dem Paar dämmerte bald die finstere Wahrheit. In Sevanders Armen lag ein Toter; es handelte sich nicht um einen Rausch, obwohl der Mann nach Schnaps roch.

Forstmeister Erik Sevander erkannte, daß er ein äußerst unangenehmes Problem im Arm hielt. Ein Todesfall unter unklaren Umständen bedeutete automatisch gründliche Polizeiuntersuchungen, strenge Verhöre und zumindest in diesem Falle selbstverständliche Zweifel, deren Objekt eben Sevander wäre. Obwohl man den vom Strafgesetzbuch vorgesehenen Sanktionen mit ein bißchen Glück entgehen könnte, würde der Fall einen gewaltigen Skandal verursachen, sowohl in der Forstabteilung als auch im Hauptkontor von Rauma-Repola, nicht nur wegen der Anwesenheit der Leiche, sondern auch der von Frau Vähä-Ruottila. Dasselbe betraf die Familienbeziehungen, Sevander war nur auf solchen speziellen Reisen ein freier Mann, seine Frau und die erwachsenen, moralisierenden Kinder, es waren drei an der Zahl und jedes, verflucht noch mal, gläubig, würden ein furchtbares Theater machen, wenn sie erfuhren, daß der treue Ehemann und liebevolle Vater in einem mysteriösen Todesfall verwickelt war und zuvor hemmungslos Unzucht betrieben hatte.

Als junger Forstpraktikant hatte Sevander auf dem Kemifluß beim Flößen gearbeitet, dort hatte er gelernt, unerschrocken zu handeln und auch die schwierigsten Probleme zu lösen. Wenn das Triftholz steht, muß es in Bewegung gesprengt werden, sonst schwemmt der Fluß die Stämme ans Ufer. Zu einer solchen Katastrophe läßt es der beherzte Flößer nie kommen.

Sevander erkundigte sich bei der Krankenschwester Vähä-Ruottila, ob der Mann tatsächlich tot sei, eindeutig und unwiderruflich? Sie untersuchte Jari Fagerströms Leiche gründlicher und versicherte bald, es bestehe keine Hoffnung mehr, nicht einmal künstliche Beatmung brauche man zu versuchen. Der Mann sei mausetot. Erst bei einer Obduktion werde sich natürlich herausstellen, was die Todesursache gewesen sei.

»Die Schnippelei kann man sich in diesem speziellen Fall sparen«, sagte Sevander entschlossen, hob die Leiche hoch und ließ sie über die Reling in die Tiefe gleiten. Jari Fagerströms sündige irdische Hülle sauste in der dämmrigen Nacht an der Schiffswand hinunter Richtung Meer. Im Kielwasser des Fahrzeugs bildete sich weiße Gischt, als die Leiche auf dem Wasser aufschlug, ein gedämpftes Klatschen war an Deck zu hören. Irgendwo hoch oben am Himmel flog eine Heringsmöwe und klagte.

Forstmeister Sevander und Anneli Vähä-Ruottila blickten auf die Wellen hinter dem Schiff, die beiden lehnten wortlos an der Reling. Dann verließen sie das Deck, Sevander stützte seine Begleiterin, deren Schritt ein wenig taumelig war.

Linnea Ravaska war der einzige Mensch, der das düstere Ereignis beobachtet hatte. Als alles vorbei war, kam sie hinter dem Rettungsboot hervor, blickte ebenfalls hinaus auf das schäumende Meer und kehrte dann in ihre Kabine zurück. Geräuschlos zog sie sich aus und kroch zwischen die Laken. Sie war so erschüttert über das, was oben an Deck geschehen war, daß sie überhaupt nicht klar denken konnte. In gewisser Weise war sie dennoch erleichtert.

Die unberechenbaren Meeresströmungen führten später im Herbst Jari Fagerströms vergifteten Körper ins Ålandsmeer, wo er in Gewässer südlich vor Eckerö trieb und in einer Untiefe auf den Grund sank. Ein grimmiger Riesenaal, der zu jener Zeit gerade vom

Laichausflug aus der Sargassosee nach Finnland zurückkehrte, stieß auf die im passenden Fäulniszustand befindliche Leiche, tat sich erfreut daran gütlich, nahm enorm an Gewicht zu und holte sich bei der Gelegenheit auch die gefährliche HIV-Infektion. Der Aal verendete jedoch nicht an dieser furchtbaren Krankheit und Geißel der Menschheit. Dick und sorglos schwamm der rundmäulige Schlemmer in die Reuse des dreiundneunzigjährigen Fischers Albin Vasberg.

»Donnerwetter, was 'n dicker Aal«, freute sich Albin, als er den mit Aids befallenen Meereswurm aus seiner Reuse zog. Obwohl das Tier Widerstand leistete, entging es nicht seinem Schicksal: Vasberg nagelte es mit dem Schwanz an die Wand seines Bootsschuppens, versetzte ihm einen Schlag mit der Keule, häutete es, zerschnitt es und gab die Stücke in eine Kasserolle. Dann kochte und räucherte er den Aal und verzehrte ihn portionsweise mit Brot und zerlassener Butter.

Die Viren, die sich die türkische Prostituierte eingehandelt hatte, waren auf ihrer wechselvollen Reise von der Stockholmer Nacht bis hin zu diesem Moment lebensfähig geblieben, doch als sie mit Albins Magensäure in Berührung kamen, starben sie samt und sonders, ohne irgendeine Spur zu hinterlassen.

21

Als Linnea von ihrem Stockholmer Ausflug zurückgekehrt war, bemerkte Jaakko Kivistö sofort, daß mit seiner alten Freundin etwas nicht stimmte. Linnea war angespannt, verschlossen, mochte kaum etwas von ihrer Reise erzählen. Sie schien vor irgend etwas furchtbare Angst zu haben, wollte aber nicht darüber sprechen.

Wäre Linnea eine Frau in den mittleren Jahren gewesen, hätte Jaakko die Niedergeschlagenheit und die Unruhe verstehen können; das Wegbleiben der Monatsregel mit allen dazugehörigen Veränderungen bringt das Leben einer Frau in diesem Alter ziemlich durcheinander. Aber Linnea hatte jene Beschwerden der Wechseljahre bereits vor Jahren hinter sich gelassen. Trotzdem waren die Symptome bei ihr besorgniserregend.

Als sich die Stimmung der alten Dame nicht besserte, beschloß Jaakko, sie geradeheraus zu fragen. Er forderte sie auf, über ihre Sorgen zu sprechen. Was war auf dem Schiff passiert, was bekümmerte sie? Jaakko schwor, für ihre Probleme Verständnis aufzubringen, und falls erforderlich, könne sie sich auf sein Schweigen verlassen.

Linnea blieb nichts anderes übrig, als sich ihm anzuvertrauen. Die Geschichte war tatsächlich haarsträubend. Linnea begann mit Pertti Lahtelas Eindringen in Kivistös Wohnung, dann erzählte sie von seinem Tod und seinem Begräbnis und berichtete auch vom zweiten Todesfall, den es auf der Rückreise von Stockholm gegeben hatte. Es war eine Geschichte, die dem Zuhörer Schwindel verursachte. Die gute, alte Linnea hatte zwei-

mal hintereinander Todesangst ausstehen müssen, war aber glücklicherweise beide Male in der schrecklichen Situation mit dem Leben davongekommen.
Jaakko Kivistö verschrieb ihr Beruhigungstabletten. Die beiden Alten beschlossen, von nun an zusammenzuhalten, komme was wolle. Jaakko schwor, selbst unter Todesgefahr für Linnea einzutreten. Einvernehmlich vereinbarten sie, diese beiden Todesfälle geheimzuhalten, sie auf keinen Fall den Behörden zu melden.
Der Tod zweier junger Männer war eine Tatsache. Sachlich betrachtet war es ebenfalls unumstößlich, daß beide durch Linneas Giftgemisch umgekommen waren. Jaakko Kivistö hielt es für das Klügste, das Gebräu seiner Freundin zu konfiszieren und im eigenen Medikamentenschrank zu verschließen. Bei passender Gelegenheit mußte es zum Sondermüll geschafft werden. Auch über Rainers Militärpistole wurde gesprochen, Jaakko bat, Linnea möge diese nicht länger bei sich tragen. Die Parabellum wechselte in Jaakkos Besitz über.
Zwei blutdürstige Feinde waren ums Leben gekommen, doch noch war der letzte des Trios übrig, Linneas infamer Pflegesohn Kauko Nyyssönen. Die alten Leute wußten, daß er jetzt eine weit ernstere Gefahr für Linneas Leben darstellte als je zuvor.
Jaakko Kivistö beschloß bei sich, etwas in der Sache zu unternehmen. Er war immerhin als Mann geboren; er betrachtete es als seine Pflicht, eine zarte, alte Frau, deren Leben in Gefahr war, zu beschützen.
Das letzte noch lebende Mitglied des Trios, Kauko Nyyssönen, erschien im Hafen, um Jari Fagerström nach seiner Rückkehr vom Schwedendampfer abzuho-

len. Er spürte eine angenehm kribbelnde Spannung: Es würde herrlich sein, vom Kumpel zu hören, daß Linnea unterwegs ertrunken sei, er würde sich all die aufregenden Einzelheiten der Reise erzählen lassen; aber noch besser würde es sein, ein wenig Rauschgift zu nehmen, um sich den harten Alltag zu versüßen.

Aber Fagerström ließ sich nicht blicken. Wo trieb er sich herum? Man hätte denken sollen, er würde vor Freude als einer der ersten an Land springen, sowie das Schiff festgemacht hatte.

Nyyssönens Erschütterung war groß, als er statt seines Freundes Linnea Ravaska vom Schiff kommen sah. Was bedeutete das? Fagerström war es nicht gelungen, sie zu töten, die alte Frau trippelte zum Taxistand, genauso lebendig wie vorher, mit einem womöglich noch entschlosseneren Gesichtsausdruck als früher. Nyyssönen seufzte schwer. Herrgott, war die Alte zäh! Und wo in aller Welt blieb Jari?

Kauko Nyyssönen wartete länger als eine Stunde, bis das Schiff leer war. Von Jari keine Spur. Sumpfte er noch in Stockholm herum? Gedankenschwer verließ Nyyssönen den Passagierhafen. Er kaufte die Nachmittagszeitung und las sie aufmerksam durch. Zumindest stand darin keine Nachricht von Jaris Tod. Irgendwie hatte Kauko das Gefühl, daß diese Möglichkeit durchaus bestand. Linnea wurde langsam lebensgefährlich.

Jaris Schicksal enthüllte sich Kauko Nyyssönen ein paar Tage später, als der Lizentiat der Medizin, Jaakko Kivistö, seinem Kellerversteck einen sonderbaren Besuch abstattete. Kivistö hatte die Adresse von Linnea erhalten und beschlossen, sich persönlich um die Ange-

legenheit zu kümmern. Er hatte Rainer Ravaskas Militärpistole mitgenommen und drang nun, den Kaltschnäuzigen mimend, in Nyyssönens Höhle ein.
Nyyssönen war erstaunt über das Auftreten des alten Mannes. Kivistö benahm sich komisch amateurhaft, er drohte mit der Waffe, mit der er vermutlich nicht mal umgehen konnte, und forderte Nyyssönen auf, Linnea in Ruhe zu lassen, sonst würde er Berufskiller auf ihn ansetzen. Er gab sich wie ein Mafiaboß, runzelte finster die Brauen und lächelte kühl-ironisch, genau wie er es im Film gesehen hatte. Aber er war ein schlechter Schauspieler, seine Drohungen machten auf den verstockten Gegner nicht den gewünschten Eindruck. Bei der Gelegenheit verriet er auch, wie Lahtela und Fagerström ums Leben gekommen waren. Kauko Nyyssönens finsterste Zweifel bestätigten sich. Linnea hatte seine beiden besten Kumpel umgebracht. Und jetzt wollte ihm dieser alte Uhu drohen, der sich einbildete, seine blöden, aus Krimis abgeguckten Gesten würden einen Profi erschrecken. Herrgott, konnte der Opa nicht endlich aufhören? Kauko Nyyssönen setzte eine erschrockene Miene auf und schwor Kivistö, für den Rest seines Lebens ins Ausland zu gehen, wenn der Doktor ihm nur die Chance gäbe. Das befriedigte Kivistö. Mit drohenden Blicken auf sein Opfer verließ er den Keller. Auf der Straße seufzte er tief vor Erleichterung und beglückwünschte sich zu der gelungenen Offensive. Er war nun sicher, daß Kauko Nyyssönen nie mehr versuchen würde, sich in Linneas Leben einzumischen.
Jaakko Kivistö war so erfüllt von seinem neuen Gefühl der Macht, daß er ins »Marski« ging, um sich ein paar

Gläschen zu genehmigen. Ein ruhiger Mann gerät selten in Erregung, aber wenn, dann liegt große Kraft darin. Kivistös Hand war stark und männlich fest, als sie sich um das bauchige Kognakglas schloß. Er fand, er hätte sich schon früher in die Handlungen der kriminellen Burschen einmischen sollen. Vielleicht hätte man dann zwei unglückliche menschliche Wracks vor dem Tod retten und sie irgendwelchen sozialen Einrichtungen übergeben können? Das war nicht geschehen, die arme Linnea hatte sich allein um alles kümmern müssen. Doch jetzt war die Zeit der Veränderungen gekommen. Bei Auseinandersetzungen mit der Unterwelt bedurfte es eines starken Mannes, wie sich vorhin gezeigt hatte.

Zufrieden kehrte der Lizentiat der Medizin nach Hause zu Linnea zurück, natürlich ohne ihr etwas von seiner Begegnung mit Nyyssönen zu verraten. Die alte Dame hatte wegen ihres Pflegesohns genug leiden müssen, von nun an würde er, Kivistö, für ihre Sicherheit sorgen. Mit eigenen Händen, im Vertrauen auf die eigene Kraft und den eigenen Verstand.

Nach Jaakko Kivistös Auftritt überlegte Kauko Nyyssönen: Die alten Zausel hatten den Verstand verloren, alle beide. Er fand, Linnea war eine echte Gefahr, und beschloß, sie aus dem Weg zu räumen, bevor sie sich für ihn etwas ausdachte. Jetzt war keine Zeit zu verlieren, Linnea mußte schleunigst abgemurkst werden. Danach könnte er sich vielleicht auch den Opa vornehmen, das ginge ja gefahrlos und ohne viel Mühe. Der kindische Alte hatte selber am meisten Angst gehabt, auch wenn er versucht hatte, den Hartgesottenen zu spielen. Nyyssönen wunderte sich: Wie konnte ein Quacksalber, der immer ein gesichertes Leben geführt hatte, so naiv sein, einem Profi Angst einjagen zu wollen? Hatte er die Prügel vergessen, die er bezogen hatte?

Wie dem auch sei, jetzt war keine Zeit, an einen bekloppten Opa zu denken, sondern es mußten Pläne für Linnea geschmiedet werden. Nachdem Nyyssönen mehrere verlockende Mordmethoden in Erwägung gezogen hatte, beschloß er, seine Pflegemutter zu ertränken. Zu diesem Zweck mußte er ein anständiges Boot klauen und an einem geeigneten, nebligen Tag aufs offene Meer hinausfahren, an Bord einen Kasten Bier, eine Axt, einen Sack mit Steinen und die Alte.

22

Der Eisenflechter Oiva Särjessalo, 44, hatte sich mit seiner Familie verkracht. Seine Frau hatte ihn wiederholt in verständnislosem und grollendem Ton wegen seiner Sauferei getadelt. Die Kinder im Pubertätsalter hatten sich auf den Standpunkt der Mutter gestellt. Hatte die Familie jedoch ernsthaft Grund zur Klage? Oiva Särjessalo hatte in Pakila ein ziemlich ansehnliches Eigenheim gebaut, er hatte ein Boot und ein Auto angeschafft und sein undankbares Weib und die anspruchsvollen Bälger gekleidet. Wenn so ein Mann ab und zu, oder sei es auch ziemlich oft, die Hand zum Schnapsglas ausstreckt, so sollte das wirklich, verdammt nochmal, kein Grund zu ständigem Streit sein.

Der Wortwechsel war zu einem heftigen Streit ausgeartet mit dem Ergebnis, daß Oiva Särjessalo auf seine Frau losgegangen war und sie grün und blau geschlagen hatte. Die Kinder waren auf die Straße geflüchtet, und bald hinterher auch die hysterisch schluchzende Ehefrau. Weshalb hatte das wieder passieren müssen?
Oiva Särjessalo war betrunken in sein Auto gesprungen und wütend in den Bootshafen von Kaivopuisto gefahren, wo sein schönes Familienboot mit zwei Kajüten, die in Inkoo aus Kiefernholz hergestellte, klinkergebaute, zehn Meter lange »Trost III«, friedlich und einladend schaukelte.
Die Augen blutunterlaufen entkorkte Särjessalo seine letzte Wodkaflasche und ließ sie in der Kajüte in sich hineingluckern. Gegen Abend kroch er in die äußerste Ecke der vorderen Kajüte, in die Nähe des Kettenkastens, und schlief wie so oft dort ein. Sein rechter Fuß rutschte in das ölige Bilgenwasser, der Daumen der linken Hand wanderte in den Mund wie ein Nuckel, von Zeit zu Zeit verzogen sich die Lippen des Schlafenden, und durch die Kajüte klangen gemütlich schmatzende Lutschgeräusche.
In der Nacht kam Kauko Nyyssönen in den Bootshafen geschlichen, um sich ein passendes Fahrzeug für sein Vorhaben auszusuchen. Er besah sich die Bootsreihen von Anfang bis Ende und entschloß sich schließlich für ein großes Holzboot, zufällig handelte es sich gerade um Oiva Särjessalos »Trost III«. Vor zwei Jahren war er im Sommer mit einem Boot desselben Typs in den Schären vor Helsinki herumgefahren, Pera Lahtela hatte es damals mit eigenen Händen gestohlen; Kauko hatte das

Boot lenken und den Diesel beherrschen dürfen, und er glaubte, auch dieses hier werde ohne große Schwierigkeiten seinem neuen Kapitän gehorchen.
Nyyssönen bemerkte, daß die Kajütentür nicht abgeschlossen war. Er probierte, den Motor zu starten. Die Leitungen unter dem Armaturenbrett ließen sich leicht so verbinden, daß der Motor ansprang. Ein Blick auf den Treibstoffanzeiger, der Tank schien fast voll zu sein. Das Ruder war nicht blockiert. Kake schnitt die Seile durch und legte den Rückwärtsgang ein.
Gehorsam entfernte sich das große Boot vom Steg und drehte stolz in freie Gewässer ab. Nyyssönen stellte den Hebel auf Marschfahrt und gab Gas. Das Meer war fast ruhig, bald tuckerte die »Trost III« schon nördlich vor Pihlajasaari. Kauko öffnete das Oberlicht der Kabine und steckte den Kopf hinaus. Ein angenehmer Hauch von Meereswind strich ihm über das Gesicht.
Kauko Nyyssönen besaß einen klaren Plan. In dieser Nacht würde er sich mit dem Boot vertraut machen, irgendwo in den stilleren Gewässern vor Espoo probefahren. Am Morgen wollte er ans Ufer zurückkehren, er hatte einen geeigneten freien Ankerplatz im Bootshafen Taivallahti in Töölö entdeckt. Außerdem hatte er heimlich Linnea bei ihren Ausgängen beobachtet und festgestellt, daß die alte Frau morgens einen Spaziergang zu machen pflegte, der im allgemeinen zu eben jenem Bootssteg führte. Dort fütterte sie die Enten und plapperte mit der gekünstelt liebevollen Stimme alter Frauen, und zwar so laut, daß es bis in den Park zu hören war, sie wolle nie wieder Vögel töten, keine Tauben und auf keinen Fall Enten. Das glaubte Kake ihr, denn sie

tötete Menschen, nicht mal der eigene Pflegesohn war vor dem Ungeheuer sicher. Wie dem auch sei, wenn alles gutginge, könnte er sie schon am nächsten Morgen kidnappen und ins Boot verfrachten.
Eine gute halbe Stunde später befand sich die von Nyyssönen unbekümmert navigierte »Trost III« bereits vor Espoo. Um diese Zeit herrschte wenig Verkehr auf dem Wasser, nur vereinzelt waren Boote unterwegs. Wenn Kake an diesen nächtlichen Seglern vorbeikam, bemerkte er, daß sie kameradschaftlich die Hand zum Gruß erhoben. Bald antwortete er auf die Grüße. Es war richtig rührend zu denken, daß auch er Freunde hatte, tüchtige Kameraden hier draußen auf hoher See.
In der Fahrrinne nördlich der Insel Iso Lehtisaari draußen vor Bodö entdeckte Kake, daß ihm aus Richtung Porkkala ein Patrouillenboot des Küstenschutzes entgegenkam, die orangefarbenen Zeichen am Bug waren schon auf einen Kilometer Entfernung zu erkennen. Er bekam einen Schreck, was hatte das Patrouillenboot mitten in der Nacht in der Binnenfahrrinne zu suchen? Hatte vielleicht doch jemand den Diebstahl entdeckt und die Bullen alarmiert, damit sie das Boot mitsamt dem Dieb in Empfang nahmen? Kake traf eine schnelle Entscheidung und drehte das Ruder, so daß das Boot an der Insel vorbei aufs offene Meer fuhr. Er hoffte, mit Vollgas die äußersten Klippen zu erreichen, bevor der Küstenschutz ihn überhaupt entdeckte. Aber das tiefgehende, schwere Holzboot war einfach zu langsam für solche Fluchtversuche. Die Küstenschutzleute wurden auf das Boot aufmerksam, das plötzlich die Fahrrinne verließ, und wollten der Sache nachgehen.

Das Patrouillenboot gab volle Fahrt voraus und näherte sich dem vom Kurs abgewichenen Holzboot.
Kauko Nyyssönen versuchte in seiner Not, zwischen Tvihjälp und Älskäri hindurchzuschlüpfen und sich dahinter im Dunkeln bei den kleinen Klippen in Sicherheit zu bringen, aber das große Boot lief sofort auf Grund, die Schraube zerbrach, der Motor heulte in überhöhter Tourenzahl auf. Nyyssönen blieb nichts anderes übrig, als die Maschine zu stoppen und das Boot zu verlassen. Er sprang ins Meer und schwamm zur nächsten Klippe. Zum Glück war es ziemlich dunkel, so daß er sich gute Hoffnungen machen konnte, unentdeckt zu bleiben. Nachdem er fünfzig Meter geschwommen war, zog er sich erschöpft auf den glitschigen Vorsprung und kroch zwischen die Felsen. Ruhig schlugen die Wellen ans Ufer, es roch nach Tang. Das Patrouillenboot rauschte an die »Trost III« heran, durch den Lautsprecher verstärkte Kommandos klangen herüber. Nyyssönen lief es kalt über den Rücken, die Beamten veranstalteten bei solchen Anlässen gern großen Lärm. Aber auf seiner steinigen Klippe fanden sie ihn nicht. Nach einiger Zeit fuhr das Patrouillenboot ab, es hatte das havarierte Holzboot in Schlepptau genommen. Kauko Nyyssönen seufzte vor Erleichterung, zumindest diesmal war er der Sieger über die Beamten geblieben.
Er fühlte sich richtig erhaben. Er, Kauko Nyyssönen, hatte die Profis im Zweikampf besiegt, obwohl er erst zum zweiten Mal in seinem Leben auf dem Meer war. Wie weit hätte er es wohl gebracht, hätte er sein Leben der Marine gewidmet! In diesem Polizeistaat ging so viel

versteckte Begabung verloren, bloß wegen der hoffnungslosen Umstände. Intelligente Personen wurden an den Rand der Gesellschaft gedrängt, und nur deshalb, weil sie sich nicht von den Fesseln kleinlicher Gesetze und Regeln knebeln lassen wollten.
Der Triumph war von kurzer Dauer. Völlig durchnäßt und frierend mußte Kauko Nyyssönen auf der kühlen Klippe fast den ganzen nächsten Tag ausharren. Die Ausflügler in den vorbeifahrenden Booten sahen entweder seine Winkzeichen nicht, oder sie kümmerten sich nicht darum. Manche Bootsbesatzungen verstanden die Zeichen falsch und antworteten fröhlich, indem sie noch heftiger zurückwinkten. Erst am Nachmittag wurde der deprimierte Held der Meere vom Wasserbus »Espoo I« aufgenommen. Das große Boot hatte Schwierigkeiten, ans Ufer der flachen Klippe heranzukommen, und Kake mußte bis an den Hals ins Wasser waten, ehe man ihm an Bord helfen konnte.
Die Rückfahrt war ziemlich verwirrend, Nyyssönen bemerkte, daß er in eine Schar sportlicher, schwedischsprachiger Mädchen geraten war. Sie waren Schülerinnen des obersten Mädchenkurses am Skigymnasium von Jällivaara, hatten einen Klassenausflug in die Heimatstadt der nordischen Skikönigin Marjo Matikainen gemacht und waren jetzt als fröhliche Gesellschaft an Kauko Nyyssönens Klippe vorbeigekommen, begleitet von ihrem Idol Marjo Matikainen.
Nyyssönen erzählte der ausgelassenen Mädchenschar von seinen angeblichen Abenteuern: wie er mehrere Kilometer auf dem offenen Meer schwimmen mußte, nachdem sein Boot gesunken und er den Naturgewal-

ten ausgeliefert gewesen sei. Er habe außer seinem Boot auch die Netze und einen beachtlichen, wertvollen Lachsfang eingebüßt.

Der Bootsführer des Wasserbusses schlug vor, über Funk den Küstenschutz oder die Seerettungsgesellschaft von dem Unfall zu verständigen, aber Kauko Nyyssönen erklärte tapfer, das sei nicht nötig. Ein Mann der Meere stecke die Folgen seiner Havarien alleine weg, wegen solcher Kleinigkeiten brauche man nicht die vielbeschäftigten Behörden zu bemühen. Sie hätten Wichtigeres zu tun, meinte er bescheiden.

Die Schülerinnen des schwedischen Skigymnasiums waren von dem schlichten Finnen sehr beeindruckt und erzählten nach der Heimkehr in Jällivaara ihren Eltern und besonders ihren Freunden, was für ein aufopferungsvolles, nervenstarkes und bescheidenes Volk doch in Finnland wohne.

Während der Fahrt wurde Nyyssönen mit warmen Kleidungsstücken der Ausflügler versorgt. Nachdem er den Wasserbus am Kai von Nokkala in Natinkylä, Espoo, verlassen hatte und die nächste Kneipe ansteuerte, bemerkte er zu seiner Freude, daß er eine Sportjacke von Marjo Matikainen trug. Sie war mit den Namen zahlreicher Sponsorfirmen beschriftet. In der lokalen Gaststätte *Flachmann* war es für Nyyssönen ein leichtes, dieses einmalige Kleidungsstück der Skikönigin für tausend Finnmark zu verkaufen. Somit brachte der Seeausflug doch noch ein gewisses Ergebnis. Die lokale Bierkundschaft zeigte die gebührende Ehrfurcht vor Nyyssönen, der bescheiden erklärte, er sei Marjo Matikainens derzeitiger Freund und Trainer, wenn auch ausnahmsweise gerade auf einer kleinen Sauftour. Aber Marjos Trainingsprogramm für die kommende Wettkampfsaison habe er rechtzeitig und nach absolut strengen Regeln aufgestellt. Ein bißchen Suff werde auf keinen Fall Finnlands Ruf als Skination gefährden.

Für den Besitzer der »Trost III«, Oiva Särjessalo, war die Havarie eine gewaltige Überraschung. Er konnte sich an nichts erinnern. Das war nicht ungewöhnlich nach starkem Trinken, doch bis jetzt hatte er im Suff nicht viel angestellt – wenn man von Familienstreit und Ähnlichem absah. Diesmal jedoch kam er in seiner Vorderkajüte durch ein gewaltiges Krachen zu sich, und nach einer Weile rüttelten ihn die Männer vom Küstenschutz endgültig wach. Särjessalo wurde an Deck kommandiert. Es war Nacht, man war weit entfernt vom Heimathafen. Der Alcotester zeigte 2,8 Promille. Oiva Särjessalo versicherte, er pflege nie in betrunkenem Zustand hinauszufahren, es sei unglaublich, daß man ihm dergleichen unterstelle. Wenn er sich nur deutlicher an den gestrigen Tag erinnern könnte! Er entwickelte die Theorie, irgendein niederträchtiger Mensch habe sein Boot vom Steg losgemacht, und es sei von Kaivopuisto hierher getrieben, wo befand man sich gleich?

Nachdem er gehört hatte, daß er in der ruhigen Nacht von Kaivopuisto über eine mit vielen Inseln und Klippen durchsetzte Strecke bis hinaus zu den Schären vor Espoo »getrieben« war, gab Särjessalo es auf. Er beschloß, abstinent zu werden, falls das noch etwas half. Konnte man die Sache nicht gütlich beilegen?

Es verhält sich jedoch so, daß Beamte die erbärmlichen Vorschläge betrunkener Delinquenten gar nicht erst zur

Kenntnis nehmen. Der Eisenflechter Oiva Särjessalo wurde mitsamt seinem Boot ans Ufer geschleppt, der Polizei übergeben und hinter Schloß und Riegel gesetzt. Zu gegebener Zeit mußte er sich wegen schwerer Trunkenheit am Ruder und Gefährdung des Seeverkehrs vor Gericht verantworten, er bekam drei Monate Gefängnis auf Bewährung und eine saftige Geldstrafe. Ähnlich wäre auch das Urteil ausgefallen, hätte er sich wegen der Mißhandlung seiner Frau verantworten müssen. Die zerbrochene, wertvolle Bootsschraube erhöhte die Kosten noch erheblich. Der Böse bekommt seinen verdienten Lohn, wenn auch manchmal über Mittelsmänner. In diesem Falle hatte der schippernde Kauko Nyyssönen Frau Särjessalo bei der Durchsetzung ihres Rechts unterstützt. Das war denn auch das erste und einzige Mal in seinem Leben, daß er im Dienste der Göttin der Gerechtigkeit gewirkt hatte.

23

Nachdem sich Kauko Nyyssönen von seinem Schiffbruch und den anschließenden Kneipenbesuchen samt ausufernder Beschreibung seiner Abenteuer erholt hatte, stahl er als nächstes ein offenes Boot aus Aluminium, das nur fünfeinhalb Meter lang war. Das Boot lag in Vuosaari, und es war leicht vom Steg zu lösen: einfach mit einem Stein die dünne, rostige Kette zertrümmert, und schon hatte der Besitzer gewechselt. Das

Boot hatte einen Außenbordmotor mit vierzig PS und war mit dieser Maschinenleistung ungeheuer schnell, es machte mindestens dreißig Knoten bei einer Last von zwei Personen. Nyyssönen glaubte, mit diesem Flitzer die Küstenwacht abschütteln zu können, falls er noch einmal in die Situation käme.
Nyyssönen beobachtete zwei Tage hintereinander Linneas morgendliche Ausgänge in Töölö. Wie zuvor machte die alte Frau einen Spaziergang durch den Hesperia-Park und dehnte ihre Schritte bis zum Bootshafen von Taivallahti aus, wo zu jener Zeit eine beachtliche Population Enten herumschwamm.
Leider hielten sich am selben Ufer oft auch kleine Gruppen von Stadtstreichern auf, ihre Anwesenheit ärgerte Nyyssönen. Bei einem Menschenraub konnte er keine fremden Beobachter gebrauchen.
Nyyssönen fuhr das Boot von seinem alten Liegeplatz um die Altstadt herum nach Taivallahti. Die Maschine arbeitete gut, das Fahrzeug war überaus angenehm und für jeden erdenklichen Zweck geeignet. Es war ausgerüstet mit zwei Schwimmwesten, Rudern und einem Steuerrad. Eigentlich hätte eine Schwimmweste genügt, für Linnea nämlich besorgte Nyyssönen einen stabilen Manilasack, den er mit Ufersteinen füllte und dann fest zuschnürte. Der Steinsack war schwer, Nyyssönen schätzte, er werde gut ausreichen, um ein leichtes altes Mütterchen wie Linnea in die Tiefe zu ziehen.
Bei diesen Vorbereitungen fiel ihm ein, daß irgendein Kumpel mal erzählt hatte, wenn man einen Menschen wirklich professionell ertränken wolle, müsse man den Sack unter den Achseln des Opfers zubinden und nicht

an den Füßen, auf diese Weise versinke der Körper mit den Füßen und nicht mit dem Oberkörper voran im Meer und verharre auf dem Grund in stehender Haltung, weil in der Lunge immer ein bißchen Luft bleibe. Diese Haltung verhindere angeblich, daß die Leiche an der Oberfläche auftauche, wenn der Fäulnisprozeß einsetze. Komische Sache.

Anschließend besuchte er Raija Lasanen, um sich die Axt zu holen, doch sie erzählte, die Polizei habe das Werkzeug seinerzeit beschlagnahmt und mitgenommen. Sie übergab ihm die Quittung. Nyyssönen warf die Quittung weg, er würde ganz sicher nicht hingehen und von der Polizei eine Mordwaffe zurückfordern. Und außerdem erschien ihm der Gedanke, eine Axt zu benutzen, allzu schaurig, eine schwache Greisin ließe sich auch mit dem Ruder betäuben, und das Meer würde den Rest besorgen.

Als diese Vorbereitungen getroffen waren, bezog Kauko Nyyssönen mit seinem Boot im Hafen von Taivallahti Posten, um auf Linnea zu lauern. Es war ein nebliger Morgen, für das Vorhaben an sich ausgezeichnetes Wetter, aber ob Linnea bei der feuchten Luft ihren Morgenspaziergang machen würde? Außerdem hockten am Ufer, unmittelbar am Steg, wieder zwei Penner.

Nyyssönen stieg aus dem Boot und ging zu ihnen hin.

»Macht, daß ihr hier wegkommt, dies ist ein Privatstrand.«

Die beiden hatten keine Lust, sich zu entfernen. Sie schlürften Sauermilch und pellten Wurst ab. Als Nyyssönen seine Aufforderung etwas energischer wiederholte, wurden die Männer ein bißchen böse und erklärten, auch sie hätten schließlich das Recht, sich irgendwo aufzuhalten. Überall jage man sie weg, woanders hin, und von dort wieder weiter.

Nyyssönen ließ sich auf keine weitere Diskussion ein, sondern wurde handgreiflich. Er stieß einen der beiden Männer um, dem anderen trat er die Sauermilchpackung aus der Hand, so daß der Inhalt in den Sand floß, dann riß er beide an den Haaren. Laut schimpfend rappelten sie sich hoch und flüchteten halb hinkend und halb laufend vom Strand. Nyyssönen begleitete sie ein Stück und drohte, er werde ihnen die Knochen brechen, wenn sie sich noch einmal hier blicken ließen.

Passenderweise erschien bald danach Linnea im Bootshafen, in der Hand ihren Muff, in dem sie eine Tüte mit Brotkrumen bereithielt. Nyyssönen beeilte sich, sein Boot im Schatten des Stegs zu erreichen, dann wartete er.

Linnea genoß die Einsamkeit und die frische Meeresluft und betrat den Steg. Die Enten kamen herangeschwommen, auf die Höhe von Nyyssönens Boot, sie schnatterten aufgeregt, als sich die alte Frau näherte.

»Tschip, tschip, tschip«, lockte Linnea, die inzwischen die Spitze des Stegs erreicht hatte. Sie hatte Kauko Nyyssönen auf der anderen Seite nicht bemerkt, ihre ganze Aufmerksamkeit galt den im Meer platschenden Enten. Sie warf Brotkrumen in die Schar, die Tiere stritten sich laut quakend um das Futter.

Nyyssönen erhob sich langsam, sprang elastisch auf den Steg, schlich lautlos von hinten an Linnea heran und schlang blitzschnell die Arme um sie. Er setzte die zappelnde alte Frau ins Boot, sprang hinterher, stieß das Boot vom Steg ab und wandte sich dann seiner Pflegemutter zu. Der Kidnapper gab sich scherzhaft, als handelte es sich nur um einen Jungenstreich.

»Fang bloß nicht an zu schreien! Wir fahren ein bißchen aufs Meer raus, ich hab mir dieses Boot gekauft.«

Dabei startete Kake den Motor, das Boot ruckte heftig und sauste dann pfeilschnell aufs offene Wasser hinaus.

»Halt dich fest, Linnea, jetzt geht es los!« rief Kauko Nyyssönen durch das Geheul des Motors.

Linnea blieb nichts anderes übrig, als zu gehorchen. Es war furchtbar, schon zum dritten Mal in diesem Sommer wurde sie gewaltsam verschleppt! Sie hielt sich mit den Händen am Bootsrand fest, der Muff fiel herunter, die Brotkrumen flogen im Fahrtwind aufs Meer wie Flocken im Schneegestöber. Bald donnerte das Boot unter der Brücke von Lauttasaari hindurch, man kam an Melkki vorbei, und schon befand man sich auf dem offenen Meer. Kauko Nyyssönen drosselte den Motor, er lachte häßlich gekünstelt.

»Es sollte eine Überraschung sein«, erklärte er sein Verhalten. »Ist es nicht schön, mal aufs Meer rauszufahren und sich ein bißchen zu entspannen? Einfach ex tempore!«

Linnea fand die Stimmung nicht sehr entspannend. Zu ihren Füßen lag ein großer Sack, sie berührte ihn mit dem Schuh, waren darin Steine? Dies war keineswegs eine Vergnügungsfahrt, so etwas spürt eine Frau.

Auf dem Meer war es neblig, nicht einmal die nächsten Klippen waren deutlich zu erkennen. Kake fuhr ohne Rücksicht auf den Nebel zielstrebig nach Süden, immer weiter weg von der Küste. Die Maschine lief mit halber Kraft, das Boot hinterließ eine schwache Kielwelle im

Wasser. Linnea fragte sich wieder, ob dies wohl ihre letzte Reise sei. Die merkwürdig angespannte Miene und die Stimme des Pflegesohns verrieten, daß er etwas im Schilde führte.

»Kauko, bitte, laß uns umkehren, du verirrst dich in diesem Nebel!«

Nyyssönen stoppte den Motor und blickte sich um, der Nebel begann auch ihn zu beunruhigen. Er holte unter der Ducht zwei Büchsen Bier hervor, öffnete eine davon und gab der anderen einen Tritt, so daß sie Linnea vor die Füße rollte.

»Danke, Kauko, aber ich trinke nicht. Du solltest es auch nicht tun, auf dem Meer ist Alkohol nicht erlaubt.«

Nyyssönen trank die Büchse aus, rülpste, blickte dann mit Widerwillen auf die alte Frau im Bug des Bootes und sagte mit rauher Stimme:

»Du solltest trinken, solange man dir etwas gibt.«

Linnea spürte plötzlich Kälte, die Ursache mochte das neblige Wetter sein, aber ebensogut auch die schreckliche Stimmung auf dem einsamen Meer, wo sie einem feindseligen jungen Mann hilflos ausgeliefert war.

Unvermittelt bemerkte Kauko Nyyssönen:

»Ich weiß übrigens zufällig, wie Pera starb und was mit Jari passiert ist.«

Linnea erschrak. Was redete Kauko da? Lahtela war ja schon lange tot, und von Jari wußte er nichts, konnte man jetzt nicht einträchtig ans Ufer zurückkehren, man mußte doch nicht im Nebel auf dem Meer eine Aussprache führen.

»Dein Kerl, dieser Doktor, ist eines Tages bei mir aufgetaucht und hat seine Pistole geschwenkt, ein echter

Held, das muß ich schon sagen. Er hat mir erzählt, du hast Pera und Jari getötet, ich hatte es schon vermutet. Du brauchst gar nicht erst herumzulügen. Pera hast du Gift in den Arsch gespritzt, und Jari liegt als Fischfutter auf dem Grund der Ostsee, so hat der alte Knacker mir stolz berichtet. Eine tolle Pflegemutter, die man da hat!«
Linnea spürte Schwindel. War Jaakko Kivistö von allen guten Geistern verlassen? Warum, in aller Welt, war er hingegangen und hatte Kauko Nyyssönen ihre brennenden Probleme verraten, ausgerechnet Kauko? Linnea konnte die männliche Logik nicht begreifen.
»Aber mein lieber Kauko, du wirst doch solche Geschichten nicht glauben. Jaakko ist schon ein alter Mann und denkt sich alles mögliche aus. Du weißt ja, daß ich niemandem etwas Böses antun kann. Laß uns jetzt lieber zurückfahren, dann setzen wir uns meinetwegen in eine Gaststätte und besprechen die Sache zu Ende.«
Nyyssönen streckte die Hand nach der Bierbüchse aus, die zu Linneas Füßen hin- und herrollte, riß sie auf und trank sie gierig aus, wobei sein Adamsapfel auf und ab wanderte. Dann startete er den Motor und fuhr langsam nach Süden, Linnea vermutete es zumindest. Der Nebel war so dick, daß man nicht mehr als hundert Meter weit sehen konnte, es war nicht mit Sicherheit zu sagen, in welche Richtung sie fuhren.
Nyyssönen schaltete den Motor aus und lauschte. Durch den Dunst hörte man das Nebelhorn tuten. Das Meer war fast ruhig. Nyyssönen fuhr vorsichtig in die bisherige Richtung weiter, immer wieder horchend, damit er anderen Fahrzeugen ausweichen konnte. Linnea

bemerkte, daß der Nebel inzwischen auch ihm angst machte, oder hatte er andere Gründe, sich zu fürchten? Würde er etwa versuchen, seine eigene Pflegemutter zu ertränken? Doch wohl nicht? Der Steinsack unten im Boot, Kaukos drohendes, entschlossenes Benehmen ... Linnea war sich nunmehr hoffnungslos sicher, daß dieser Ausflug nicht gut enden würde.
Plötzlich begann sie, aus vollem Hals zu schreien wie am Spieß, und das traf ja, zumindest im übertragenen Sinne, auf sie zu, wie sie vermutete. Fern aus dem Nebel ertönte zur Antwort eine Sirene, und bald auch Rufe von Männern, einzelne Wörter waren nicht zu verstehen.
Kauko Nyyssönen sprang in wilder Wut zur mittleren Ducht vor und klatschte Linnea seine Hand ins Gesicht. Aus ihrer Nase floß Blut, sie brach auf dem Boden des Bootes zusammen. Nyyssönen verlor das Gleichgewicht, er schwankte bedenklich, schlug dumpf dröhnend mit dem Knie an die Aluminiumbank und griff haltsuchend nach dem Bootsrand. Die Ruderpinne bohrte sich unfreundlich in seine Seite, das Boot war nahe daran umzukippen, schließlich fiel Nyyssönen mit seinem ganzen Gewicht hintenüber. Ein gewaltiges Krachen war zu hören, Nyyssönen fiel über den Steinsack, dann lag er still.
Das Boot stabilisierte sich. Linnea richtete sich auf, um nach Kauko zu sehen. Er lag keuchend am Boden, das Gesicht vor Schmerz verzerrt, und stieß einen Schwall von Flüchen aus.
»Habe ich es nicht gesagt, Kauko? Wären wir nur umgekehrt. Was ist dir passiert?«
Nyyssönen versuchte aufzustehen, aber anscheinend

hatte er sich Knochen gebrochen, er konnte sich vor Schmerzen nicht bewegen.
»Gib mir Bier«, knurrte er aus seiner liegenden Stellung.
Linnea gehorchte brav, suchte eine Büchse, hütete sich aber, ihrem Pflegesohn zu nahe zu kommen. Kauko trank gierig, aber das tat er schließlich immer, ob seine Knochen kaputt waren oder nicht.
»Jetzt kannst du um Hilfe rufen«, beschloß Nyyssönen. »Aber denk daran: Wenn jemand kommt, hältst du die Schnauze, was unsere Angelegenheiten betrifft. Kein Wort von Pera oder Jari oder davon, wie es zwischen uns steht.«
Linnea piepste um Hilfe. Komisch, wie Kaukos Verletzung ihr die Stimme genommen hatte, die Todesangst von vorhin war weg, die Hilferufe waren jetzt dünn, wie man sie eben von einer alten Frau erwartete.
»Schrei lauter, verdammt nochmal! So ein Gepiepse hört kein Mensch. Vorhin konntest du es doch«, schnauzte Kauko wütend.
Linnea begann erneut zu rufen, aber mit kaum besserem Ergebnis, ihre Stimme brach. Jetzt stimmte auch Nyyssönen in den Chor mit ein, doch er bekam kaum mehr als ein Krächzen heraus. Vielleicht waren ihm Rippen gebrochen, denn er verzichtete auf weitere Versuche.
Das Boot trieb im Nebel in irgendeine Richtung, vorangetrieben von einem schwachen Windhauch. Kauko Nyyssönen lag leidend am Boden, sein Kopf lehnte an der Ducht, die Bierbüchse an der Wange. Jedesmal wenn die Büchse leer war, reichte Linnea ihrem Pflegesohn eine neue. Kauko hatte sich wie stets mit einer ungeheuren Menge an Getränken eingedeckt.

»Müßtest du dich jetzt nicht etwas zurückhalten mit dem Bier? Du kriegst sonst Probleme mit der Notdurft, zusätzlich zu all den anderen Problemen hier«, bemerkte Linnea.

Nyyssönen schmollte, er antwortete nicht. Nachdem sie lange schweigend dahingetrieben waren, fragte Linnea:

»Gib zu, Kauko, du wolltest mich vorhin wirklich umbringen!«

Wieder keine Antwort.

Die nächsten zwei Stunden verliefen ähnlich. Dann war es Mittag, der Nebel lichtete sich. Kauko Nyyssönen hob den Kopf. Die Sicht betrug jetzt mehrere Kilometer, irgendwo fern in südlicher Richtung, dort, wo der Sonnenball während des Nebels unbemerkt hingewandert war, ertönte schwaches Motorengebrumm, und beim genauen Hinsehen konnte man einen schwarzen Punkt erkennen. Ein Schiff oder ein großes Motorboot. Nyyssönen befahl Linnea, dem Fahrzeug Winkzeichen zu geben. Sie schwenkte ihren Muff, aber das sah natürlich kein Mensch. Nyyssönen wies sie an, die Schwimmweste am Ruderblatt zu befestigen und diese im weiten Bogen zu schwenken, dann würde man hoffentlich das in Not geratene kleine Boot bemerken. Die alte Dame band weisungsgemäß die Schwimmweste mit den Riemen ans Ruder und stemmte das schwere, nasse Gerät hoch. Mein Gott, wie anstrengend, dachte sie. Woher sollte sie die Kraft nehmen und damit Hilfe herbeiholen? Sie versuchte, das Ruder zu schwenken wie ein Uhrpendel, ihre Hände begannen zu zittern, die orangefarbene Schwimmweste schwang hoch in der Luft von einer Seite zur anderen.

»Oh, ich kann nicht mehr, darf ich mich ausruhen?«
»Halt die Schnauze, du schwenkst jetzt das Ruder, oder ich ertränke dich auf der Stelle«, rief Kauko wütend.
Linnea bot ihre ganze Kraft auf, das schwere Ruder mit der daran befestigten Schwimmweste schwang hoch über dem Wasser hin und her, der Bogen des Pendels wurde immer weiter. Wenn doch endlich jenes ferne Schiff aufmerksam würde!
Schließlich ließen die Kräfte der alten Frau nach, sie bekam das Ruder nicht wieder in die Vertikale, es rutschte ihr aus der Hand und sauste herunter, zu allem Übel auf Kauko Nyyssönens Kopf. Und wie es der Teufel will, schlug das Ruderblatt genau auf seinen Stirnknochen, die Schwimmweste klatschte gegen seine Brust, ein unangenehmes Krachen war zu hören. Sonst nichts.
Linnea zog das Ruder zu sich heran und starrte entsetzt auf ihren Pflegesohn. An seiner Schläfe hatte sich von der Kante des Ruderblatts eine Delle gebildet.
Mit erloschenen Augen suchte Kauko Nyyssönen in der Ferne nach dem rettenden Schiff, konnte es aber nicht mehr sehen. Linnea drückte dem gequälten Menschen die trüben Augen zu.
Der plötzliche Tod des jungen Mannes beschämte Linnea Ravaska nicht, aber er erleichterte sie:
»Gott sei Dank, auch du hast deinen Lohn gekriegt!«
Dennoch, an den Tod gewöhnt man sich nie. Es schauderte Linnea, sie wandte dem Toten den Rücken zu. Sie dachte bei sich, daß in solchen Momenten Mütter, sogar Pflegemütter, den Tod ihres Kindes beweinen. In ihre Augen trat jedoch nicht eine einzige Träne.
Nebel senkte sich langsam über das Meer, die Sonne

versteckte sich hinter einem Dunstschleier, und in der Ferne erklangen wieder die eintönigen Klagen der Nebelsirenen.

24

Die alte Frau und das Meer: Linnea Ravaska trieb auf den einsamen Wellen, allein mit ihrem toten Pflegesohn. Der graue Nebel bildete rings um die traurige Bootsbesatzung einen kleinen Kreis, außerhalb dessen nichts anderes mehr zu existieren schien. Das Boot befand sich unendlich weit draußen auf dem Wasser, nicht einmal mehr die warnenden Klagen der Nebelsirenen waren zu hören.

Nach einigen Stunden versank auch der letzte blasse Sonnenschimmer westwärts am Meer. Dämmerung senkte sich über die alte Frau. Linnea hockte wie ein kleiner Vogel auf der vorderen Ducht, mit trockenen Augen, in zusammenhanglose Gedanken versunken.

Bevor es dunkel wurde, überkam sie ein starker Durst. Während des ganzen Tages hatte sie keinen Bissen zu essen und keinen Tropfen Flüssigkeit zu sich genommen. Hunger verspürte sie nicht, aber wenn sie an klares, kaltes Wasser dachte, wurde der Durst unerträglich. Die reichlichen Bierreserven ihres toten Pflegesohns fielen ihr ein. Sie öffnete eine kühle Büchse und trank den Inhalt gegen ihren Durst. Himmlisch, irgendwie begann Linnea, die Biertrinker zu verstehen. Der knappe halbe Liter Bier hatte eine ziemliche Wirkung auf die zarte Frau. Ihre resignierte Niedergeschlagenheit schwand bald, sie begann, entschlossener über ihre Situation nachzudenken. Sie lebte so weit auf, daß sie das Boot zu säubern und zu ordnen begann wie eine geschäftige Hausfrau oder wie eine fleißige Vogelmutter ihr Nest.

Als erstes versenkte sie die Bierbüchsen, die Kauko geleert hatte, sie ließ sie voll Meerwasser laufen und dann in die Tiefe schweben. Anschließend öffnete sie den zu Füßen des Toten liegenden Sack, er war tatsächlich mit Steinen gefüllt. Sie verspürte so etwas wie Triumph, als sie die Steine einzeln ins Meer schleuderte, sie plumpsten in die Tiefe, genau wie Linnea es einst als kleines Mädchen erlebt hatte. Den leeren Sack breitete sie über das Gesicht des toten Kauko Nyyssönen, nachdem sie ihn zuvor auf den Rücken gelegt und ihm die Hände über der Brust gefaltet hatte. Zum Schluß legte sie die Schwimmweste an und schob das todbringende Ruder wieder in die Dolle. Nach dem Großreinemachen beschloß sie, eine weitere Büchse Bier zu trinken, sie hatte ja Zeit, und niemand beobachtete sie.

Im Kommandeurssalon des russischen Minensuchbootes »Stachanow« saß ein graubärtiger, ernster Mann mit strengen Zügen, der Korvettenkapitän Anastas Troitalew. Er war bereits sechzig, stand kurz vor der Pensionierung. Es war Nacht, die »Stachanow« lag mitten im Finnischen Meerbusen auf ihrem üblichen Beobachtungsposten. Der Kapitän hockte allein im Salon, vor sich einen Becher kalten Tees und auf dem Fußboden neben dem Stuhlbein eine halbleere Flasche billigen

Wodkas. Korvettenkapitän Troitalew war Trinker, ein alter, verbitterter Säufer. Tagsüber wagte er nicht einmal im eigenen Salon, zum Wodkaglas zu greifen. Die neuen abstinenten Winde im Land hatten ihre austrocknenden Böen bis aufs Meer geschickt. Dem Kapitän waren die Seitenblicke kleinlicher Parteimitglieder, wie etwa des Bootsmanns Kondarjewski, als Vorboten schriftlicher Meldungen wohl vertraut. Troitalew pflegte daher nachts allein an seinem Tisch zu sitzen, von den Meeren ausgelaugt, mit roten Augen, den schweren, traurigen Kopf in die Hände gestützt.

Nicht immer war Troitalew in diesen düsteren, trübseligen Gewässern gesegelt. Als jüngerer Mann war er eifrig in der Hierarchie der Krasnaja Flotta nach oben geklettert, er war Offizier in der Schwarzmeerflotte geworden und hatte schließlich, in der Blüte seiner Männlichkeit, das Kommando über den Stolz der Flotte, den Hubschrauberträger »Kirow«, bekommen. Anastas war Anfang der siebziger Jahre durch die Meerenge am Bosporus ins Mittelmeer gefahren, hatte die stolze, wie helles Blut gefärbte Fahne der Roten Flotte repräsentiert. Unter seinem Kommando war die Flotte in den Indischen Ozean gedampft, wo er einen ernst zu nehmenden weltpolitischen Machtfaktor dargestellt hatte. Er hatte in seinem Salon Indira Gandhi mit bestem grusinischen Sekt bewirtet, zu jenen Zeiten, als Indien und die Sowjetunion Verhandlungen über Flottenstützpunkte führten. Diese Zeiten waren vorbei. Das schwere tropische Klima hatte Troitalew veranlaßt, allzu große Mengen Wodka zu trinken. Ihm waren einige seemännische Fehleinschätzungen unterlaufen, die jünge-

ren Offiziere hatten peinliche Berichte über ihn geschrieben, es hatte Neid und Mißgunst gegeben. Der Korvettenkapitän war bald nach Breshnews Tod zur Ostseeflotte versetzt worden. Nicht einmal einen mittelschweren Zerstörer hatte man ihm hier anvertraut, nur dieses alte, rostige und lahme Minensuchboot »Stachanow«, dessen Besatzungsmitglieder, abstinente Trottel allesamt, sich in den engen Gängen des Schiffes gegenseitig auf die Füße traten. Troitalew mochte nicht an die alten ruhmreichen Tage zurückdenken, sie würden nie mehr wiederkehren. Er mußte sich mit dem Augenblick begnügen, dem traurigen Alleinsein in seinem muffigen Salon, wo nicht einmal mehr über die wichtigste Tagesroutine Meldung gemacht wurde.
Kapitän Troitalew fühlte sich als der einzige wirkliche Rebell seines Schiffes, er hatte oft Lust gehabt, ein dichtes Minenfeld mitten in dieses düstere Binnenmeer zu legen und dann seine Besatzung zu zwingen, die »Stachanow«, diesen Schrotthaufen, in die eigenen Minen zu fahren. Das wäre das Ende von allem, ein großartiger Abgang, und irgendwann würde er sich vielleicht wirklich zu dieser Maßnahme aufraffen. Nicht, daß er Gorbatschow haßte, er kannte diesen feurigen Fanatiker vom Festland nicht einmal persönlich, aber auch für Landratten mußte es Grenzen geben.
Als junger Seeoffizier hatte Troitalew sich oft vorgestellt, sein Kriegsschiff würde eine in Not geratene Meerjungfrau retten, sie hätte eine Kette aus Muscheln um den weißen Hals und eine kalte Flasche Champagner zwischen den Brüsten. Heute täten es auch eine gewöhnliche Hafenhure und eine Flasche Wodka.

Wenn der Mann sich ändert, wechseln auch die Träume. Außerdem war es sinnlos zu träumen. Wie sollte man erwarten, hier in den eisigen Wellen des Finnischen Meerbusens eine gute Fee zu finden, die wenigstens ein bißchen Trost in den einsamen Alltag eines alten Seebären bringen würde.

In diesem Moment wurde an der Tür des Salons geklopft, und einer der unerträglichsten Trottel, der zweite Steuermann Jesow, stolperte herein:

»Genosse Kapitän, ist es erlaubt, eine Meldung zu machen?«

»Ärhmh …«

»Unser Schiff hat eine Frau gerettet.«

Kapitän Troitalew blickte fragend auf.

»Die Frau ist Ausländerin und beschwipst. Führt Alkohol mit sich.«

»Verflucht nochmal! Spucken Sie schon aus, was das bedeutet!«

Der zweite Steuermann erklärte, vielmehr wisse man nicht. Die Frau sei Ausländerin, daraus zu schließen, daß sie kein Russisch spreche, oder doch, ein paar Worte, aber das seien Militärausdrücke und zwar ziemlich abwertende. Die Frau habe lästerliche Gedichtzeilen zitiert, die ungefähr so lauteten: »Schmeiß den Russen um, dann ist er stumm.«

Der Kapitän knurrte, Lieder von Betrunkenen brauche man nicht ernst zu nehmen.

»Die Frau hat außerdem eine Leiche mit sich, Genosse Kommandeur.«

Troitalew befahl, die Frau in seinen Salon zu bringen. Als sich der Steuermann entfernt hatte, nahm er einen

Schluck Wodka und grübelte verblüfft, ob sein ewiger alberner Traum von der betrunkenen Meerjungfrau endlich in Erfüllung ging oder ob er ins Delirium kam. Letzteres schien ihm wahrscheinlicher.
Bald wurde von zwei Matrosen eine kleine, zierliche Frau hereingeführt, die zwischen ihren Begleitern ganz leicht schwankte. Der Kapitän gab der Frau ein Zeichen, sich zu setzen, die Matrosen schickte er hinaus. Troitalew betrachtete die Witwe Ravaska. Ziemlich betagt für eine Meerjungfrau, konstatierte der Kapitän. Sein übliches Los. Nun ja, Schwamm drüber. Die Dame war also Ausländerin, sprach sie Englisch? Oder Deutsch?
Linnea erwiderte auf Deutsch, sie sei Finnin, Pensionärin, Witwe eines Oberst. War sie von den Russen verhaftet worden?
Troitalew erklärte, darum handle es sich nicht. Man müsse jedoch eine vorläufige Vernehmung durchführen. Aus welchem Grund habe Frau Ravaska gleich als erstes der Mannschaft ein beleidigendes Soldatenlied vorgesungen? Hatten die Finnen irgend etwas gegen die Krasnaja Flotta?
Linnea sprach ihr Bedauern aus, sie habe nicht die Absicht gehabt, die Besatzung des Schiffes zu beleidigen, ihr seien nur auf die Schnelle keine anderen russischen Wörter eingefallen, vielleicht sei es gedankenlos gewesen, vor ihren Rettern solche Bänkellieder aus der Kriegszeit von sich zu geben. Wenn man als alte Frau zusammen mit einer Leiche Stunde um Stunde auf dem nebligen Meer dahintreibe, verliere man eben die Fassung. Sie habe, der Not gehorchend, starkes Bier trinken müssen, da im Boot kein Trinkwasser gewesen sei.

Troitalew befahl der Mannschaft, ihm das Bier auszuhändigen. Neun kalte Büchsen wurden in den Kühlschrank des Salons gestopft. Als man wieder unter sich war, bat Linnea den Kapitän, das finnische Bier zu probieren. Nach all den Erschütterungen werde sie auch ein wenig davon trinken, falls es ihm recht sei.
»Nicht schlecht, eigentlich schmeckt es besser als unser Piwo«, lobte der Kapitän. »Aber ich mag eigentlich kein Bier, das ist mehr ein Getränk der Mannschaft.«
Linnea war derselben Meinung. Auch sie trinke im allgemeinen kein Bier, höchstens mal nach der Sauna eine halbe Flasche gegen den Durst. Aber jetzt sei eine Ausnahmesituation.
Troitalew schlug wieder einen offizielleren Ton an und erklärte, die Dame befinde sich jetzt auf dem Minensuchboot »Stachanow«, und sie müsse alle Fragen, die man ihr stelle, wahrheitsgemäß beantworten. Zunächst solle sie erzählen, was sich zugetragen habe, und sich vor allem zu der Leiche äußern, die sich dem Vernehmen nach in ihrem Boot befunden habe.
Linnea gab einen kurzen Bericht über die Ereignisse von dem Moment an, da Kauko Nyyssönen sie in Helsinki gekidnappt und in sein Boot gesetzt hatte. Troitalew kritzelte irgendwelche Notizen. Er fragte, ob sie auf dieser ungewöhnlichen Bootsfahrt Grund gehabt habe, um ihr Leben zu fürchten. Linnea erwiderte, nicht daß sie wüßte, abgesehen vom Nebel und dem steuerlosen Treiben auf dem Wasser. Bei dem Toten handle es sich um ihren Pflegesohn Kauko Nyyssönen, der unglücklich ums Leben gekommen sei, nachdem er das Ruder auf den Kopf bekommen habe.

Der Funker erschien und fragte, ob man über die Leiche und die gerettete Frau eine Meldung nach Paldiski schicken müsse. Troitalew beschloß, es sei nicht nötig, noch nicht. Der Schiffsarzt erstattete Bericht. Der Tote sei oberflächlich untersucht worden, man habe ihn als Finnen identifiziert, die Todesursache sei Schädelbruch. Die Leiche weise außerdem Knochenschäden auf, ein Oberschenkel sei gebrochen, ebenso die beiden untersten Rippen auf der linken Seite.

Troitalew ordnete an, die Leiche in die Kühlräume zu schaffen. Da behauptete der Idiot von Stewart doch glatt, das gehe nicht, in den Kühlräumen habe man erst eine Woche zuvor Proviant gebunkert, sie seien voll mit geschlachteten Schweinen und Rindern.

»Ziehen Sie einen von den ranzigen Schweinskadavern raus, zerkleinern Sie ihn, würzen Sie damit die Kohlsuppe, und stopfen Sie den Finnen statt dessen rein!«

Anschließend wurde ein detailliertes Vernehmungsprotokoll aufgesetzt, in drei Exemplaren, die der erste Steuermann handschriftlich anfertigte und die Linnea Ravaska und Kapitän Troitalew durch ihre Unterschriften bestätigten. Linnea fragte, ob man auf dem Schiff keine Schreibmaschine habe, weil die Dokumente per Hand angefertigt wurden.

Troitalew knurrte, auf diesem Schrottkahn gebe es nicht mal einen Samowar für das Grogwasser, dies sei ein Minenboot und keine schwimmende Kanzlei. Man könne froh sein, wenn man einen schreibkundigen Offizier finde, der das Protokoll aufsetzen könne.

Linnea konstatierte darauf, er habe ähnliche Charakterzüge wie ihr verstorbener Mann, Oberst Rainer Ravas-

ka. Der Oberst habe an der finnischen Ostfront gegen die Rote Armee gekämpft. Sie betonte, die Motive ihres Mannes seien nicht auf persönliche Feindschaft zurückzuführen, sondern er sei Berufssoldat gewesen.
Der Kapitän erzählte, auch sein Vater, Wladimir Troitalew, habe in den Bodentruppen gekämpft, zufälligerweise ebenfalls an der Ostfront, und das waren aus Sicht der sowjetischen Armee die Kriegshandlungen gegen die Japaner in der Mandschurei. Zu den Motiven seines Vaters wollte Troitalew keine Stellung nehmen.
Hieraus entspann sich ein interessantes und herzliches militärpolitisches Gespräch, das bis zum Morgen dauerte. In seinem Verlauf erzählte Troitalew ausführlich von der eigenen Laufbahn in der Roten Flotte. Linnea ihrerseits gab einen Einblick in die militärischen Bemühungen Finnlands während des Zweiten Weltkriegs, insbesondere den Anteil der Finnen an der endgültigen Niederlage der Deutschen im Lapplandkrieg. Troitalew rieb sich aus seinen von den Seewinden entzündeten Augen einige Tränen, während er von seinem jetzigen Leben auf den abstinent gewordenen Wassern berichtete. Linnea war gerührt und vertraute sich ihm ebenfalls an, sie erzählte von den drei Todesfällen des Sommers und ihrem Anteil daran. Sich gegenseitig die Hand schüttelnd, stellten die beiden alten Streitrösser fest, daß die von der Jugend regierte Welt nichts tauge, vor allem was die Lebensbedingungen alter Leute angehe.
Da das Bier zur Neige gegangen und auf der »Stachanow« eine Ausländerin zu Gast war, ordnete Kapitän Troitalew an, die für solche Zwecke in den Kühlräumen eingelagerte Flasche roten Champagners zu öffnen. Die

Proteste des Stewarts quittierte er mit der Bemerkung, man sei jetzt auf See, im kalten Finnischen Meerbusen, und zufällig weile auf dem Schiff die Vertreterin eines freundlich gesinnten Staates, die noch dazu die Witwe eines hochrangigen Offiziers sei. Wenn die einzige Flasche Champagner des Schiffes nicht im Salon auftauche, sehe er, der Kapitän, sich genötigt, den Stewart auf der Stelle hinrichten zu lassen.

Der Funker störte erneut, ob es nicht endlich, da bereits der Morgen graue, an der Zeit sei, eine Meldung über die nächtlichen Ereignisse an den Militärhafen Paldiski zu geben, damit die Frau und die Leiche nach Tallinn zur Vernehmung gebracht werden könnten.

Troitalew diktierte dem Funker mit Linneas Hilfe eine finnischsprachige Nachricht für Finnlands Küstenwacht: Das Minensuchboot »Stachanow« würde, ausnahmsweise ohne Verhandlungen der Grenzbehörden, vormittags um elf Uhr finnischer Zeit zwei finnische Staatsbürger übergeben, der eine lebend, der andere tot; als Treffpunkt schlug der Kapitän die neutralen Gewässer nahe Helsinkis äußerer Ansteuerungstonne vor. Zusammen mit den beiden Personen würde auch ein Protokoll über den Vorgang übergeben. Ende.

Die Nachricht verursachte Alarm im Stab der finnischen Marine. Zum vorgeschlagenen Zeitpunkt, erschien jedoch das Kanonenboot »Uusi Laatokka«, um Linnea und die Leiche in Empfang zu nehmen.

Gerade rechtzeitig war die Champagnerflasche geleert, Kapitän Troitalew umarmte Linnea Ravaska auf dem Minendeck seines Schiffes. Man half der alten Dame in die vom Kanonenboot herübergeschickte Schaluppe.

Kauko Nyyssönens Leiche wurde in dem Boot, das er selbst gestohlen hatte, über die Minengleitbahn zu Wasser gelassen, dann war das offizielle Ereignis vorbei. Die Schiffe grüßten einander mit Flaggen, Linnea winkte mit ihrem Muff einen Abschiedsgruß zum graubärtigen Korvettenkapitän Troitalew hinüber, der vom Minendeck der »Stachanow« den Gruß erwiderte.

Der Nebel hatte sich gelichtet, Helsinkis kahle Außenklippen badeten in der hellen Vormittagssonne. Von zwei Matrosen gestützt, stand Linnea auf der Kommandobrücke der »Uusi Laatokka« und blickte auf ihr liebes Vaterland. Sie kehrte wieder einmal heim, und mit ihr der letzte Tote dieses Sommers.

25

Epilog

Das Leben ist kurz, aber nicht für alle. Linnea wurde sechsundneunzig Jahre alt, bis dahin geschah folgendes: Witwe Linnea Ravaska fuhr mit befreitem Backstagswind auf dem Kanonenboot »Uusi Laatokka« in den Militärhafen Suomenlinna ein, im Gepäck die Leiche ihres Pflegesohns Kauko Nyyssönen sowie ein auf dem Minensuchboot »Stachanow« angefertigtes, ausführliches Vernehmungsprotokoll. Die Sache sorgte bei den finnischen Behörden für einigen Aufruhr. Die Polizei schlug umfangreichere Untersuchungen zu dem Todesfall vor, der sich unter höchst sonderbaren Umständen zugetragen hatte. Im Namen des gesunden Menschenverstands verzichtete man jedoch auf die Untersuchungen, da man an die völlige Verläßlichkeit des vom russischen Korvettenkapitän angefertigen Protokolls glaubte und da zu dem Fall Gutachten vom Außenministerium und vom Stab der Marine eingingen. In beiden Gutachten wurde auf die Möglichkeit hingewiesen, daß allzu gründliche Nachforschungen zu Verärgerung in einem Finnland freundlich gesonnenen, von der Himmelsrichtung her nicht näher bezeichneten Nachbarstaat führen könnten, insbesondere in dessen Amtsapparat, der als groß und durchlässig bekannt war.

Die Polizei führte jedoch im Rahmen ihrer Obliegenheiten einige außenpolitisch ungefährliche Untersuchungen durch, deren Gegenstand das entwendete

Aluminiumboot aus Vuosaari war. Auf diesen Untersuchungen bestand als Geschädigter ein gewisser Kalevi Huittinen, rechtmäßiger Besitzer des Bootes, unter Hinweis darauf, daß das fragliche Boot deutlich erkennbare Beulen von der Minengleitbahn eines gewissen russischen Kriegsschiffes davongetragen habe, sowohl beim Herausholen als auch beim späteren Hinablassen. Außerdem forderte er eine Entschädigung für die sinnlos verstrichenen Urlaubstage, an denen er in Ermangelung des Bootes gezwungen gewesen war, den Verwandten seiner Frau in Loima einen langweiligen Besuch abzustatten; auch dies wurde zu Protokoll genommen.
Das Gericht verurteilte die Rentnerin Linnea Ravaska, geb. Lindholm, zu einer Geldbuße von dreißig Tagessätzen sowie verschiedenen zu leistenden Entschädigungen für die ungesetzliche Aneignung und durch Dritte verursachte Beschädigung des fraglichen Bootes. Die Geldbußen und Entschädigungen bezahlte der Lizentiat der Medizin, Jaakko Kivistö, äußerst empört, jedoch ohne Anrufung höherer Instanzen.
Kauko Nyyssönens Leiche wurde im Rahmen der üblichen Zeremonie im Urnenhain von Hietaniemi beigesetzt. Linnea fühlte während der Beisetzung entfernte Trauer über das Ableben ihres Pflegesohns.
Nach der Trauerzeit, die zwei Tage dauerte, schlossen Jaakko Kivistö und Linnea Ravaska den Bund der Ehe. Die Hochzeitsreise führte nach Brasilien. Dort konnte die Braut ihrem Angetrauten viele Gegenden zeigen, die ihr nach dem letzten Krieg vertraut geworden waren.
Den letzten Teil der Hochzeitsreise verbrachten die beiden in Linneas Häuschen auf dem Land, von dessen

Verkauf sie nun Abstand nahmen, waren doch die Motive, die zu der Absicht geführt hatten, im Laufe des Sommers im Totenreich Tuonela verschwunden.

Die Barhilfskraft Raija Lasanen wurde als Haus- und Sprechstundenhilfe bei Frau und Herrn Kivistö angestellt, außerdem machte das Paar aus Mitleid ein Testament zu ihren Gunsten. Die Hinterlassenschaft erwies sich als so reichhaltig, daß Raikuli nach dem Tod der alten Leute zu einer der bekanntesten Lebedamen der Stadt wurde.

Forstmeister Sevander und die Krankenschwester Vähä-Ruotilla setzten ihr Zusammenleben fort, jedoch nur, wenn sie sich auf Reisen in fernen Ländern befanden. Dazu gab es reichlich Gelegenheit, nachdem Sevander Marketingdirektor der Exportabteilung für Faserplatten bei Rauma-Repola geworden war.

Oiva Särjessalo wurde bekannt für seine Beiträge in den Leserbriefspalten der Zeitungen. Sein hauptsächliches Anliegen war, daß in den Wohnsiedlungen Helsinkis für männliche Jugendliche, die am Rande der Gesellschaft lebten, sogenannte »Jungenstädte« gegründet werden sollten. Der als verbissen abstinent geltende Särjessalo forderte Unterstützung für die großangelegte und zukunftsweisende freiwillige Arbeit zugunsten der Opfer familiärer Gewalt.

Korvettenkapitän Anastas Troitalew ging bald nach dem bekannten Ereignis in Pension, aus mancherlei Gründen. Bei seiner Verabschiedung aus dem Amt wurde an seine breite Brust der Orden erster Klasse für Heldentum auf See der Krasnaja Flotte geheftet. Diesen tauschte er gegen eine gut erhaltene Datscha ein – übrigens dieselbe Villa, in der einst Ilja Repin und nach diesem Otto Ville Kuusinen[4] zu feiern pflegten. Der Korvettenkapitän wurde im Laufe der Zeit zu einem Bewunderer und Kenner der Kunst Repins. Für die politische Geschichte von Randstaaten konnte er jedoch kein nennenswertes Interesse aufbringen.

Nachdem Pertti Lahtela, Jari Fagerström und Kauko Nyyssönen in die Hölle gekommen waren, nahmen sie Kontakt miteinander auf. Ihre Bedingungen an dem neuen Aufenthaltsort waren ziemlich widerwärtig: Man erwartete von den Nichtsnutzen, daß sie ermüdende, eintönige Zwangsarbeit leisteten, manchmal sogar über Gebühr und entgegen ihrer Überzeugung von der Notwendigkeit dieser Tätigkeiten.

Verbittert und rachsüchtig gründeten sie einen höllischen Bruderbund und warteten auf Linnea Ravaskas Tod und das dadurch mögliche Wiedersehen. Sie wünschten von ganzem Herzen, daß es Linnea nicht gelänge, vor ihrer Rache in den Himmel zu flüchten.

Das Gebet der Gauner wurde erhört. Zu gegebener Zeit wurde auch Linnea in die Hölle eingeliefert – wie jedes aus dem Leben scheidende Mitglied eines finnischstämmigen Volkes immer und in jedem Falle.

Die Rache der Blutsbrüder ließ sich jedoch nicht verwirklichen, denn für Linneas Schutz in der Hölle fühlten sich neben dem Lizentiaten der Medizin, Jaakko Kivistö, und Oberst Rainer Ravaska auch dessen langjähriger Busenfreund, der Oberteufel höchstpersönlich, verantwortlich. Kavaliere alle drei.

Eine Dame bleibt eine Dame, auch in der Hölle.

Anmerkungen

1 Siiri Angerkoski: bekannte finnische Filmschauspielerin jener Zeit.

2 Kuusinen, Hertta: (1904–1974), prominenteste Politikerin der Kommunistischen Partei Finnlands nach dem Zweiten Weltkrieg. 1969–1974 Vorsitzende der Internationalen Demokratischen Frauenförderation.

3 Kekkonen, Urho Kaleva: (1900–1986), finnischer Politiker und Jurist, Mitglied der Bauernpartei, 1936/37 und 1944–1946 Justiz- sowie 1937–39 Innenminister, zwischen 1950 und 1956 mehrfach Ministerpräsident, 1954 Außenminister. 1956 wurde er zum Staatspräsidenten gewählt, dieses Amt hatte er bis 1981 inne.

4 Kuusinen, Otto Wille: (1881–1964), finnischer KP-Führer, der in der sowjetischen Emigration in Spitzenpositionen der Kommunistischen Internationale sowie des sowjetischen Partei- und Staatsapparates aufstieg. Während des Winterkrieges 1939/40 Chef einer von Moskau eingesetzten finnischen Marionettenregierung.

Leseprobe aus:
Stefano Benni –
Es gibt keine schlechten Menschen, sagte der Bär, wenn sie gut zubereitet sind
BLT Bd. 92022

PAPA KOMMT IM FERNSEHEN

Es ist alles bereit bei den Minardis. Signora Lea hat den Bildschirm mit Alkohol geputzt, das Hochzeitsbild auf den Apparat gestellt und den Schonbezug vom Sofa genommen, das jetzt in einem Wirbel von Sonnenblumen erstrahlt. Sie hat eine Schale mit Salzstangen hingestellt, dazu einen Panettone - dabei ist gar nicht Weihnachten -, britischen Whisky und für die Kinder Limonade. Sie hat die Blätter des Gummibaums poliert, und auf den kleinen Glastisch hat sie die schönsten Stiefmütterchen gestellt. Ihre drei Kinder schauen ihr zu, wie sie kontrolliert, ob alles in Ordnung ist, sich dabei die Dauerwelle rauft und mit ihren Absätzen über den frischgebohnerten Boden klackert. Nie haben sie ihre Mutter zu Hause in etwas anderem gesehen als in Pantoffeln.
Auch die drei Kinder sind bereit.
Patrizio, zwölf, sitzt auf dem Sofa. Er trägt seinen liebsten Trainingsanzug, den feuerroten, und eine Baseball-Kappe der Minneapolis Killing Beavers.

Lucilla, sieben, steckt in einem mit Baby-Triceratopsen gemusterten Pyjama. Im Arm hält sie ihre schwangere Barbie-Puppe.
Das kleine Hosenscheißerchen, zwei Jahre, ist in seinem Kinderstühlchen und in einem superdick gefütterten Overall eingezwängt, in dem er gerade noch drei Finger und, wie eine Prothese, einen Löffel bewegen kann. Mama hat ihn mit Kodein-Sirup ruhiggestellt, damit er den anderen nicht auf die Nerven fällt.
Es klingelt: Mariella, die Nachbarin, und ihr Mann Mario stehen vor der Tür, sie haben Pralinen mitgebracht und Eis, das gleich in den Tiefkühler kommt, damit es nicht schmilzt. Mario, zur Feier des Tages mit Jackett und Krawatte, begrüßt die Kinder und drückt Patrizio energisch die Hand.
»Na, Champion, stolz auf deinen Papa?«
»Na ja ...«, meint Patrizio.
»Schicke Frisur«, sagt Mariella zu Lea, »wir haben uns hübsch gemacht, was? Na, ist ja auch kein Tag wie jeder andere.«
»Wenn man so will ...«, meint Lea.
»Wann geht die Sendung los?«
»So in fünf Minuten.«
»Dann können wir ja anmachen.«
»Ich nehm die Fernbedienung«, sagt Lucilla.
»Lucilla, spiel dich nicht auf.«
»Bei Papa darf ich immer ...«

Auch Signor Augusto Minardi ist aufgeregt in diesem Moment. Er hat zum Abendessen ein ausgezeichnetes Risotto mit Trüffeln zu sich genommen, und nun liegt er ausgestreckt auf einer Pritsche und versucht, sich zu entspannen.

»Hoffentlich gebe ich eine gute Figur ab«, denkt er.
»In fünf Minuten sind Sie dran«, ertönt eine Stimme von draußen.
»Verdammt«, denkt Signor Minardi, »ich hab vergessen, mir die Zähne zu putzen. Am Ende ist das auf dem Bildschirm zu sehen.«

»Die Hausmeistersfrau hab ich nicht eingeladen«, sagt Signora Lea, während sie eine Mandelpraline kaut, »aber nicht, weil ich mich für was Besseres halte, das nicht, sie ist nur so ein Klatschmaul, und am Ende tratscht sie überall herum, was sie bei uns heute abend mitbekommt. In manchen Situationen vertraut man eben nur seinen besten Freunden.« Mariella nimmt sie liebevoll bei der Hand.
»Das hast du völlig richtig gemacht«, sagt sie, »Augusto kann sie sowieso nicht leiden.«
»Hättest du nie gedacht, daß du deinen Papa mal im Fernsehen siehst, was, Champion?« fragt Mario und setzt sich neben Patrizio auf das Sofa.
»Nein, wirklich nicht ...«
»Aber Papa war schon mal im Fernsehen«, wirft Lucilla ein, »bei einer Demonstration, aber er war nur kurz zu sehen, und außerdem hat es geregnet, und er war halb von einem Regenschirm verdeckt.«
»Stimmt, stimmt, ich erinnere mich«, sagt Mario, »ich war auch bei der Demonstration.«
»Im Fernsehen warst du aber noch nie?« fragt Patrizio.
»Ich nicht, aber mein Bruder. Sie haben ihn mit versteckter Kamera gefilmt, als er sich im Stadion geprügelt hat, mehr als zwei Minuten lang war er zu sehen, mit der Fahne in der Hand, leider hat er voll eins in die Fresse gekriegt, der Blödmann ...«

»Löötmann ...«, lacht das Hosenscheißerchen sabbernd.
»Mario, bitte, paß auf, was du sagst! Wenigstens heute ...«, weist ihn seine Frau zurecht.

Signor Augusto geht einen langen Korridor entlang, auf den Raum mit dem roten Lämpchen zu. Ganz hinten sieht er eine Kamera, die auf ihn gerichtet ist.
»Sind wir schon auf Sendung?« fragt er.
»Nein«, sagt sein Begleiter, »aber die Aufnahmen werden vielleicht hinterher noch verwendet ...«
»Schau an. Wie wenn sie im Umkleideraum filmen, vor dem Spiel.«
»So in der Art«, lächelt der andere. »So, jetzt sind wir live auf Sendung.«

Augustos Erscheinen auf dem Bildschirm wird im Hause Minardi mit großem Applaus begrüßt, und auch mit der einen oder anderen verstohlenen Träne.
Patrizio kann nicht mehr stillsitzen und hüpft auf dem Sofa herum. Lucilla kaut an ihrer Barbie. Signora Lea hat ganz glänzende Augen.
»Schau mal, wie ruhig er ist«, sagt Mariella, »als hätte er sein Leben lang nichts anderes gemacht. Richtig gut sieht er aus.«
»Stimmt. Er hat sich das Haar nach hinten gekämmt, ganz wie ich ihm gesagt hatte.«
»Na, da wird er ja einen Haufen Briefe von Verehrerinnen bekommen«, sagt Mario. Seine Frau quittiert die Bemerkung mit einem tadelnden Blick.
»Da, jetzt setzt er sich hin. Sieh mal, was für eine schöne Nahaufnahme!«

»Augusto, mein Alter!« sagt Mario ein wenig gerührt, »wer hätte das gedacht!«
»O nein«, stöhnt Mariella, »ausgerechnet jetzt Werbung!«

»Bin ich auf Sendung?« fragt Augusto.
»Im Augenblick nicht«, sagt der Techniker, »erst laufen noch dreißig Sekunden Werbung. Dann kommt der Sprecher und sagt uns an, danach haben wir drei Minuten, um alles vorzubereiten, und dann geht es los. Lampenfieber?«
»Klar, natürlich. Sie nicht?«
»Fast keins mehr. Ist schließlich mein Job«, lächelt der Techniker.
Die Werbung ist vorbei. Auf dem Bildschirm erscheint das ernste Gesicht des Sprechers.
»Liebe Zuschauer, wir sind direkt mit dem Zuchthaus San Vittore verbunden für die Übertragung der ersten gerichtlich verfügten Endprozedur in unserem Land. Der Anlaß mag für einige wenige ein trauriger sein, aber er ist von großer Bedeutung für unsere demokratische Entwicklung. Sie sehen gegenwärtig den Verurteilten, Augusto Minardi; er sitzt sozusagen im Vorzimmer des Endraums. Hier wird er eine Beruhigungsspritze erhalten, bevor die Prozedur beginnt.«
»O Gott«, sagt Lea.
»Was ist?«
»Augusto hat so eine schreckliche Angst vor Spritzen ...«

»Muß das wirklich sein?« fragt Augusto den Arzt.
»Es ist besser. Es macht Sie ein bißchen benommen, dann merken Sie so gut wie nichts ...«
»Lieber nicht. Kann ich mich auch weigern?«

»Zwingen kann ich Sie nicht.« Der Arzt zuckt mit den Schultern. »Aber denken Sie dran, ich bin's nicht, der sich blamiert, wenn Sie da drin durchdrehen ...«

»Trotzdem«, beharrt Augusto, »keine Spritze.«

»Und nun müßte die Verbrechensakte vorliegen, die mein Kollege Capacci vorbereitet hat: Er schildert Ihnen die verschiedenen Stationen, die zu diesem schicksalhaften Tag geführt haben«, kündigt der Sprecher an.

»Augusto Minardi, 50 Jahre, früher Textilfacharbeiter, seit nunmehr drei Jahren arbeitslos, nicht vorbestraft, betritt am Morgen des 3. Juli vergangenen Jahres einen Supermarkt am Stadtrand von M. Er ist mit einer Pistole bewaffnet und versucht, die Kasse zu rauben. Die Kassiererin löst ein Alarmsignal aus. Die Wachmannschaft ist sofort zur Stelle. Nach kurzem Schußwechsel sind drei Menschen tot: Der vereidigte Wachmann Fabio Trivella, 43 Jahre, die Kassiererin Elena Petusio, 47, und der Rentner Roberto Aldini, 76.«

»Der zählt nicht«, sagt Lea, »der ist an einem Herzinfarkt gestorben.«

»Ja«, sagt Patrizio, »aber da war noch dieser Träger ...«

»Der Wachmann und die Kassiererin erliegen den Schußverletzungen, der Rentner einem Herzinfarkt. Minardi versucht zu fliehen, doch der 23jährige Träger Nevio Neghelli verstellt ihm den Weg. Auch auf ihn schießt Minardi, verletzt ihn allerdings nicht lebensgefährlich.«

»Jetzt stimmt's«, stellt Patrizio fest.

»Minardi wird wenig später in einem Video-Spielsalon festgenommen. Zwei Monate darauf findet ein Live-Schnellverfahren statt, bei dem Minardi zunächst eine lebenslängliche Zuchthausstrafe erhält; doch dann wird in Anwendung des neuen Gesetzes vom 16. Oktober das Urteil in eine Hinrichtung auf dem elektrischen Stuhl umgewandelt.«

»Soweit die Verbrechensakte«, erläutert der Sprecher, »und nun stelle ich Ihnen die Gäste unserer kleinen Diskussionsrunde vor, die während und nach der Prozedur stattfindet. Zunächst einmal begrüßen wir Pater Cipolla, Jesuit und Soziologe.«

»Guten Abend.«

»Dann den Fernsehmeinungsbilder Girolamo Schizzo.«

»Guten Abend.«

»Hey!« Patrizio zuckt zusammen, »das ist ja echt Schizzo!«

»Den mag ich nicht, der ist so vulgär«, sagt Lea.

»Dafür ist er einer von denen mit den meisten Fans«, wendet Mario ein.

»Außerdem haben wir hier Senator Carretti von der Opposition, der zahlreiche Änderungsanträge zu dem Gesetz eingebracht hat, und an seiner Seite Paolo Cappellini, er ist Regisseur von Horrorfilmen und verfaßt auch Drehbücher dazu, sowie die Schauspielerin Maria Vedovia ...«

»Guten Abend, guten Abend, guten Abend ...«

»Schließlich dann den für das Gesetz verantwortlichen Regierungsvertreter, Herrn Minister Sanguin.«

»Guten Abend.«

»Was ein Arschgesicht«, bemerkt Mario.

»Mama, warum zeigen sie Papa nicht mehr?«

»Sei still, Lucilla, und iß nicht alle Pralinen auf!«

»Aaschdesicht«, lacht das Hosenscheißerchen.

»Sitzt es auch nicht zu stramm?« erkundigt sich der Techniker.

»Nein, nein, sehr bequem«, antwortet Augusto.
»Wenn ich Ihnen einen Rat geben darf, halten Sie den Kopf nach unten, wenn der Stromstoß kommt. Dann sieht man Ihre Grimassen nicht ...«
»Meine was?«
»Ihre Grimassen ...«
»Aber meine Familie soll mich doch sehen können.«

»Als erstes möchte ich sagen«, sagt der Senator, »daß ich dagegen bin, so etwas live zu übertragen.«
»Und was tun Sie dann hier, Sie Heuchler, Sie Kreidefresser?« heult Schizzo auf. »Wie üblich können Sie und die anderen Parasiten von Ihrer Partei an allem nur herumstänkern, aber Steuern wollen Sie keine zahlen ...«
»Regen Sie sich ab und respektieren Sie gefälligst den Ernst des Augenblicks, Sie Stümper ...«
»Selber Stümper, Sie Stück Scheiße ...«
»Ich bitte Sie, ich bitte Sie«, schaltet Pater Cipolla sich ein.
»Ich möchte Sie daran erinnern, daß dies ein ernster Anlaß ist«, meint der Sprecher, »in diesem Zusammenhang habe ich eine Frage an Paolo Cappellini, den Regisseur. Signor Schizzo, Signor Carretti, bitte beruhigen Sie sich etwas. Hätten Sie, Signor Cappellini, sich jemals eine solche Szene ausdenken können? Worauf ich hinauswill: Falls Sie einen Schauspieler für Minardis Rolle suchen müßten, an wen zum Beispiel würden Sie denken?«
»Na ja, ich weiß nicht ... schließlich ist er ein ziemlich cholerischer Typ ... vielleicht wäre Depardieu nicht schlecht?«

»Hast du das gehört?« fragt Mariella in heller Aufregung. »Er hat ihn mit Depardieu verglichen. Bist du nicht stolz?«

»Hm, ja, er ist schon ein schöner Mann, aber so ähnlich sehen sie sich nun auch wieder nicht ...«, meint Lea schüchtern.
Das Telefon läutet.
»Mama«, sagt Lucilla, »da ist ein Journalist. Er fragt, was wir in diesem Moment empfinden ...«
»Ruhe, da kommt Papa wieder ins Bild«, sagt Lea, ohne sie zu beachten.

»Und für die weibliche Hauptrolle?« fragt der Sprecher. »Könnten Sie, Signora Vedovia, sich vorstellen, die Ehefrau zu spielen?«
»Tja, das ist eine schöne Rolle, sehr dramatisch ... allerdings, ich müßte mich sehr auf alt schminken lassen.«
»Von wegen ›sehr‹, blöde Sau«, sagt Mariella.
»Macht doch nichts, macht doch nichts«, meint Lea versöhnlich.
»Und von mir reden die gar nicht?« fragt Patrizio. »Ich will von Johnny Depp gespielt werden.«
»Ja, und ich von Gary Cooper!« lacht Mario.
»Uper!« sagt das Hosenscheißerchen.
»Wir sitzen gerade vor dem Fernseher und essen Pralinen, und nachher gibt's noch Eis«, sagt Lucilla eben ins Telefon. »Was für ein Geschmack? Ich weiß nicht, soll ich mal zum Tiefkühler gehen und nachsehen?«

»Und nun kommt der Moment, auf den Sie alle warten«, sagt der Sprecher. »Sie sehen den Stuhl, es ist dasselbe Modell, wie es in amerikanischen Strafanstalten gebräuchlich ist. Im Bild jetzt Signor Grossmann, der Techniker, der in Texas und in Alabama bereits zwölf Exekutionen durchgeführt hat.«

»Sie sprechen ja fabelhaft Italienisch!« wundert sich Augusto.
»Meine Mutter ist Italienerin«, antwortet Grossmann.
»Wie Sie sehen, spricht er gerade mit dem Delinquenten. Übrigens spricht er ausgezeichnet Italienisch, denn seine Mutter stammt aus Matera. Ich weiß nicht, ob es möglich ist, ihn jetzt ans Mikrofon zu holen, ich glaube nicht, er ist sehr beschäftigt, wie ich sehe. Nun noch ein letzter Werbeblock, und dann findet die Schlußprozedur statt.«
»Nennen Sie es ruhig beim Namen: Hinrichtung!« sagt Carretti.
»Und dann nennen wir ihn Mörder, oder wie hätten Sie's gern?« grölt Schizzo. »Hör doch mit dieser Pseudo-Pietät auf, du opportunistischer Stümper!«
»Blutrünstiger Schmierenkomödiant ...«
»Operettenmoralist!«
»Werbung.«

»Einen Mörder hat er ihn genannt«, schluchzt Lea.
»Na ja, du weißt doch, das ist ihm im Eifer so rausgerutscht, ist eben live«, tröstet Mariella sie.
»Na, geschossen hat er schließlich«, meint Patrizio, »und gewonnen hat er auch.«
»Wie gewonnen?« fragt Mario.
»Na, wie im Western ...«
»Also ganz sicher Zitrone, Schokolade und Vanille. Dann ist da noch was, ich weiß nicht, entweder Joghurt oder Karamel ...«, sagt Lucilla am Telefon.
»Wir sind soweit«, sagt der Techniker. »Passen Sie auf, jetzt kommen Sie in Nahaufnahme. Halten Sie den Kopf ein bißchen schräg und atmen Sie ruhig. Sie werden sehen, Sie spüren so gut wie nichts. Wie eine kleine Spritze.«

»O Gott, nur das nicht.« Augusto wird bleich.
»Nein, nein, wie ein Sturz aus dem sechsten Stock.«
»Schon besser«, sagt Augusto. »Ich bin bereit.«
»Dies ist ein sehr wichtiger Augenblick für die Fernsehdemokratie«, sagt der Sprecher. »Eigentlich wollten wir Ihnen die Einschaltquote erst nach der Prozedur mitteilen, aber sie ist so was von phantastisch, daß wir sie Ihnen nicht vorenthalten wollen: In diesem Augenblick haben sechzehn Millionen Zuschauer unsere Sendung eingeschaltet.«
»Wahnsinn«, sagt Mario, »wie bei Italien–Deutschland.«
»Schau mal, wie ruhig er ist«, sagt Mariella, »als würde er im Kino sitzen.«
»Nein, nein, ich kenne ihn, er wirkt ruhig, aber innerlich ist er aufgeregt«, sagt Lea.
»Ich bin sieben ... ja, Papa ist immer lieb zu mir gewesen ... wie bitte? Na ja, vielleicht ein-, zweimal ... doch doch, mit dem Gürtel auf den Po, aber nicht so doll ...« sagt Lucilla am Telefon.

»Der lang erwartete Moment ist da. Schizzo und Carretti, Ruhe bitte, kann nicht mal jemand die beiden trennen? Sie sehen das Gesicht des Verurteilten. Ein südeuropäisches Gesicht. Das Gesicht von einem wie du und ich. Er hat sich rasiert und ein letztes Mal zu Abend gegessen: Trüffelrisotto und dazu Weißwein. Und jetzt ist er hier, vor seinem eigenen und unser aller Gewissen. Gleich wird der Techniker den Hebel umlegen. Oben im eingeblendeten Fenster können Sie den Countdown verfolgen. Noch fünfzehn Sekunden. Wir machen Sie noch einmal darauf aufmerksam: Wer abschalten möchte, hat jetzt noch Zeit dazu. Es ist Ihre Wahl, ob Sie teilnehmen oder nicht: Das ist wahre Demokratie. Acht Sekunden ... Achten Sie auf die Lämpchen über dem Stuhl. Wenn alle drei aufleuchten, bedeutet das, daß der Stromstoß ausgelöst worden ist. Noch drei Sekunden ... zwei ... eine.«

»Herr Grossmann, jetzt, wo bei uns allen die Anspannung nachläßt und alles gut geklappt hat: Wie würden Sie diese Exekution beschreiben?«
»Nun, ich würde sagen ... normal ... der Verurteilte ist relativ gelassen gewesen ...«
»Bravo Papa!« schreit Patrizio.
»Bavo!« Das Hosenscheißerchen fuchtelt mit dem Löffel.
»Mein alter Augusto!« Ergriffen kippt Mario einen Whisky. »Wer hätte das gedacht? ... So was von tapfer ... ich weiß noch, einmal, beim Angeln, als er den Haken in den Arm gekriegt hatte ...«
»Mario, bitte«, sagt Mariella, die Leas Kopf in den Armen hält.
»Mein Bruder hüpft auf dem Sofa herum, Mario trinkt Whisky, Mama weint, ihr Kopf liegt in Mariellas Schoß. Sehr? Doch, sieht so aus, als würde sie sehr weinen. Was ich? Ich bin am Telefon und rede mit Ihnen, ist doch klar. Ja, ich heiße Lucilla, vergessen Sie nicht, zwei L, nicht Lucia, in der Schule verwechseln die das immer ...«

Am allerwichtigsten in diesem Leben ist der Tod, und auch der ist nicht wirklich wichtig.

VOLKSWEISHEIT

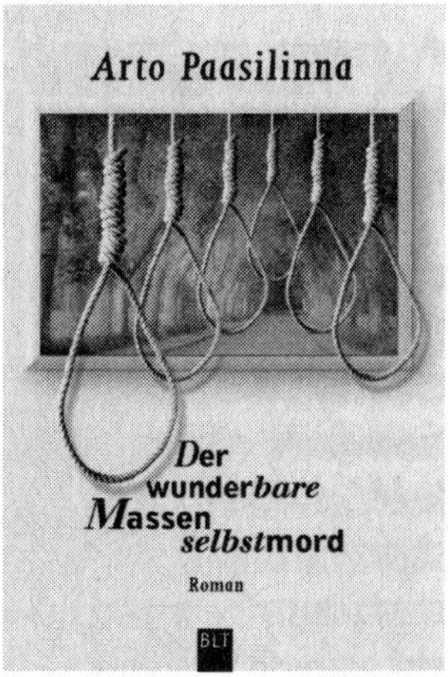

Arto Paasilinna
DER WUNDERBARE MASSENSELBSTMORD
BLT
288 Seiten
ISBN 3-404-92168-2

»Denkst du an Selbstmord? Du bist nicht allein!« – So lautet ein ungewöhnlicher Anzeigentext, der auf überraschend heftiges Interesse stößt. Niemals hätte der gescheiterte Unternehmer Olli Rellonen mit der Existenz so vieler Gleichgesinnter gerechnet, als er beschloss, seinem Leben ein Ende zu setzen. Aus einem zunächst vagen Vorhaben entwickelt sich ein konkreter Plan: Ein Bus wird gechartert, um an einsamer Stelle gemeinschaftlich das Leben zu beenden. Am verabredeten Tag besteigen die unternehmungslustigen Selbstmordkandidaten schließlich guten Mutes das gemietete Gefährt – und starten ihre einzigartige Reise ohne Wiederkehr ...